Seraina Kobler

Nachtschein

Ein Zürich-Krimi

ROMAN

Diogenes

Covermotiv: Foto von Cemil Erkoç, ›Schwan‹
Copyright © Cemil Erkoç Photography

Die Arbeit an diesem Roman
wurde durch ein Covid-Arbeitsstipendium der
Fachstelle Kultur der Stadt Zürich unterstützt
sowie mit einem Beitrag des Bundesamts für Kultur.
Die Autorin dankt herzlich

Pour l'amour

»In gewisser Weise unterhalten Gedächtnis und Vergessen dieselbe Beziehung untereinander wie Leben und Tod.«

Marc Augé

1

Eigentlich hätte sie schon vor Stunden aufstehen sollen. Sie hätte aufstehen sollen und Baldrian aufbrühen. Sie hätte aufstehen und Filme schauen sollen. Oder wenigstens rastlos auf der Fernbedienung herumtrommeln und sich durch das Nachtprogramm schalten, von einer unsäglichen Dauerwerbesendung zur nächsten. Sie hätte dazu etwas essen sollen, Dosenlinsen vielleicht. Ja, um irgendwann schlafen zu können, hätte sie vermutlich erst essen müssen. Doch sie hatte es nicht geschafft. Elenor Engler blieb liegen, im Griff der klammen Decken, die sich unerbittlich zusammenzogen. Sie wälzte sich von einer Seite auf die andere und wieder zurück. Ein Luftzug bauschte die Vorhänge vor der angelehnten Balkontür. Drei Lagen Stoff zwischen ihr und der Außenwelt, die sich auch tagsüber schließen ließen wie müde Augenlider. Gedämpfte Dunkelheit, immer bedrohlicher mit jeder Stunde, mit jeder Minute und jeder Sekunde des ausbleibenden Schlafs. Bis die Zeit gar nicht mehr zu vergehen schien.

Leises Straßenrauschen kündigte schon den Morgen an, als ihr der Gedanke kam. Hell und glasklar, wie Winterluft nach dem ersten Frost. Er strömte durch ihren Brustkorb, hinunter ins Becken, durch die Beine, bis in die Spitze ihrer Füße. Der Morgen war der Plan, die Absicht, und Elenor wusste: Heute war der Morgen auch ein Versprechen. Sie schlug die Vorhänge zurück und spähte durch das staubige Fenster. Welkes Laub hing im Schein der Straßenlaterne, ihre Birke schien auch dieses Jahr die letzte zu sein, die das Blätterkleid verlor. Nebenan wiegten Zedern im Wind, die einzige Bewegung auf dem Nachbargrundstück mit dem Schindelhaus, heruntergekommen und leer stehend seit vielen Jahren. Wäre es einfacher auszuhalten, wenn sich der innere Schmerz mit einem äußeren vermengte? Sie hatte begonnen, Blutbahnen abzudrücken. So lange und so stark, bis der Schmerz am Handgelenk die Intensität desjenigen in der Brust erreichte. Ein paarmal war sie unvermittelt vom Gehsteig auf die Straße gesprungen, rückwärts und mit geschlossenen Augen. Zuerst nur nachts, später auch, wenn schwere Lastwagen auf der Seestraße sie im Vorbeifahren in ihren Windschatten zogen. Doch außer wütendem Gehupe war nichts geschehen. Der Teppich schluckte ihre Schritte, als sie zum antiken Nussbaumschrank ging, in einer Ecke des dämmergrauen Schlafzimmers. Während sie sich entkleidete, ertappte sie sich dabei, wie sie ihr Gehirn nach etwas durchkämmte, das sie von ihrem Entschluss abbringen könnte. Vergeblich. Sie zog den Pullover über den Kopf. Die Geschwindigkeit der Zeit veränderte sich, je nachdem, wie lange sie nicht geschlafen hatte. Nicht schlafen war schlimm, aber schlafen manchmal noch viel schlimmer. Am schlimmsten waren die Träume. Elenor drehte den Schlüssel um, der in einem verzierten Schloss steckte. Die Plastikhülle raschelte leise, ein Kokon gegen ausbleichendes Licht, gegen den Staub und die Jahre, in denen das Abendkleid auf der Stange immer weiter nach hinten gerutscht war. Zögerlich streiften ihre Hände zunächst das Plastik ab, als hätte sie Angst, etwas kaputt zu machen. Doch je mehr von dem lindgrünen Stoff zum Vorschein kam, desto ungeduldiger wurden ihre Bewegungen. Am Ende riss sie die Folie auseinander, bis sich der Kleiderbügel aus Draht verzog, an den noch immer das Etikett mit der Abholnummer von der Reinigung getackert war.

Rippenknochen traten hervor, als der Chiffon über ihre Haut glitt. Sie zündete die Nachttischlampe an, blickte in den fast blinden Spiegel. Damals hätte Elenor sich gewünscht, das Kleid würde so sitzen, wie es das heute tat. Auf einmal war alles wieder da: Guerlain mit sizilianischer Bergamotte, länger werdende Schatten und sattes Augustlicht. Es war nicht nur ein Stück Stoff, in ihn waren auch jene Tage auf der glühenden Piazza Grande gewebt, voll perlender Hoffnung, mit jedem »Salute« neu versichert. Ihr war, als könne sie durch die Zeit gehen, in das Kleid gehüllt, zurück zu jenem Tag, als der erste und letzte Spielfilm über die Leinwand geflimmert war, bei dem sie Regie geführt hatte. Sie zog den Stoff des Capes zurecht, bis es über die Schultern fiel wie die irisierenden Flügel einer Libelle. Sie würde jetzt hinuntergehen, zum Ufer, wo der Wind über das Schilf strich. Am Himmel würden Vögel ziehen, im Schwarm verbunden, auf ihrem Flug in winterliche Refugien. Ihr fehlte dazu ein Körper, der ihren Geist zu tragen vermochte. Und ihr fehlte ein Schwarm. Schritt für Schritt würde sie gehen, bis das Wasser langsam über den Solarplexus stieg, das brüchig gewordene Haus ihrer Seele. Sie würde langsam weitergehen, bis Kälte ihr die Luft wegdrückte, mit kerzengeraden Schultern und tauber Haut.

Wenn sich der Grund unter ihren Füßen verlief, würde sie schwimmen. Weit hinaus, bis zur Mitte des Sees oder solange die Kraft reichte. Und dann – würde sie einfach loslassen.

Die Stufen der gewundenen Treppe gaben leicht nach unter ihren Schritten. Strenge Blicke bohrten sich aus den Ahnengemälden in Elenors Rücken. Sie hatte sich, wie der Rest der Welt, blenden lassen. Oder blenden lassen wollen. Doch sie konnten ihr nichts mehr anhaben, die Vorfahren ihres Mannes, heute nicht. Elenor machte kehrt und stellte sich vor die goldgerahmten Köpfe. Vorsichtig verrückte sie ein Gemälde nach dem anderen. Als die gesamte Ahnenlinie schräg an der Wand hing, ging Elenor ins Erdgeschoss und sah sich ein letztes Mal um. Ihr Blick wanderte über deckenhohe Regale, unzählige Vitrinen, schwere Orientteppiche und Kerzenständer. Ein Raum ohne Leerstellen, vollgestopft wie der Rest des Hauses. Die Sammelwut ihres Gatten hatte schon länger groteske Züge angenommen: eine Haarsträhne der Kaiserin Sissi, Totenschädel, Reliquien und Milchzähne unbekannten Ursprungs, ein historisches Reitkostüm, angeblich Napoleon Bonaparte höchstpersönlich auf den Leib geschneidert, ein ausgestopfter Polarfuchs, ein Schuhschnabel-Vogel, der sie um eine Handbreit überragte, folkloristische Masken aus Moos und Laub, Gemälde und Skizzenbücher verschiedener Künstler. Immer mehr hatte er angehäuft, die rätselhafte Verbindung zwischen den Gegenständen erschloss sich wohl nur ihm selbst, wenn überhaupt. In einer Vitrine lagen historische Pistolen und Gewehre in Reih und Glied. Die Glastüre stand einen Spaltbreit offen und quietschte leise, als sie vorbeiging. Anfangs hatte es sich merkwürdig angefühlt, mit so vielen Waffen im Haus zu leben. Elenor glaubte fest daran, dass die bloße Möglichkeit zu mechanischer Gewalt diese auch irgendwann anziehen würde. Doch sie hatte sich daran gewöhnt, wie sie sich an so vieles gewöhnt hatte, weiter und weiter hatte sich ihre Schmerzgrenze unter den subtilen Demütigungen verschoben, die für Außenstehende kaum wahrnehmbar waren. In der Diele nahm sie ihre Schlüssel von dem geblümten Teller bei der Garderobe. Die goldene Schlange am Schlüsselbund glänzte matt in ihrer Hand, der Anhänger war ein Geschenk von Ruben zum Muttertag. Doch sie hielt inne. Wozu noch die Tür verriegeln. Sie legte die Schlüssel zurück auf den Teller. Dann schlüpfte sie in den überlangen Kamelhaarmantel und trat barfuß nach draußen, die Laternen waren gerade ausgegangen. Birkenblätter segelten durch die Luft und verfingen sich unbemerkt in ihrem Haar. Im fahlen Licht des Morgens wirkte es nicht mehr ergraut, sondern fast schwarz. Aus der Ferne bemerkte sie eine fliegende Bewegung. Die Zugvögel sammelten sich.

Elenor folgte dem Schilf, das sich das Ufer entlangschlängelte. Sanfter Wind strich über die Oberfläche des Wassers, zeichnete gekräuselte Muster, silbern und oszillierend. Ihr Kopf fühlte sich schwer und leicht zugleich an. Das Schlafmittel tat seine Wirkung.

2

Corbicula flumineae lagen im Schlamm, erdbraun und ocker. Über den ganzen Erdball verschleppt, mit Schiffen vom Rhein kommend, unbemerkt festgeklebt an Paddelbooten, an Seilen und Tauen, oder einfach ausgesetzt, das wusste niemand so genau. Aber jetzt waren die Muscheln da. Zuerst nur ein paar wenige, dann immer mehr und schließlich eine nicht mehr zu überschauende, invasive Menge. Das Wasser war schon eiskalt. Der Muscheltaucher zog leicht schwankend den Neoprenanzug über. Er atmete tief ein. Am Abend zuvor hatten sie seinen neuen Aquaponik-Deal gefeiert. Autonome Systeme, die vielleicht dereinst ganze Städte versorgen konnten, vorerst zumindest Kräuter und Lebensmittel an Restaurants mit hipper, zahlungskräftiger Kundschaft liefern würden. Nach Mitternacht waren sie auf »was noch da war« umgestiegen. In diesem Fall Portwein, der penetrant am Gaumen haftete. Beim Aufwachen hatte sich der süße Geruch der halb leeren Flasche auf seinem Nachttisch mit pochendem Kopfschmerz verbunden. Er hatte Spirulina durch den Mixer gelassen, dazu ein rohes Ei. Das wirkte Wunder. So hoffte er zumindest. Und warf trotzdem noch eine Schmerzpille hinterher.

Am Ufer befestigte er nun die Taucherbrille. Ein letzter Blick zu seinen Kleidern, die er, in einem wasserdichten

Beutel verstaut, in der Böschung versteckt hatte, dann watete er vorsichtig über den schlammigen Boden, bis es keine Steine mehr unter seinen Füßen gab, nur reinen Sand. Er hatte die Muscheln vor einigen Monaten per Zufall entdeckt, diese gerippten Schalen, kaum größer als ein Daumennagel, unaufhörlich ihre Umgebung filternd. An diesem Abend hatte er die besten *Spaghetti vongole* seines Lebens gekocht. Statt sich bloß unkontrolliert weiter zu vermehren, landeten die Muscheln nun in Restaurantküchen – und würden schon bald ebenso zur kulinarischen Kultur der Stadt gehören wie die Seebarsche. Sorgsam zog der Muscheltaucher den Rechen durchs Wasser, er wollte ja nicht den Seeboden umpflügen. Bereits nach wenigen Zügen blieben neben reichlich Schlick auch die ersten Muscheln hängen. Zufrieden legte er sie in den Korb, der an einem breiten Riemen um seine Brust hing. Denn er wusste, wenn er die ersten entdeckt hatte, dann entdeckte er bald zahlreiche mehr. Tatsächlich ragten nicht weit entfernt weitere Spitzen aus dem Sand. Der Korb füllte sich zunehmend. Als er zehn Minuten später im tiefer werdenden Wasser abtauchen wollte, um mit dem Rechen bis an den Grund zu gelangen, hob neben ihm lautstarkes Schnattern an. Einige Schwäne hatten sich zu ihm gesellt, in der Hoffnung, im aufgewirbelten Sand etwas Fressbares zu finden. Beim Anblick der weißen Vögel überkam ihn ein Gefühl von Frieden, die Kopfschmerzen waren längst vergessen. Genug gesammelt für heute, er würde ihnen sein Revier überlassen und sich nochmals aufs Ohr hauen, beschloss der Muscheltaucher und schwamm mit kräftigen Zügen zurück. Schlotternd schälte er sich aus dem Anzug, der an der Luft noch viel schneller abkühlte. Plötzlich bemerkte er eine Gestalt im Wasser. Zuerst glaubte er, seine Augen spielten ihm einen Streich. In den letzten Jahren war es immer beliebter geworden, auch winters im See zu schwimmen. Aber an einem eisigen Novembermorgen und in solch einem Kleid? Es wirkte wie eine Inszenierung. Er sah sich um, kein Filmteam weit und breit. Die Sonne brach hinter den Wolken durch. Er hielt seine flache Hand über die Augen. Dann durchzuckte es ihn wie ein Stromstoß. Der Muscheltaucher warf den Fang zu Boden, zerrte seine Tasche aus dem Gebüsch hervor und rief die Seepolizei an. Dann zog er die Flossen wieder an und paddelte los. So schnell er konnte.

3

Zwei Wochen später

Vom Hausberg aus betrachtet, hätte der Zürichsee auch nur ein Fluss sein können, ein silberner Strom, der sich in der früh einbrechenden Abenddämmerung zwischen Hügelketten hindurchwand, Wällen aus geschichtetem Stein, die einen perfekten Blick boten auf eine fast perfekte Stadt. Letzte Farben von Herbst hingen an bald kahlen Bäumen. Auf den ausgebleichten Holzstegen am Seeufer lagen noch die Erinnerungen des vergangenen Sommers wie ein leise verklingendes Echo, während sich daneben eine rote Lichterschlange schleichend in Richtung Bellevue schob. Der November war außergewöhnlich warm gewesen, fast golden, wie ein zweiter geschenkter September, doch dann, in der Nacht auf den Siebenundzwanzigsten, fiel Nebel über die Stadt.

Rosa Zambrano trat in die Pedale und wich einem dunklen Geländewagen aus, der mitten auf dem Radweg stand, als das am Lenker befestigte Telefon zu leuchten begann. Sie sah auf die Anzeige und wäre fast mit der Bordsteinkante kollidiert. In letzter Sekunde riss sie den Lenker scharf herum. Bei der nächsten Ampel stieg Rosa ab und schob das Fahrrad auf den breiten Spazierweg neben der Straße. Ein verpasster Anruf. Rosa richtete die verrutschte Einkaufstüte im Korb. Sie war mit schwarzen Tulpenzwiebeln, Winterknoblauch und einem Briefchen mit Meerkohlsamen gefüllt, die vor dem ersten Nachtfrost in die Erde mussten. Ihr Herz pochte noch immer bis in die Ohren, als sie nach der Brücke ins Limmatquai einbog. Schon vor Monaten hatte sie den Namen aus dem Adressbuch gelöscht, zwecklos eigentlich, sie konnte die Nummer ebenso gut auswendig wie ihre eigene. Rosa atmete erleichtert auf, als das Kopfsteinpflaster der Altstadt unter ihren Rädern rumpelte. Schritte hallten durch die Gassen, gemächlicher als im Rest der Stadt. Fahnen wehten an den Fassaden, und tagsüber waren letzte Teile der Weihnachtsbeleuchtung montiert worden. Im Vorbeigehen winkte sie dem Antikschreiner, der an einem frisch renovierten Nussbaumtisch im Schaufenster saß, vor sich eine aufgeschlagene Zeitung, ein Viertelchen Rotwein und ein Schälchen mit Oliven. *Heute gehen die Lichter an, für morgen sehe ich schwarz,* stand in geschwungenen Lettern auf einer Schiefertafel. Ein Lächeln huschte über Rosas Gesicht, natürlich erhielt auch das heutige Lichterfest in den alle paar Tage wechselnden Dekorationen des Ladens einen Platz. Als hätte er ihre Bewegung gespürt, blickte der Schreiner auf und hob ebenfalls die Hand, beiläufig, aber herzlich, wie man das so tat, wenn man sich mehrmals täglich über den Weg lief. Rosa schloss die massive Holztür auf und bugsierte ihr Fahrrad in den Flur, an dessen Ende sich eine weitere Tür befand, nicht ganz so massiv, dafür mit eingelassenem Fenster und kunstvoll gewundenem Schmiedeeisen-Gitter. Sie führte in einen versteckten Hinterhof, aus dessen Mitte sich eine mächtige

Esche erhob. Rauch zog in dünnen Fäden aus Kaminen, und die Fenster der mittelalterlichen Häuserreihe leuchteten in diesem gelben Licht, das es nur gibt, wenn es dunkel ist und kalt. Als Rosa den mit verwitterten Steinplatten gepflasterten Weg betrat, raschelte es. Er war über und über mit Laubblättern bedeckt, auch wenn Rosa sie jeden Tag zusammenrechte und auf die schlafenden Gemüsebeete verteilte, wo noch Kapuzinerkresseblüten und Hagebutten dem nahenden Winter trotzten. Die fast nackten Arme der Esche hoben sich gegen den Himmel ab wie ein komplexer Scherenschnitt, der auch die ganze Verwundbarkeit des alten Baumes zeigte, abseits der Welt und doch unterirdisch verbunden mit ihr, mit feinen Wurzeln vielleicht bis zur Limmat. Rosa löste den Blick und ging auf das winzige zweistöckige Häuschen zu, sie wollte die Esche nicht mit zu lauten Gedanken über ihre Endlichkeit stören, heute nicht.

Sie trat ein. Drei Stunden blieben ihr, bevor sie zur Nachtschicht in der Zentrale der Seepolizei am Forellensteig aufbrechen musste. Über den provenzalischen Steinkacheln, mit denen sie den Küchenboden eigenhändig gefliest hatte, lag im Winter ein grob gemusterter Teppich. Die Küche nahm, mit Ausnahme eines schmalen Treppenhauses, in dem es immer ein paar Grad kälter war, die ganze Länge des Hauses ein. Vor den breiten Fenstern gab es einen Herd. Und in den Regalen, die bis zur Decke hochreichten, stapelte sich eine Sammlung von Stahltöpfen und gusseisernen Pfannen, die Rosa nach jedem Gebrauch sorgfältig einfettete.

Der unbeantwortete Anruf leuchtete ihr noch immer

vorwurfsvoll auf dem Bildschirm entgegen, als Rosa Kaffeepulver in den Trichtereinsatz der Bialetti füllte. Sie löschte die Meldung und begann, eine Nachricht an einen anderen Mann zu tippen, an Martin. Vielleicht Abendessen im *Rosso* morgen? In den Hallen einer ehemaligen Schmiede im Westen der Stadt an Holztischen sitzen, auf die Gleise und die vorbeifahrenden Züge schauen, dazu eine Pizza Puttanesca essen, mit extra Anchovis, salzigen Kapern und natürlich Blattspinat. Sie kannte Martin schon seit der Polizeischule, doch erst im vergangenen Sommer waren sie einander nähergekommen, als sie gemeinsam in einem Fall um einen ermordeten Frauenarzt ermittelt hatten. Martin, ein paar Jahre jünger, zielstrebig bei der Arbeit, unentschlossen in Beziehungen. Rosa, ein klein wenig älter, zu dem Zeitpunkt frisch getrennt, dafür mit Kinderwunsch. Ein Experiment.

Auf dem Herd begann es zu zischen und dann zu blubbern, vertraute Röstaromen füllten die Wohnküche. Rosa rührte mit einem Löffel in der Kanne, bis sich das sirupartige Konzentrat auf dem Boden mit dem leichteren Anteil mischte. Dann gab sie einen halben Würfelzucker in eines der Espressotässchen, die sie vor vielen Jahren von ihrer Freundin Stella geschenkt bekommen hatte. Selbstverständlich ließ sich der *Caffè* nicht mit dem Espresso aus dem Bistro vergleichen, aber für zu Hause war er die beste Wahl, ganz besonders an einem dunklen Herbstnachmittag wie diesem. Wobei sie die ja ganz gern mochte. Es fühlte sich für Rosa jedes Mal wie ein Neuanfang an, wenn die aufgekratzte Helligkeit und lähmende Hitze der Sommertage im abnehmenden Licht verglühten und die Gedanken wieder fließen konnten. Wenn die Kontraste von Land und

Wasser, Grasgrün und Kobaltblau, in der Kälte verwischten und sich über dem See eine pastellfarbene Weite aufspannte, die bis über die Dächer der Altstadthäuser leuchtete. Rosa stellte die leere Tasse in den Ausguss und griff nach der Zahnbürste. Ihre Mutter würde bestimmt zu spät sein, aber Valentina, die Ältere von Rosas jüngeren Schwestern, kam mit den Kindern und würde daher bestimmt keine spanische Viertelstunde Wartezeit einrechnen. Pünktlich mit dem Geläut der Altstadtkirchen schlüpfte Rosa wieder in die Wachsjacke, um mit ihnen vor der Nachtschicht noch einen Punsch beim Lichterfest zu trinken, ein Pflichttermin für alle, die im Niederdorf wohnten.

4

Der Löwe wachte schon lange über die Hafenanlage. Er hätte bezeugen können, dass der See im letzten Jahrhundert dreimal komplett zugefroren war. Er hatte gesehen, wie sich das Stadtleben aufs Eis verlagert hatte, mit Pferdeschlitten und Marktständen, die gebrannte Mandeln und Edelkastanien feilboten. Wie später Flugzeuge auf der gefrorenen Seedecke gelandet waren und die Polizei ihre Patrouillen-Runden auf Kufen drehte. Jetzt starrte er ins Dunkel. Aufkommender Wind rüttelte an den für den Winter festgemachten Segelbooten und Yachten. Wellen schwappten an die Mauer des Quais im Hafen Enge. Die Leute gingen mit eingezogenen Köpfen ihres Weges. Nur im Restaurant des benachbarten Seebads klirrten Gläser. Auf einer Parkbank gegenüber dem Landungssteg saß ein Mann. Er trug mehrere Schichten Kleider, die seitlichen Taschen seiner Arbeitshose waren ausgebeult von den Plastikflaschen, die er zuvor in einer öffentlichen Toilette mit heißem Wasser gefüllt hatte. Darüber nur ein verdreckter Schlafsack. In einem Ziehwagen befand sich sein ganzes Hab und Gut, mit Zeitungen, Kleidern und Pfandflaschen vollgestopfte Taschen und einige Kanister. Zischend öffnete er eine Dose Bier und überlegte kurz, ob er nicht doch das Angebot eines Freundes annehmen sollte, auf dem Sofa zu übernachten.

Doch er befürchtete, dass ihm dann jemand den Schlafplatz am Hafen streitig machen könnte. Licht flackerte in einem der Boote auf, kurz darauf schallte Musik herüber, begleitet von krautigem Marihuanageruch.

»*Finito*«, sagte Iva und steckte die Flasche Franciacorta umgekehrt in den Eiskühler. Dann lehnte sie sich wieder an die Wand und schob das Handtuch ein wenig zurück, mit dem sie das Bullauge abgedeckt hatten. Das Feuerzeug schnippte, als sie den erloschenen Joint aus dem Aschenbecher nahm und nochmals anzündete. »Hat dein Vater nicht noch was anderes gebunkert?«, fragte sie und stieß Rauch in kleinen Ringen aus.

»Was meinst du?«, wollte Ruben wissen. Er schob gerade am Eingang der Koje ein paar Benzinkanister zur Seite und rüttelte an den Weinkisten dahinter.

»Du weißt schon. Hast du nicht neulich erzählt, dass er manchmal Opium raucht?« Sie schlug den pinken Wollschal enger um die Schultern.

»Ja. Aber er versteckt das Zeug im Tresor.« Ruben rieb die Handflächen aneinander und fischte Mütze und Schal aus dem Ärmel seiner Jacke. »Außerdem, schon ein bisschen kaputt, so was in der Pfeife seines Großvaters zu rauchen, der irre geworden ist … Aber ich hab vielleicht eine Idee, wo es hiervon noch mehr gibt.« Er zeigte in Richtung der Kiste mit den leeren Flaschen. »Bin gleich wieder da. Und dann erzählst du mir alles über den neuen Klub, ja? Mascha war ganz begeistert, aber sie wollte mir nix verraten.«

»Du triffst dich heimlich mit *meinen* Freundinnen?«, fragte Iva mit gespielter Entrüstung.

Sie hielt den Kopf ein wenig schief, und er fand, dass sie gerade sehr schön aussah, mit dem runden Gesicht über den angewinkelten Beinen in den schimmernden Strümpfen. Er wusste aber auch, dass er ihr das nicht sagen durfte, da sie auf einer strikten Trennung zwischen Sex und Freundschaft bestand. Und er befand sich nun einmal leider in der Freundeszone. Das ging so weit, dass Iva ihn wie eine beste Freundin über ihre wechselnden amourösen Abenteuer auf dem Laufenden hielt. Für seinen Geschmack viel zu detailliert. Doch heute Abend, das hatte sie ihm versprochen, würden nur sie zwei zusammen ausgehen. Da schadeten ein paar weitere Flaschen aus dem Weinkeller des Hotels bestimmt nicht.

»Stell dir vor …« Ihre Augen blitzten träumerisch. »Stell dir vor, wie wir tanzen, die ganze Nacht nur tanzen. Und wenn die anderen frühmorgens an der Hardbrücke zu ihren beschissenen Jobs hasten und sich billigen Kaffee aus billigen Pappbechern reinschütten, dann tanzen wir noch immer. Ein eigener Klub – das wäre schon eine andere Nummer, als ab und zu in einem Anhänger auf der Fahrraddemo ein paar Platten aufzulegen.«

Ruben griff nach dem Joint, den sie zu ihm hochstreckte. Ihre Fingerspitzen berührten sich, seine Haut begann zu kribbeln. »Ein verstecktes System von Konsum und Exzess auf der Tanzfläche, ermöglicht durch ein gigantisches System von Überkonsum in einer der reichsten Städte der Welt«, setzte er ihren Gedanken fort. »Vielleicht die einzige Rebellion, die uns übrig bleibt.« Er zwinkerte ihr zu. »Oder wenigstens die spaßigste.« Dann suchte er den Schlüssel und stieg die Leiter hoch. »Gleich wieder da.«

Die Außentür schlug hinter ihm zu. Iva drehte die Musik leiser und streckte sich auf dem Bett aus, das für seine Größe erstaunlich bequem war. Sanftes Schaukeln der Wellen, dann döste sie weg.

Sie hörte nicht, wie sich erneut Schritte näherten. Die Luke an Deck wurde aufgeschoben. Licht fiel auf eine hochgezogene Kapuze, darunter tiefe Augenhöhlen und eine verschwommene Kinnpartie. Mit einem Ruck schreckte Iva hoch. »Du?« Sie atmete ruckartig.

»Wen hast du erwartet?«, fragte die Stimme zurück.

Iva blickte auf die schwarzen Lederhandschuhe, wie sie nach dem Klebeband griffen, das auf der Anrichte der Bordküche lag. Sie wollte zurückweichen, ihre Muskeln verkrampften sich. Doch mit der Wand im Rücken blieb ihr nur die Flucht nach vorne. »Du hast bekommen, was du von mir wolltest. Und jetzt bekomme ich etwas«, sagte sie einiges selbstbewusster, als sie sich fühlte, und tastete nach ihrem Telefon, ohne hinzusehen. »Glaubst du im Ernst, ich lass mich von so einer Show einschüchtern? Ich bin gespannt, was Fleur …«

Weiter kam sie nicht. Noch ehe Iva begriff, wie ihr geschah, hatte er sie auf die Matratze gepresst. Sie wand sich unter dem erdrückenden Gewicht, wollte schreien. Aber da hatte er schon das Handtuch vom Bullauge gerissen und drückte es auf ihr Gesicht. Es schmeckte nach Fäulnis und nach Moder. Brechreiz stieg in ihr auf. Verzweifelt versuchte sie, ihr Telefon zu entsperren. Schaffte es aber nur, die Musik auf der damit verbundenen Anlage aufzudrehen. Vielleicht hörte jemand den Lärm. Ein greller Blitz durchzuckte ihre Schulter, sie konnte nicht anders, als dem Schmerz zu folgen. Tränen schossen ihr in die Augen. Sie wandte sich wimmernd unter dem harten Griff, bis sie auf dem Bauch lag. Ekel erfasste Iva, als sie seinen feuchten Atem im Nacken spürte. Er zog ihren Kopf an dem langen Zopf nach hinten und klebte ihr den Mund zu. Dann fesselte er die Handgelenke mit ihrem eigenen Schal aneinander. Ivas Gedanken rasten. Rein körperlich war er ihr überlegen. Je mehr sie sich wehrte, desto fester hielt er sie im Griff. Klirrend rutschte seine Gürtelschnalle mitsamt Hose zu Boden, ein paar Münzen kullerten davon. »So magst du es doch …«, keuchte er und riss mit den Zähnen ein Kondom auf. Dann beugte er sich über sie, sie fühlte, wie seine Hand ihre Brust knetete. Und suchte verzweifelt nach einem friedlichen Ort, tief in ihr drin, an den sie sich zurückziehen konnte. Betete, dass es schnell vorbeiging. Dann legte sich eine Schlinge um ihren Hals.

5

Schwarze Wolken breiteten sich am Himmel aus, wie auslaufende Tinte. Die Uhr an der Stüssihofstatt zeigte bereits kurz nach Mitternacht, obwohl erst früher Abend war. Sie zeigte immer die falsche Uhrzeit an, aber immer eine andere. Weshalb die Altstadtbewohner jedes Mal einen Wimpernschlag lang aus dem Tag fielen, wenn sie darauf blickten.

»Schmeckt er, der Saft?«, fragte Rosa und bückte sich, bis sie sich mit ihrer Nichte auf Augenhöhe befand.

»Ich hätte gerne ein ganzes Land davon«, sagte die Fünfjährige und streckte ihr den leeren Becher hin.

»Wie wäre es erst einmal mit einer Waffel? Mit Zimt und Zucker?«, schlug Rosa vor und schielte fragend zu ihrer Schwester.

»Von mir aus, aber passt auf«, sagte Valentina schulterzuckend, ohne sich vom Kinderwagen abzuwenden, in dem ihr Jüngster schlief. »Heißer Stein, heißes Bügeleisen, heiße Grillschale ... Viola ist eines der Kinder, die immer ins Feuer fassen.«

»Warum kommt mir das nur so bekannt vor?« Rosa blinzelte ihrer Nichte zu und nahm sie an der Hand, die so winzig war, dass sie mindestens zweimal in ihre eigene gepasst hätte. »Möchtest du auch eine Waffel, Josefa?«

Rosas Mutter schüttelte die hennaroten Haare, die unter einer Baskenmütze hervorlugten. »Bloß nicht«, sagte Josefa und zündete eine schneeweiße *Mary Long* an. Immerhin hatte sie aufgehört, diese schrecklichen Bindis zu rauchen. »Aber nochmals so einen, Schätzchen.« Sie schwenkte den Glühweinbecher. »Das wäre goldig. Nicht wahr, Anselmo?« Dann schnalzte sie mit der Zunge in die Richtung des Hündchens, das sich in seinem Stickmäntelchen zu ihren Füßen eingerollt hatte.

»Ja, gut«, sagte Rosa etwas genervt, da dies bedeutete, dass sie an zwei verschiedenen Orten anstehen mussten. Aber solche Dinge fielen ihrer Mutter nicht auf. Wahrscheinlich war sie zu sehr damit beschäftigt, woanders die Aufmerksamkeit zu suchen, die ihr Mann ihrer Ansicht nach nicht für sie aufbrachte. Vinzenz, Rosas Vater, war schon vor Monaten in seine Waldhütte auf dem Uetliberg gezogen, zumindest tauchte er nur noch selten in der ehelichen Wohnung in der Altstadt auf. Und als er vorgeschlagen hatte, in der Hütte gemeinsam Weihnachten zu feiern, waren die familieninternen Diskussionen natürlich sofort losgegangen. Wie jedes Jahr.

Zwanzig Minuten später flanierten sie durch die mit Kerzen beleuchteten Gassen. Von der Waffel waren nur noch einige Butterflecken auf Papier übrig. Es roch nach geschmolzener Schokolade und Rauch. Vielleicht ein bisschen so wie früher im Mittelalter, als die Menschen ebenfalls vor offenen Feuern draußen saßen, gewärmt von Schaffellen, einfach minus die Schokolade.

»Guck mal!« Die kleine Viola zog Rosa zu einer Kiste

mit Spielsachen, die vor einem Hauseingang mit steinernen Bögen deponiert worden war.

»Oh, nein. Bitte keine Gratis-zum-Mitnehmen-Dinge. Wir haben mehr als genug. Genug Plüschtiere, genug Spielsachen«, sagte Valentina entschlossen, die Begeisterung in der Miene ihrer Tochter richtig deutend – aber zu spät. Als Viola kurz darauf mit einem rosa Plastikköfferchen zurückkehrte, huschte dennoch ein Lächeln über ihr Gesicht.

»Nein, so was«, sagte auch Josefa und hielt eine winzige Apfelreibe hoch, ein Plastikkännchen und ein mit heißem Wasser beheizbares Tellerchen.

»Genau wie unser Puppenköfferchen damals«, sagte Rosa und versuchte, das warme Gefühl im Bauch zu ignorieren. Sie musste dringend mit ihrem besten Freund Richi sprechen, sobald er seine Proben für das neue Stück am Schauspielhaus abgeschlossen hatte. Denn egal, wie sich das mit Martin entwickelte, es entwickelte sich definitiv zu langsam. Zu langsam für den Plan, den sie und Richi im letzten Sommer geschmiedet hatten. Nachdem Rosa die Biologie in die eigenen Hände genommen und in einer Klinik einige Eizellen hatte einfrieren lassen. Bald darauf rief ihr Richi das Versprechen in Erinnerung, das sie sich beim ersten, tränenreichen Liebeskummer einst gegeben hatten, unter den Boyband-Postern an ihrer Kinderzimmerwand: Sollten sie beide ihr Glück bis vierzig nicht gefunden haben, würden sie gemeinsam ein Kind bekommen. Zwar lebte Richi unterdessen in einer festen Beziehung, doch sein Partner war der tollkühnen Idee gegenüber durchaus aufgeschlossen.

Zwei Stunden später packte Rosa am Forellensteig ihre marineblaue Hose und das dazugehörige Uniformhemd, auch blau, aber mehr ins Königsblau gehend, aus dem Beutel der Wäscherei. Beim Umkleiden ging sie im Kopf die Ausrüstung durch: Fotokoffer, Sanitätskoffer, Polizeikoffer, Tauchertasche, Rettungstasche und Einsatztasche. Als sie, wie vor jeder Schicht, gerade dabei war, die *Principessa* fixfertig zu beladen, damit sie im Notfall innert Sekunden einsatzbereit wäre, leuchtete wieder die Nummer ohne Namen auf ihrem Telefon. Diesmal ließ sie sich davon nicht aus der Ruhe bringen.

6

Ruben nickte im Vorbeigehen dem Bärtigen zu, der unter den Erlen auf einer Parkbank saß, dick eingepackt für die Nacht. In Rubens Tasche befanden sich nicht nur weitere Flaschen mit eiskaltem Franciacorta. Er hatte unterwegs noch Pommes und Falafelbällchen mit scharfem Zitronenhummus gekauft, die langsam abkühlten. Bestimmt würden sie Iva für die lange Wartezeit entschädigen. Er war im Schnellimbiss noch ein paar Freunden über den Weg gelaufen. Dafür wollten sie später auch kommen, wenn Iva spielte. Und ein paar Zuhörer mehr konnten bestimmt nicht schaden, dachte er sich und ging mit federnden Schritten auf den Steg hinaus. Laute Musik schallte vom Boot her, obwohl er ihr gesagt hatte, dass sie sich unauffällig verhalten sollten. Aber ja, es war halt Iva.

Er wollte gerade an das Bullauge klopfen, als er merkte: Das Handtuch, mit dem er es blickdicht abgedeckt hatte, war nicht mehr da. Nackte Haut, ein Ausschnitt nur, doch sehr eindeutig. Das reichte ihm. Es war nicht das erste Mal, dass sie sich so rücksichtslos verhielt. Auf seinem eigenen Boot erst noch – oder eher, dem seines Vaters. Diese Eskapade war eine zu viel. Zornesröte stieg ihm ins Gesicht, vielleicht war es auch Scham. Er schmetterte die beiden Flaschen in den See, mit einem dumpfen Laut versanken sie beinahe sofort. Die Tüte mit dem Essen schenkte er dem Bärtigen auf der Bank, und dann nix wie weg. Gerade noch rechtzeitig duckte er sich unter einem tief hängenden Ast an der Uferanlage durch. In dem Moment sah er, wie sein Vater, einen verbeulten, etwas dandyhaften Hut auf dem Kopf, leicht schwankend aus dem Seebad Enge trat, auf den langen Holzsteg zum Ufer. Wahrscheinlich hatte er dort gegessen, Manfred mochte die »urbane Atmosphäre« auf dem Badefloß, das auch im Winter genutzt wurde. Sein Vater rief ihn mehrere Male beim Namen, doch Ruben reagierte nicht. Der hatte ihm jetzt gerade noch gefehlt. Erst als ein paar Jugendliche seine Rufe nachäfften, verstummte Manfred. Ruben sah zu, dass er Land gewann. Er wollte nur noch eines: sich in lauter Musik und im warmen Dunkel vergessen.

7

Weißer Rauch brannte in ihren Augen, als Iva wieder zu sich kam. Auch die Kehle brannte, wund fühlte sie sich an und staubtrocken. Immerhin waren die Fesseln weg. Mit flatterigen Händen weitete sie die Schlinge um den Hals, nun nur noch lose geknüpft. Nie zuvor hatte Iva solchen Durst verspürt. Der Boden unter ihr schwankte, die zerrissenen Strümpfe hingen auf Höhe der Kniekehlen. Ihr Unterleib schmerzte, alles schmerzte. Dumpf kehrte die Erinnerung zurück. Benommen suchte sie nach ihrem Telefon, das zwischen die Decken gerutscht sein musste. Da erst merkte sie, dass der flackernde Schein nicht von der Laterne herrührte. Flammen breiteten sich auf dem Boden aus, es roch nach Tankstelle. Sie fühlte sich wie in einem dieser Träume gefangen, in denen man schreien will, aber kein Laut aus der Kehle dringt. Ein Schub Adrenalin, dann robbte Iva zur Leiter. Mit letzter Kraft schaffte sie es auf Deck.

Sie hob ihre Augen zum Himmel, zum geschwungenen Grat der Hügelkette. In der Dunkelheit sah er aus wie die riesenhaften Rücken tief ins Erdinnere eingegrabener Geschöpfe aus uralten Zeiten. Nur wenige Augenblicke später erschütterte eine Explosion die Nacht, eine Flamme schlug in den Himmel, so gleißend und hell, dass sie die Sterne verschluckte.

8

Der Notruf ging kurz nach elf über den Rettungskanal ein. Binnen weniger Sekunden waren Rosa und ihre Kollegen einsatzbereit, und Fred, ihr Chef, wählte sich in die Konferenzschaltung der beteiligten Rettungskräfte ein.

»Schneller können wir nicht?«, fragte Karim und kniff die Augen zusammen, um besser sehen zu können, solange Rosa die *Principessa* rückwärts aus der Werft manövrierte. Doch es war, trotz Blaulicht, stockfinster.

»Wenn du mit dem Radar den Weg checkst, können wir es versuchen«, antwortete Rosa und drückte den Gashebel nach oben, was lautstarke Motorengeräusche nach sich zog.

Karim stellte mit der einen Hand den Funk lauter und tastete mit der anderen die Fläche vor ihnen mit dem Radargerät ab. Auf dem Bildschirm huschten gelbe Wärmequellen vorbei, manchmal reichten schon ein offener Rollladen an einem Bootshaus oder in der Uferzone schlafende Enten für ein Signal aus. Je näher sie dem Hafen Enge kamen, umso leuchtender wurde die Fläche. Sie rasten auf das *Aquaretum* zu, die Fontänen des Wasserspiels schossen in die Höhe, eisblau und phosphoreszierend, ihre Bögen bildeten einen seltsamen Kontrast zum Flammenmeer im benachbarten Hafen. Normalerweise ließen sich am Rhythmus des *Aquaretums* lokale Erschütterungen und weit entfernte

Erdbewegungen ablesen. Doch die Katastrophe im benachbarten Hafen hatten die Signale des Erdbebendienstes, die den Mechanismus der Düsen steuerten, nicht voraussehen können.

»Unfassbar!« Karim befestigte den Waffengurt, zutiefst schockiert, dann schaltete er die Lüftung der Innenkabine aus. Sie lenkten die *Principessa* so nahe an das Hafenbecken auf der linken Seeseite, wie die mörderisch abstrahlende Hitze gerade noch zuließ. Der Nachthimmel glühte. Gelbe Rettungshelme überall, und doch brannte es nach wie vor lichterloh.

»Mit der Bise haben wir schlechte Karten.« Ein Feuer dieser Größenordnung hatte Rosa noch nie erlebt. Nur schon landseitig mussten weit über hundert Einsatzkräfte vor Ort sein, die versuchten, den Brand in Schach zu halten. Dennoch kam er dem historischen Baumbestand nördlich der Uferböschung bereits gefährlich nahe. Rosa warf einen Blick in die Kabine unter Deck, wo es im Notfall Platz für zwei Dutzend Gerettete gab.

»Schau nur, es springt!«, rief Karim. Mehrere Boote standen bereits in Flammen, unkontrollierbar zog das Feuer immer mehr Sauerstoff an.

»Wenigstens sind hier nachts um diese Jahreszeit kaum Leute unterwegs«, sagte Rosa. Wobei die Menge an Schaulustigen ihre Worte infrage stellte. Zwischen dem Wabengarten und der Hafenpromenade standen ganze Menschentrauben und filmten die Szenerie mit gezückten Telefonen. Unbeeindruckt von der polizeilichen Absperrung übertrugen sie das Inferno direkt ins Netz. Heulende Sirenen und eine breite Rauchsäule, die über den Flammen aufstieg. Sie musste bis in die Innenstadt, selbst vom gegenüberliegenden Ufer, von der Goldküste aus, zu sehen sein.

»Bereit?«, fragte Rosa ihren Kollegen, den Instruktionen aus dem Funkgerät folgend. Sie zog das Atemschutzgerät über, ihre Augen tränten vom beißenden Rauch. Das Feuer zischte und fauchte wie eine rasende Bestie unter dem Löschschaum, der aus armdicken Schläuchen drückte – und doch nirgends hinreichte.

»Bereit!«, bestätigte Karim und schob das Visier des Rettungshelms herunter.

Nebenan hatten die Truppen der Seerettung in Windeseile orangefarbene Sperren auf ihren Booten ausgerollt. Diese wässerten sie nun vor der südlichen Hafeneinfahrt, um auslaufendes Motorenöl und Löschschaum aufzufangen, ehe sie das Trinkwasser gefährdeten. Der Seerettungsdienst war auf verschiedene Gemeinden verteilt, wie die freiwillige Feuerwehr, und das ganze Jahr über auf Pikett abrufbar, wenn die Seepolizei mehr Kapazitäten brauchte. Eine große Entlastung, nicht nur jetzt. Trotz der Sperre trieb bereits eine trübe Schicht auf dem See, durchzogen von Wrackteilen, Resten verbrannter Planen und nasser Asche. Wenige Handgriffe später war auch die Löschanlage der *Principessa* in Betrieb. Lautstark saugte sie Wasser aus dem Seebecken an und verteilte es auf mehrere Spritzsysteme. Aus der Luft näherten sich Rotorengeräusche. Einen Augenblick später tauchten die Löschhelikopter der Armee über den Baumwipfeln auf.

Erst gegen fünf Uhr war das Feuer so weit gezähmt, dass die Einsatzkräfte bis zu den ausgebrannten Booten vorrücken konnten. Rosa schaltete das Flutlicht an, während Karim die *Principessa* in Stellung brachte. Der steinerne Löwe an der Landungsbrücke war schwarz vor Ruß.

Plötzlich breitete sich Hektik aus. Sanitäter versammelten sich bei der Quaimauer, nachdem sie die Einsatzwagen so umgeparkt hatten, dass sie zu einem Sichtschutz zwischen Hafenbecken und Schaulustigen wurden.

»Kannst du was erkennen?« Rosa lehnte weit über die Reling und hoffte, dass es nicht das war, wonach es aussah.

»Sie stellen ein Leichenzelt auf«, bestätigte Karim ihre Befürchtung und ließ das Fernglas sinken.

Da rief schon Freds Stimme aus der Zentrale, unterlegt vom Rauschen des Funkgeräts. Rosa drehte die Lautstärke hoch und funkte zurück. Sie sollten mit dem Radargerät unter den umhertreibenden Flecken von Löschschaum nach weiteren möglichen Opfern suchen. In den Trümmern war eine tote Person geborgen worden. Noch bevor Rosa darauf reagieren konnte, begann ein Segelschiff zu sinken. Und wenig später eine Motoryacht.

»Nicht das auch noch!« Ihre Stimme klang heiser, als sie auf die Überreste der Boote blickte, über denen bereits dünnes Morgenlicht graute. Mit ihnen versank gerade sämtliches Beweismaterial auf dem Grund. Sie würden danach tauchen müssen, lange tauchen.

9

Rechtsmediziner Simon Fisler beugte sich über die provisorisch aufgebaute Liege im Zelt am Hafenbecken. »Brandhämatome, krümelige Konsistenz, postmortal entstanden«, murmelte er vor sich hin. Dann fotografierte er die unter der Hitze geschrumpfte Muskulatur des Torsos. Nebenan hatte sich die Einsatzleitung gerade zu einer Lagebesprechung versammelt, als Rosa nach der Löschaktion eintraf, ein Mäppchen mit der Liste aller Bootshalter unter den Arm geklemmt, die Fred ihr in aller Eile übermittelt hatte. Sie war noch gar nicht dazu gekommen reinzuschauen. Am liebsten wäre es ihr sowieso gewesen, die Liste gleich an die Kriminalpolizei weiterzureichen. Denn an sich wäre die Arbeit der Seepolizei jetzt bereits abgeschlossen – wenn die Boote nicht gesunken wären. Nun waren sie gezwungen, für die Beweissicherung unter Wasser weitere Leute aufzubieten, die im Morgenlicht mit den Bergungsarbeiten an den Wracks beginnen mussten.

Rosa nickte in die Runde. »Morgen«, sagte sie, ohne *gut*, denn es war kein guter Morgen. Ein kurzes Déjà-vu – wie im vergangenen Sommer war Andrea Ryser mit dem Kriminalbeamten Martin Weiss ausgerückt. Die Staatsanwältin, stets gekleidet, als wollte sie mit dem Hintergrund verschmelzen, trug nun, im Spätherbst, statt Leinen und gedeckten Nude-Tönen einen dunkelgrauen Mantel, dazu einen karierten Wollschal und laubbraune Lederschuhe. Rosa bemühte sich, Martin gegenüber unauffällig aufzutreten. Es war nichts Verbotenes daran, dennoch war ihr wohler, wenn sie ihre Liaison noch eine Weile für sich behielten.

Nun ergriff die Staatsanwältin das Wort und wirkte schlagartig doppelt so groß, wie so oft bei Leuten, die es gewohnt sind, dass andere ihnen zuhören. Da ihr Protokollführer, den Rosa als durchsichtige Gestalt mit Fischaugenbrille in Erinnerung hatte, offenbar krank war, übernahm Martin ad hoc diese Aufgabe.

»Die Yacht, auf der das Feuer vermutlich ausgebrochen ist, heißt *Amethyst*.« Andrea Rysers Atem bildete beim Sprechen feine Nebelschleier. »Wobei die Ausbruchsstelle, also der Ort, an dem die brennbaren Anteile zusammengetroffen sind, nicht in jedem Fall auch mit der Entstehung der Zündenergie gleichzusetzen ist. Die Ermittlungen werden noch einige Tage dauern. Auf jeden Fall wurde die Leiche auf der *Amethyst* geborgen. Wobei wir schon beim Stichwort wären. Die Anordnung einer ordentlichen Obduktion scheint mir unumgänglich.« Die Staatsanwältin schielte zur Liege. »Fisler, können Sie auf die Schnelle schon was sagen? Todeszeitpunkt? Todesursache?«

»Wenigstens hat die fast feuerfeste Bootsplane den Rumpf so weit geschützt, dass die inneren Organe erhalten sein könnten. Ohne die Plane hätte es außer dem Zahnstatus nicht mehr viel zu sehen gegeben. Aber was ich als Allererstes brauche, sind DNA-Proben, Zahnbilder, irgendetwas Handfestes, um vor der Obduktion ihre Identität bestimmen zu können.«

»Ihre?«, hakte Ryser nach.

»Definitiv, ja.« Er blinzelte in den Scheinwerfer. »Die Totenstarre hat bereits eingesetzt. Doch es könnte noch schlimmer sein, zumindest vom rechtsmedizinischen Standpunkt aus.«

»Wollen Sie damit sagen, sie war bereits tot, als das Feuer ausbrach?« Etwas Lauerndes lag in Rysers Stimme.

»Sie ist gestern Abend verstorben, doch zwischen dem einen und dem anderen können auch nur ein paar Minuten liegen«, sagte der Rechtsmediziner, ohne nochmals aufzublicken. »Fragen Sie mich Montag wieder, das wird ein langes Wochenende.«

Die Staatsanwältin seufzte. »Könnten Sie die Bootshalter informieren?«, fragte sie dann. »So schnell wie möglich.«

Rosa benötigte einen Augenblick, bis ihr aufging, wer gemeint war. »Sicher, wir kümmern uns darum«, antwortete sie hastig und packte ihre Liste wieder ein. Obwohl sie nicht wusste, wie das gehen sollte, wenn die Kollegen den ganzen Tag mit der Bergung der gesunkenen Wracks beschäftigt sein würden, ganz abgesehen von den Tauchgängen für die Spurensuche im Hafenbecken.

»Interessant!«, rief Fisler auf einmal. »Prämortale Vitalitätszeichen definitiv vorhanden. Sie hat zum Zeitpunkt des Brandes also noch gelebt. Ich tippe auf eine Rauchvergiftung.« Er klappte den Koffer mit seinen Utensilien zu und machte den wartenden Sanitätern ein Zeichen zum Abtransport. Dann verschränkte er die Arme, wobei der dünne Schutzanzug raschelte. »Warum versteckt sie sich unter einer Bootsplane, statt vor den Flammen zu flüchten?«

Du siehst ganz schön zerknittert aus«, stellte Fred, Rosas Chef, fest, als sie die übervolle Garderobe nach ihrer Strickjacke absuchte. Sie versuchte, ihre Nachtschicht, die schon zur Tagschicht geworden war, endlich zu beenden.

»Es gibt wieder kein warmes Wasser in den Duschen unten«, erwiderte sie.

»Ich weiß«, seufzte Fred und zog seinen Mantel an. »Nächste Woche habe ich endlich die Sitzung mit dem Hochbauamt zur Sanierung der Wache. Übrigens, soll ich dich in der Innenstadt absetzen? Liegt sowieso auf meinem Heimweg. Nach der Höllennacht …«

Rosa rieb sich die vor Müdigkeit schweren Oberarme und musste an die Ergebnisse einer israelischen Studie denken: Angeblich entschieden Gerichte eher zuungunsten von Angeklagten, wenn das Personal stark übermüdet war. Zumindest heute konnte sie das sehr gut nachvollziehen. Sie nickte dankbar. Am Nachmittag musste sie schon wieder zum Rapport antreten und zuvor noch den Stand der Abklärungen zu den Bootshaltern erfragen. Mit einem erfreuten Laut zog sie unter einem Regenponcho ihre Strickjacke hervor.

»Ihr seid noch da? Sehr gut!«, rief Karim, der gerade angelaufen kam. Er schwenkte ein zusammengerolltes Blatt Papier auf und ab wie die Stablampe bei einer Verkehrskontrolle. »Hast du die Namen der Bootshalter schon durchgesehen, Rosa?«

»Wann auch?«, gab sie leicht gereizt zurück und unterdrückte ein Gähnen. »Können wir uns das nicht später anschauen? Ich bin fix und fertig, und Fred und ich wollten gerade los.«

»Mir ist da was aufgefallen«, fuhr Karim unbeirrt fort, der anscheinend keine Eile hatte, Feierabend zu machen. »Erinnerst du dich an die suizidale Frau von vor ein paar Wochen?«

Natürlich erinnerte sich Rosa. Sie waren gerade dabei gewesen, die *Principessa* auszuräumen und die Ausrüstung in den Trocknungsraum zu bringen, als der Notruf des Muscheltauchers einging. Sie waren mit heulenden Sirenen losgefahren. Kurz darauf hatten sie den Mann in der Uferzone mit einer ohnmächtigen Frau im Rettungsgriff entdeckt. Die Frau atmete nur noch ganz flach, Muskelstarre hatte das Kältezittern abgelöst. Der Sanitäter vom Rettungswagen, der Minuten später eintraf, sprach überdeutlich und langsam mit der Frau, die sie schon in Wärmedecken gehüllt hatten, wie mit einem schwerhörigen Kind. Als ihr Gesicht etwas an Farbe gewann, erklärte er, dass sie sie nun ins Universitätsspital bringen würden. Und danach direkt ins Burghölzli, hatte sich Rosa gedacht, in die Psychiatrische Klinik auf dem bewaldeten Hügel im Südosten der Stadt. Suizidversuche – das Thema gehörte zu den tragischen Seiten ihres Berufs. Immerhin war die Frau rechtzeitig gefunden worden. Aber immer wieder kam es vor, dass der Versuch dann einige Wochen später wiederholt wurde. Manche blieben so lange beharrlich, bis es klappte.

Als der Rettungswagen mit ihr davongefahren war, hatte Karim ein nasses, durchscheinendes Stück Stoff von der Reling der *Principessa* gepflückt. »Das gehörte wohl zu ihrem Kleid.«

»Ja«, sagte Rosa. »Ein Cape oder so was.«

»Denkst du, das war ihr Brautkleid?«, fragte Karim.

Sie zuckte unschlüssig mit den Schultern. »Kann sein. Zumindest ist es festlich.«

»Ist das nicht etwas melodramatisch?«

»Wohl noch nie unglücklich verliebt gewesen.«

»Ich muss ja auch nicht alles verstehen«, hatte er gebrummt und den Motor gestartet. In den zwei Wochen, die seither vergangen waren, hatte sich Rosa gehütet, ihn nochmals allzu Persönliches zu fragen.

Jetzt sagte Karim vor der Garderobe zu Fred und Rosa: »Ihr Name war Elenor Engler – und schaut mal hier.« Er reichte ihnen die Liste. Widerwillig warf Rosa einen Blick darauf, dann sprang auch ihr der Name ins Auge. Der Besitzer der Yacht *Amethyst,* auf der nicht nur die Leiche gefunden worden war, sondern auch das Feuer mutmaßlich seinen Ausgang genommen hatte, hieß Manfred Engler. Rosas Lebensgeister kehrten zurück. »Ihr Ehemann?«

Und Fred fragte fast gleichzeitig: »Ist *sie* etwa die Tote vom Hafen?«

Doch das hatte sich Karim auch schon gedacht und bereits in der Psychiatrischen Klinik angerufen. »Fehlanzeige«, sagte er. »Sie war gerade in der Atemgruppe und laut Aussage der Pflegerin quicklebendig.«

»Hatten wir nicht etwas von ihr auf der *Principessa*?«
Rosa machte kehrt und ging zu einem großen Wandschrank,
in dem sie Beweismittel und Fundgegenstände aufbewahr-
ten. Sie zog einen Beutel hervor und strich über den irisierenden Stoff des Capes, das auf dem Boot liegen geblieben
war, grünlich vom getrockneten Seewasser und winzigen
Algenschlieren.

»Bring es ihr doch vorbei«, sagte Karim.

»Weißt du was?«, sagte Rosa stirnrunzelnd. »Das mache
ich. Doch zuerst muss ich schlafen, richtig lange schlafen.«
Sie sah auf die Uhr. »Oder wenigstens tief.«

II

Es begann in dem Moment zu regnen, als Rosa den Schwarzen Garten durchquerte. In der Nacht, während der Löscharbeiten, wäre das einiges nützlicher gewesen. Sie stieß die knarrende Holztür auf und zog erleichtert den Kopf um ein paar Millimeter ein. Besonders groß war Rosa nicht, aber der Steinrahmen lag tief, wie im sechzehnten Jahrhundert üblich. Früher war in ihrem Häuschen die Wäsche des halben Straßenzugs in dampfenden Zubern über dem Feuer geknetet worden. Manchmal bildete sich Rosa ein, noch immer den Geruch nach Seife, nach Geschwätzigkeit und moschusschwerem Schweiß wahrzunehmen, der den Waschfrauen aus dem Haaransatz rann. Das Waschhaus war nach Südosten ausgerichtet, dorthin, wo sich die Alpen hinter dem See auffalteten. Es hatte ein Giebeldach mit vermoosten Ziegeln auf der Wetterseite, und wenn starker Wind ging, knackte es im Gebälk. Rauchgeruch hing noch immer in ihren Haaren. Das war das Schlimmste nach einem Brand, der Geruch. Er fraß sich in die Poren hinein, haftete auf der Haut, noch tagelang, egal, wie viel man schrubbte. Nur Leichengeruch war noch schlimmer. Doch sie war zu müde, um in die Badewanne mit den Füßchen zu steigen, die im hinteren Bereich der Küche stand. Gähnend ging sie in den oberen Stock, wo sich ihr Schlafzimmer befand. Mit seinen Sichtbalken erschien es ihr heute wie eine gemütliche, sichere Höhle. Sie zog sich aus und schlüpfte unter die Decken, die sich bald erwärmen würden. Zuletzt streifte sie die Strümpfe von den Füßen, als könnte sie sich damit auch von den Strapazen befreien. Sie griff nach ihrem Telefon, dessen Glockenspiel neue Nachrichten ankündigte. Wieder die Nummer ohne Namen. Rosa schob das Gerät beiseite – und fiel in traumlosen Schlaf.

Die Füßchenbadewanne stand in gerader Linie zum knisternden Schwedenofen. Daneben ein Schemel, zum Tablett umfunktioniert. In einer Glaskanne gingen die Farben von Ingwersirup mit Blutorange und Nelken in klares Sodawasser über. Regen perlte an den Fensterscheiben hinab, zeichnete ein Geäst aus feinen Schattenlinien auf die Küchenanrichte. Rosa saß mit angezogenen Beinen in der Badewanne und wusch die Überreste der Brandnacht weg. Warmes Wasser floss aus dem Schwamm, über Schultern und Arme, über winterhelle Haut mit Sommersprossen und eine untertellergroße Narbe am Oberschenkel. Weniger elastisch als die umliegende Haut, blasser und ohne Sinneszellen. Eine Erinnerung an ihre Unzulänglichkeiten, eine bleibende Warnung, sich im alles entscheidenden Moment nicht nur vom Gefühl leiten zu lassen wie an jenem Tag kurz nach dem Abschluss ihrer Ausbildung zur Kriminalbeamtin. Bei jenem Einsatz, ohne den sie vielleicht nie bei der Seepolizei angeheuert hätte. Sie gehörten zusammen, die Jahre, die sich aneinanderreihten, und die Narben, die zeigten, dass die Vergangenheit real war. Der Schnitt auf der rechten Handfläche, exakt die Lebenslinie durchtrennend – die Mirabellenmarmelade, in Wut auf den Boden geschmettert während eines Streits mit ihrer Mutter. Eine Reaktion, die so gar nicht zu Rosa passte. War nicht sie es gewesen, die eine Kindheit lang die Rolle der Vernünftigen ausgefüllt hatte? Obwohl sie niemand dazu gezwungen hatte. Vielleicht lag es einfach in ihrer Natur, sich um andere kümmern zu wollen. Sie seufzte. Nicht unbedingt die beste Voraussetzung für eine Karriere bei der Kriminalpolizei. Ein Helfersyndrom hatte dort ebenso wenig zu suchen wie im Klassenzimmer oder beim Sozialamt. Und doch fühlte sie, dass die Narbe wieder zu jucken begann, wie sie das schon im letzten Sommer getan hatte. Sie dachte an die beiden Frauen vom See, von denen die eine den Tod im Wasser gesucht hatte und die andere ein paar Wochen später im Flammenmeer umgekommen war. Und dann noch auf der Yacht des Ehemanns der Ersteren. Sie musste herausfinden, in welcher Beziehung sie zueinander standen. Hatte das Paar eine Tochter? Oder vielleicht war es die Geliebte von Engler gewesen? Ein Eifersuchtsdrama?

Ein Schrillen riss sie aus den Gedanken. Rosa erwartete niemanden. Sie beschloss, die Klingel für einmal Klingel sein zu lassen. Manchmal irrte sich auch nur jemand im Stockwerk. Außerdem musste sie sich sowieso langsam beeilen. Eigentlich hatte sie noch ihr Fahrrad bei der Wache abholen wollen, doch sie war kurzfristig zum Hafen beordert worden. Lauter werdendes Lachen erklang, zwei wohlbekannte Stimmen folgten. Rosa schnappte sich das vorgewärmte Handtuch neben dem Schwedenofen.

»Verräter«, zischte sie, aber Richi konnte sie nicht hören,

denn er kam erst die Steinplatten entlanggelaufen. Hinter ihm, einen Kopf größer und tadellos gekleidet wie immer, das Gesicht unter einem schwarzen Regenschirm verborgen – Leo. Gänsehaut breitete sich auf Rosas vom Badewasser geröteter Haut aus. Sie huschte in das obere Stockwerk, um ihrem Verflossenen zumindest im Morgenmantel gegenüberzutreten. Nach einem halbherzigen Klopfen wurde die Holztüre zum Waschhaus aufgestoßen. Reflexartig trat sie einige Schritte zurück, in den hinteren Bereich des schmalen Treppenhauses.

»Zu spät.« Leo hob die Hände in die Luft. »Wenn der Berg nicht zum Propheten kommt, kommt der Prophet halt zum Berg.« Er schien damit zu rechnen, dass sie ihm gleich um den Hals fallen würde, und drehte sich, als das nicht geschah, zu Rosas bestem Freund um, der verlegen von einem Bein aufs andere trat unter den vernichtenden Blicken, die aus Rosas Augen schossen. Sie merkte deshalb zu spät, dass sie plötzlich doch in die Arme geschlossen wurde. So lange und so vertraut, dass sie Leos Herzschlag unter dem kratzenden Mantelstoff spüren konnte. Gleich würde ihr Körper noch damit beginnen, Oxytocin auszuschütten, es würde in großen Mengen durch ihre Blutbahnen strömen, den Stress wegschwemmen und stattdessen das Belohnungssystem in ihrem Gehirn aktivieren. Einfach, weil ihr Körper das so gewohnt war bei Leo. Sie fühlte sich wie ein zu groß geratener Pawlowscher Hund, der gleich zu sabbern beginnen würde, klassisch konditioniert. Still verfluchte sie ihr Körpergedächtnis, dann löste sie sich entschlossen, wobei ihr Morgenmantel verrutschte. Egal, sie wussten ja alle drei, wie sie aussah. Rosa verschränkte die

Arme. »Das tut mir schrecklich leid«, sagte sie und rückte den geblümten Stoff trotzdem zurecht. Aber ganz nonchalant und nebenbei. Wenn sie Tote aus den Tiefen des Sees holen, mit Brandleichen und verkohlten Wracks umgehen konnte, dann würde sie ja wohl auch mit ihrer eigenen Erinnerung fertig werden, die sich gerade vor ihr materialisierte. »Der Prophet ist vergeblich gewandert, wie schade um den ganzen weiten Weg von … Marokko? Paris? Algier?«

Statt einer Antwort erkundigte sich Leo mit Blick in die viel zu einladende Küche, ob sie seine Teekanne durch eine neue ausgetauscht habe.

»Und wenn?«, gab sie zurück. Dann stapfte sie die Treppe hinauf, entschlossener Rückzug, unterlegt vom Knarren der Stufen. Oben angekommen drehte sie sich nochmals um: »Wenn du dich mit Richi so gut verstehst, dann macht er dir bestimmt einen Kaffee. Bei sich drüben!« Damit knallte sie die Türe zu.

»Bei Manon, morgen um zehn?«, rief Leo. »Ich werde auf dich warten.«

Er gab nicht auf. Blut schoss ihr ins Gesicht. Wie konnte er so selbstherrlich sein? Den Teufel würde sie tun! Doch sie wusste, dass er erst gehen würde, wenn sie einen Laut von sich gab, den man mit viel gutem Willen als ein *Ja* interpretieren konnte.

Rosa atmete auf, als sie die Schritte der beiden auf dem Kies hörte. Ein kegelförmiger Lichtspalt fiel auf den Weg. Dann waren unter dem Leuchter in der Wohnung schräg gegenüber schattenhafte Umrisse zu sehen. Obwohl es wieder still und ruhig im Schwarzen Garten geworden war, konnte sie noch immer seine Nähe fühlen.

12

Die leuchtorangefarbene Sperre für das Motorenöl schirmte den Hafen noch immer vom See ab. Ein paar Möwen kreisten über dem stillgelegten *Aquaretum,* die Fontänen waren nach dem Brand vorerst abgeschaltet worden. Schaulustige beugten sich über die Absperrung, um einen Blick auf die Bergungsarbeiten zu erhaschen. Am eindrücklichsten war aber nicht das Sichtbare, sondern der Geruch. Selbst der Regen hatte es nicht vermocht, den rußigen Brandhauch wegzuspülen. Ein Kran hob die verkohlten Schiffswracks aus dem Wasser, in dem Holzteile und Reste der Abdeckplanen schwammen, mit denen Segelboote und Yachten für den Winter abgedeckt waren. Einige Lampen am Quai waren komplett geschmolzen, die nackten Zweige der Erlen angesengt. Manche der Bäume würden den nächsten Sommer nicht überstehen. Und auch vom Saunaschiff, sonst eine der winterlichen Attraktionen, war nicht mehr viel übrig geblieben. Luftblasen stiegen auf, wo Polizeitaucher auf dem Grund nach möglichen Spuren suchten. Die *Principessa* lag wieder an derselben Stelle vor Anker, neben dem verrußten Löwen, der an diesem sonnigen Nachmittag noch schwärzer wirkte als in der Nacht zuvor.

»Ausgeschlafen?« Martin nahm die Sonnenbrille ab und streichelte über Rosas Arm.

»Kommt ganz auf die Definition an«, sagte sie, wobei ihre Augen die Umgebung nach bekannten Gesichtern absuchten. Und tatsächlich stieg ihr Chef gerade in Begleitung von Andrea Ryser aus dem Dienstwagen und ging mit hinter dem Rücken verschränkten Armen in Richtung Einsatzzelt.

»Wollen wir?«, fragte sie und lächelte. Dabei fühlte sie sich ein wenig wie eine Hochstaplerin. Rosa achtete auf genügend Abstand zwischen ihr und Martin, als sie sich zu den anderen gesellten. Im blickdichten Zelt hatten sich unterdessen die Brandermittler eingerichtet. Und auch die Seepolizei war nicht untätig gewesen, wie die vielen mit trübem Wasser gefüllten Beweissicherungsbeutel zeigten.

Ryser ging das Protokoll durch. Die verkohlte *Amethyst* sei bereits ans Ufer gezogen und nahe der Rampe so weit befestigt worden, dass sie stabil war. Wie so oft müsse der Brandplatz in mühsamer Handarbeit abgetragen und untersucht werden. Nach dem Schwarz-Weiß-Prinzip, einer akribischen Trennung von verkohlten und sauberen Bestandteilen. »Je mehr verbrannt ist, desto schwieriger gestaltet sich die Spurensuche«, sagte die Staatsanwältin und seufzte. »In diesem Fall also: sehr schwierig. Derzeit knöpfen sie sich den Benzinmotor der *Amethyst* vor, beziehungsweise, was davon übrig ist. Da könnte durchaus was manipuliert worden sein.«

»Dann wäre es Brandstiftung …«, sagte Martin.

»Brandstiftung mit Todesfolge. Aber wie gesagt, das ist erst eine Vermutung.« Ryser blickte nachdenklich auf die Beweismittel. »Ist das eine Parabellum?«, fragte sie in Freds Richtung, streifte Handschuhe über und griff nach einem der Beutel. Sie hielt ihn gegen das Sonnenlicht, im grünlichen Wasser lag eine Pistole.

»Gut erkannt«, meldete sich Rosas Kollege Tom zu Wort, der den morgendlichen Taucheinsatz der Seepolizei geleitet hatte. »Sieht man am dünnen Lauf, dem fast spitz zulaufenden Griff. Und dem charakteristischen Gelenk, fast wie eine Warze.« Er zeigte auf die Oberseite der Waffe, wobei sich der Ärmel seiner Jacke verschob und ein hautfarbener Strumpf zum Vorschein kam, mit dem er den in bunten Farben gestochenen Koikarpfen und die Kirschblüten abdeckte, zumindest wenn er im Dienst war.

»Schießen nicht die Bösewichte in den alten James-Bond-Filmen immer mit so einer?«, fragte Ryser.

»Jedem Nazi-Film seine Luger Parabellum, die Pistole gehörte zur Standardausrüstung von deutschen Soldaten im Dritten Reich«, antwortete Tom, der sichtlich auftaute. »Und irgendwann drückte Hollywood einfach jedem Bösewicht so eine in die Hand. Aber auch hier in der Schweiz gehörte sie eine Weile zur Ausrüstung der Armee. Manche Sammler zahlen heute horrende Summen dafür.« Dann gab er eine Anekdote zum Besten, von einem Ganoven in Buenos Aires, der mit einer Parabellum einen Überfall verübt habe. Erst als ihn die Polizei schnappte, stellte sich heraus, dass der Wert der Waffe den seiner Beute um ein Vielfaches übertraf.

»Sie scheinen sich ja gut auszukennen«, sagte Ryser.

»Außerdem«, fuhr Tom unbeirrt fort, »gibt es kaum eine einfacher zu bedienende Pistole. Sogar meine Großmutter würde damit ins Schwarze treffen.« Er nahm der Staatsanwältin den Beutel aus der Hand. »Dem Zustand der Waffe nach zu urteilen, liegt die schon ein paar Wochen auf dem Grund. Aber wenn nun ein außergewöhnlicher Todesfall hinzukommt ...«

»Ich werde eine Sonderkommission einberufen«, sagte Ryser. »Der Schaden geht in die Millionenhöhe. Mit einem Feuer dieses Ausmaßes könnten auch die Spuren eines möglichen früheren Verbrechens verwischt worden sein. Wachsamkeit ist angesagt.«

Das wäre der richtige Moment für Rosa gewesen, sich zu Wort zu melden, aber da bündelte die Staatsanwältin schon ihre Akten und fragte: »Haben wir sonst noch etwas gefunden?«

»Teile von versenkten Fahrrädern, mehrere defekte Telefone, Aludosen, zwei Flaschen Prosecco, nein«, Tom las von seinem Tablet ab: »Franciacorta, noch voll, immerhin. Der übliche Müll, nicht zu unterscheiden von dem des jährlichen Seeputzes.«

»Meinem Kollegen Karim ist etwas Interessantes aufgefallen«, unterbrach Rosa nun doch. In knappen Sätzen berichtete sie, was sich bei der Rettung von Elenor Engler vor einigen Wochen zugetragen hatte, und dass sie mit dem Besitzer der *Amethyst* verheiratet war.

»Das taucht die Sache in ein anderes Licht«, sagte die Staatsanwältin, als Rosa geendet hatte. »Wir müssen beide befragen. Aber dabei behutsam vorgehen. Manfred Engler ist ja kein Unbekannter hier in der Stadt, und er wird sicherlich mit aller Entschlossenheit gegen Ermittlungen in seiner Familie vorgehen. Ich habe schon mit Fred vor der Sitzung kurz darüber gesprochen.«

Rosa sah ihren Chef fragend an, woraufhin er von einem

Skandal um einen jungen Mann aus der Engler-Dynastie berichtete, einem Neffen oder Cousin des Bootshalters. Rosa konnte sich vage erinnern, davon gehört zu haben. Es war um mehrere Anzeigen gegangen, Nötigung, sexuelle Übergriffe und Alkohol am Steuer mit Fahrerflucht, die ganze Palette. Im Nachgang hatte seine einflussreiche Familie die halbe Schweizer Medienwelt mit Klagen eingedeckt. »Bis sich keine Zeitung mehr traute, über die Causa zu schreiben.«

»Nur weil sie reich sind und ihre Großväter irgendwann mal ein paar Tunnels, Hotels und weiß der Kuckuck noch was gebaut haben, werden sie mit Samthandschuhen angepackt?«, warf Martin verständnislos ein.

»Das habe ich nicht gesagt«, erwiderte die Staatsanwältin knapp. »Aber es lohnt sich, ruhig Blut zu bewahren. Sonst machen diese Leute sofort dicht.«

Damit war das Thema vorläufig abgehakt, und Ryser verteilte verschiedene Aufgaben im anwesenden Krisenstab: Zeugenaufrufe bei der Presse, Aussagen sammeln und vergleichen, Beweissicherung im Hafen abschließen und Manfred Engler über den Fund der Leiche informieren und befragen. »Nützlich wäre in diesem Fall sicherlich, wenn jemand von der Seepolizei mit dabei wäre. Jemand mit diplomatischem Geschick.« Es lag in der Luft, wen sie damit meinte.

»Rosa, warst du nicht bei beiden Einsätzen vor Ort?«, fragte Fred der Vollständigkeit halber. Rosa sah ihren freien Abend in weite Ferne entschwinden.

Als der Rapport beendet war, erhob sie sich als Letzte. »Oh, bevor ich es vergesse«, hielt ihr Chef sie zurück, nachdem sich das Einsatzzelt beinahe geleert hatte. »Das geht doch schon in Ordnung, wenn du mit Martin Weiss arbeitest?«

Rosa runzelte die Stirn, um das Zucken in ihrem Augenlid zu unterdrücken, das sich urplötzlich bemerkbar machte. »Klar, warum?« Eine Gegenfrage war noch immer das beste Rezept bei unangenehmen Fragen.

»Ach, nur so.« Fred hob entschuldigend die Hände. »Ich hab da so ein paar Gerüchte gehört. Aber geht mich im Prinzip ja nichts an.«

»Im Prinzip hast du recht.«

13

Der *Schwanen* lag bei den Arkaden direkt am Fluss, mit Blick auf Großmünster und Berge. Das gleiche Panorama wie auf den Postkarten, die von hier aus jeden Tag in die Welt verschickt wurden. Mit seinen rot-weiß gestreiften Markisen atmete das Hotel auch jetzt im Winter einen Hauch von Venedig, allerdings nur für Gutbetuchte. Gegenüber am Limmatquai ratterten die Trambahnen, unterwegs zum Bellevue, zum Wasser und den Schiffen. Martin setzte den Blinker und bog auf die Rathausbrücke ein. Sie hatten Glück, das reservierte Parkfeld neben der Wache stand leer. Rosa blickte sehnsüchtig die schmale Gasse hinauf, die beinahe direkt bis zum Rindermarkt und zu ihrem Haus führte.

»Brandstiftung ist schon ein seltsames Verbrechen«, sagte Martin und schaute sich nach Fußgängern um. »Der Täter wird nicht reicher. Jedenfalls nicht so, wie wenn er einen Einbruch begeht oder mit Drogen handelt. Dafür hat er gute Chancen davonzukommen.«

»Vielleicht war es aber auch ein Unfall, eine unglückliche Verkettung von Umständen«, erwiderte Rosa. »Ich meine das Todesopfer. Selbst wenn tatsächlich etwas am Motor gemacht wurde. Vielleicht wusste der Täter nicht, dass da jemand ist? Am gefährlichsten sind Brände nachts, wenn die Menschen schlafen. Besonders, wenn noch Drogen oder Alkohol im Spiel sind …«

»Du hast schon recht, man kann nicht gleich von einem Mord ausgehen«, sagte Martin und ließ eine Reisegruppe mit bunten Regenschirmen passieren, die wohl die gedeckte Handwerkergasse an der Schipfe ansteuerte. Er beugte sich zu ihr hinüber. »Obwohl ich nichts dagegen hätte, mit dir noch ein wenig länger zu ermitteln.«

Sie spürte seine warme Hand ihre Halsbeuge hinaufgleiten. Vor einigen Tagen hätte sie wohl innerlich überschlagen, wie lange sie bis hinauf ins Waschhaus brauchen würden, doch jetzt streifte sie nur flüchtig seine Handfläche. Und suchte im Fußraum nach ihrem Tablet, da sie Protokoll führen würde. Woraufhin Martin noch einmal zurücksetzte, bis der Dienstwagen das weiß umrandete Parkfeld exakt ausfüllte.

»Warum bestellt er uns eigentlich in den *Schwanen*?«, fragte er.

»Die Verbindung war nicht so gut, aber ich glaube, er hat dort übernachtet.«

»Gehört das Hotel nicht seiner Familie?«

»Doch. Unter anderem. Er ist vor ein paar Jahren in die Direktion eingestiegen.«

Martin schnaubte und prüfte den Sitz seines Waffengurtes.

Rosa schaute ihn warnend an. »Zum jetzigen Zeitpunkt ist Manfred Engler mal primär eine geschädigte Auskunftsperson. Zuerst versucht sich deine depressive Gattin umzubringen, dann brennt noch dein Segelboot ab …« Sie knackste ihren verspannten Nacken durch und löste den

Sicherheitsgurt. »Wahrscheinlich waren die letzten Wochen nicht gerade eitel Sonnenschein für ihn.«

In der Lobby saßen die Gäste gerade beim *Afternoon Tea,* beruhigende Harfenklänge drangen aus gut versteckten Lautsprechern. Es duftete nach Schwarztee, und auf Etageren aus Porzellan stapelten sich dreieckige Gurkensandwiches, Scones, sehr kleine Marmeladengläschen, Macarons mit Goldstaub und safrangelbe Sandkuchen. Den krönenden Abschluss bildeten kleine Zitronentartelettes, mit einer Himbeere drauf, die weiß der Kuckuck wo herkommen mochte, aber schön anzusehen war, das musste Rosa zugeben. Sie machte innerlich eine Notiz, bald eine richtige *Tarte au citron* zu backen. Ein nachmittagfüllender Zeitvertreib, wenn man die Zubereitung wirklich ernst nahm. Rosa merkte auf einmal, dass sie bis auf ein paar Nüsse heute nichts gegessen hatte. Hinter der verspiegelten Rezeption erhaschte sie einen Blick auf ihr fahles Gesicht mit den Augenschatten. Geschwächte Gefäße und zu wenig Sauerstoff im Blut, die bekannten Nachwehen des Schlafmangels. Prompt erkundigte sich Martin, ob es ihr gut ging.

»War wohl etwas viel«, murmelte sie und stieß Luft aus.

»Steht eigentlich unsere Verabredung heute Abend?«, fragte er.

Bevor sich Rosa eine Ausrede ausdenken konnte, da sie ja Leo am nächsten Morgen im Bistro noch irgendwie abschütteln musste, trat Manfred Engler aus dem Lift. Seine ganze Erscheinung passte so gut in diese Fünf-Sterne-Lobby, er hätte zur Innenausstattung gehören können. Bis auf ein paar winzige Details. Rosa bemerkte einen Fleck an der Spitze des rosaroten Taschentuchs, das aus der Brusttasche seines Jacketts schaute. Vielleicht hatte er den Anzug einmal ausgefüllt, aber jetzt knitterte er unter den zu langen Ärmeln. Die Haut unter seinen Augen war aufgedunsen, was die zu glatte Rasur noch unterstrich. Engler orderte Kaffee mit Brandy und bot ihnen das Gleiche an. Dann deutete er auf eine Sitzecke am Fenster, dahinter das schimmernde Grün der Limmat und der Holzsteg der Schiffhaltestelle.

»Leitungswasser reicht vollkommen«, sagte Martin, während Rosa einer Tasse Kaffee nicht widerstehen konnte. Brandy und Gebäck lehnte sie jedoch ab.

»Hier ist der Fluss am schmalsten«, sagte Engler, ihrem Blick folgend. »Darum wurde im Mittelalter die Brücke samt Gasthaus an dieser Stelle gebaut. Man kann sagen, Zürich ist rund um die Rathausbrücke entstanden.«

»Sieht man dem Gebäude gar nicht an, das Alter«, sagte Martin. »Wirkt eher, als hätten Sie richtig viel Geld in die Hand genommen.«

»Tatsächlich wurde der jüngste Umbau in verblüffend kurzer Zeit realisiert. Und wir haben den fünften Stern erhalten.« Engler gab dem Kellner ein Zeichen, der sich sogleich an der Kaffeemaschine zu schaffen machte. »Die alten Räume wurden im Vorfeld digitalisiert und aufgrund der Schablonen nachgestellt, millimetergenau. Leider existiert von der *Amethyst* keine solche Schablone.«

Der Kaffee wurde serviert, und Martin nutzte die Gelegenheit, um Manfred Engler über die Rechte und Pflichten als Auskunftsperson aufzuklären. Rosa legte ihr Tablet für das Protokoll bereit.

Er habe schlecht geschlafen, sagte Manfred Engler und kippte den Rest des Brandys in den Kaffee. »Ich bin wirklich erschüttert.« Seine Stimme war belegt, er räusperte sich. »Das Boot war in einem vollendeten Zustand.«

»Wann waren Sie zuletzt dort?«, wollte Martin wissen.

Engler fixierte die Tischplatte, seine Hände waren unaufhörlich in Bewegung. »Vor einigen Tagen erst …«

»Die letzte technische Kontrolle bei der Schifffahrtsbehörde ist aber schon einige Zeit her«, schaltete sich Rosa ein. »Wie ich sehe, haben Sie den Termin verschoben.«

»Ich hatte leider zu viel zu tun.«

Rosa warf Martin einen Blick zu, worauf dieser sich nach der Versicherung für das Boot erkundigte.

»Was ist denn das für eine Frage? Ich bin doch nicht so blöd, ein Objekt in dieser Preisklasse *nicht* zu versichern.« Engler machte eine wegwerfende Handbewegung. »Doch mir geht es nicht ums Geld.«

Martin stützte die Ellenbogen auf seine angespannten Oberschenkel und beugte sich nach vorne. »In den Trümmern Ihres Bootes wurde eine Leiche gefunden.«

Englers Gesicht blieb ausdruckslos. »Auf der *Amethyst*? Du meine Güte. Wer ist es denn?« Er schnaubte. »Bestimmt hat einer im Suff den ganzen Hafen angezündet. Ich dachte immer, dass das irgendwann passiert. Die feiern permanent auf dem Steg. Es ist eine Schweinerei.« Er redete sich in Rage. »Den ganzen Sommer schon sammle ich Zigarettenstummel auf dem Deck zusammen, leere Bierdosen, Flaschen und so weiter. Und geklaut wird auch, es sind schon mehrmals Wertsachen verschwunden.«

»Wir können noch nicht viel über die Identität des Opfers sagen. Aber war die *Amethyst* denn nicht verriegelt?«, fragte Rosa.

»Doch, eigentlich schon.« Er tippte an sein Brandyglas, worauf der Kellner eine Schublade aufzog. »Aber manchmal vergisst mein Sohn Ruben abzuschließen.«

»Wann haben Sie ihn zuletzt gesehen?«

»Es ist doch nicht er, den Sie ...« Enger sah schockiert drein.

»Nein, es handelt sich um eine weibliche Person.«

»Gott sei Dank«, sagte der Hotelier und wischte sich mit dem verfleckten Taschentuch die Stirn. »Ruben wollte gestern ausgehen, was sie halt so tun, in Zürich, am Wochenende, in seinem Alter. Aber ich habe hier im Hotel übernachtet und ihn noch gar nicht gesprochen.«

»Könnte er zuvor noch auf dem Boot gewesen sein?«, bohrte Martin weiter. Als Engler die Achseln zuckte, schob er seine Visitenkarte am Wasserglas vorbei, das er nicht angerührt hatte. »Ihr Sohn soll sich bei uns melden.« Dann fixierte er Engler. »Und wo waren Sie selbst in der vergangenen Nacht?«

»Ich bin nach dem Dinner direkt hierhergekommen, das wird Ihnen das Personal sicherlich bestätigen.« Dann erzählte er, wie er den Abend verbracht hatte. Im Restaurant des Seebads Enge, Muscheln und anschließend Fondue, ein geschäftlicher Anlass. Spätestens am nächsten Tag, versprach er, habe Rosa alle Namen und Telefonnummern der entsprechenden Zeugen in ihrem Postfach.

Sie blickte auf Englers leicht zittrige Hand, die mit dem Löffel in der sich auflösenden Crema des zweiten Espressos rührte. Und war irritiert: Das Seebad Enge befand sich in unmittelbarer Nähe zum Hafen. »Geht es Ihrer Frau schon besser?«, erkundigte sie sich dann.

Sein Mund erstarrte, aber nur kurz.

»Wir hatten sie ja halb erfroren aus dem See gezogen.«

»Sie ist … sie erholt sich noch.« Eine Schiffsglocke schellte auf dem Fluss. »Aber das ist eine andere Geschichte.«

»Was hältst du von ihm?«, fragte Martin, als sie wieder vor dem Hotel standen, auf der Brücke von zuvor, die breit war wie ein Platz. Die Marktstände, denen sie ihren inoffiziellen Namen Gemüsebrücke verdankte, waren bereits abgebaut.

Rosa zuckte die Achseln und blickte zum *Schwanen* zurück. »Komm, wir gehen ein bisschen weiter weg.« Sie liefen zum entgegengesetzten Brückenrand. »Engler scheint mir einerseits ziemlich überheblich, andererseits hat er auch etwas Labiles an sich.« Sie blickte auf die sich kräuselnde Wasseroberfläche und dann weiter zu der nächsten, schmaleren Brücke flussabwärts, schwer beladen mit Erwartungen in Form von unzähligen Liebesschlössern. »Aber ich kann verstehen, dass er wütend und traurig ist, nachdem er sein Boot verloren hat.« Ihr fiel ein, dass beinahe unanständig viele Schaulustige am Hafen gewesen waren. »Was denkst du, würde es eigentlich Sinn ergeben, die privaten Videos der Passanten auszuwerten?«

»Zu aufwendig.« Martin bückte sich und warf ein paar Steinchen über das Geländer. Sogleich zogen die größer werdenden Kreise die Aufmerksamkeit einiger gründelnder Blesshühner auf sich. »Bis die gesichtet sind – dafür fehlt uns das Personal und die Zeit. Zu schade, dass es die Überwachungskameras am Seebecken nur in den Sommernächten gibt. Sowieso, für uns ist viel relevanter, was geschah, *bevor* das Feuer ausbrach. Den Rest werden die Brandermittler schon herausfinden.«

»Ich kippe gleich um vor Hunger«, sagte Rosa und zeigte auf den Imbissstand in der Mitte der Brücke, ein gläserner Würfel wie ein Aquarium, aus dem es verführerisch duftete. »Wollen wir uns kurz was holen?«

Während sie bestellte, *Gözleme* mit Spinat und Hirtenkäse, rief Martin vor der Tür in der Zentrale an, die ihn schon mehrmals zu erreichen versucht hatte. Aus einem Radio auf dem Regal über der Küchenzeile kamen orientalische Klänge. Die Verkäuferin stellte Rosa wortlos, aber mit einladender Geste ein Gläschen Tee hin – um die Wartezeit zu verkürzen. Er schmeckte stark und süß. Dann hob sie das feuchte Tuch an, das die silberne Ofenform bedeckte. Ihre runzeligen Hände formten die Kugeln, zogen den elastischen Teig mit sicheren, lange schon perfektionierten Bewegungen auseinander.

»Es gibt Neuigkeiten«, sagte Martin, der unbemerkt hinter sie getreten war. Seine Stimme klang elektrisiert.

»Schieß los«, antwortete Rosa und umschloss das Teeglas, um ihre kalten Fingerspitzen zu wärmen.

»Die Pistole, die ihr im Hafenbecken gefunden habt. Wir haben Hinweise, dass sie in Verbindung zu einem alten Fall stehen könnte, er wurde nie gelöst.« Martin wischte über sein Tablet. »Erinnerst du dich? Der Mord an einer iranisch-britischen Familie, auf einem Waldplatz bei Annecy, in den französischen Alpen, nahe Genf. Eine mysteriöse Geschichte.«

Bilder stiegen in Rosa auf. Dunkler Wald und eine zerklüftete Straße den Hang hinauf, ohne Gelegenheit zur Umkehr. Ein abgelegener Parkplatz an der Baumgrenze, eine tödliche Sackgasse. »Haben nicht die beiden Kinder überlebt?«

»Lass mich nachsehen … Eines nur sehr knapp. Dem einen Mädchen wurde zuerst in die Schulter geschossen und dann der Kolben der Pistole in den Schädel geschlagen. Das andere versteckte sich im Fußraum unter dem Rock der toten Mutter, einer iranischen Zahnärztin. Es hat nur Schreie gehört, aber nichts gesehen.« Er vergrößerte die Akte. »Am Tatort wurden die Leichen der Eltern, der Großmutter und eines weiteren Mannes gefunden, der mit dem Fahrrad unterwegs war. Alle vier mit derselben Waffe ermordet, 25 Patronenhülsen konnten sichergestellt werden. Sie scheinen ziemlich genau zu der Parabellum aus dem See zu passen. Eine alte Schweizer Armeepistole. Doch Vorsicht, es ranken sich zig Verschwörungstheorien um das Massaker. Der Vater war in einem Atomkraftwerk beschäftigt.«

»Madame?«, winkte die Verkäuferin.

Rosa nahm einen dampfenden Pappteller entgegen, darauf ein halbmondförmiger Teigfladen, in schmale Stücke geschnitten. »Du bedienst dich«, sagte sie und kostete. Pinienkerne knackten in der Füllung aus gedünstetem Blattspinat mit Knoblauch, Zwiebeln und zerbröseltem Hirtenkäse. Dazu ein Hauch von geriebener Zitronenschale, die den Geschmack abrundete. »Und was bedeutet das für unseren Fall?«, fragte Rosa. Zum Glück schlugen ihr Tatortbilder und morbide Themen nicht auf den Magen. Oder zumindest nicht sofort.

»Die Motive«, fuhr Martin fort, »blieben damals ebenso

im Dunkeln wie der Verbleib der Pistole.« Er griff nach dem letzten Stück Teigfladen, das Rosa ihm rübergeschoben hatte. »Die französischen Kollegen werden eine Patronenhülse zum Abgleich ins forensische Institut schicken.« Martin wischte sich die Finger an einer Serviette trocken und entsperrte sein Telefon. »Wir kümmern uns zuerst um die Identität der Toten vom Hafen.« Die Art, wie sich seine Stirn in Falten legte, kannte Rosa schon. So sah er aus, wenn er sich sorgte – oder etwas Unangenehmes erledigen musste. »Die Forensik hat ein verkohltes Telefon in den Trümmern sichergestellt. Es gehört einer gewissen Iva Schwarz. Ihre Mutter erwartet uns.«

14

Das Architekturbüro lag in einer Gegend der Stadt, in der es im Frühling Kirschblüten schneite und die Straßen nach Frauen benannt waren: Bertastraße, Hildastraße, Martastraße, Erikastraße, Gertrudstraße. Am Ende einer Allee erhob sich das Eingangsportal zum Friedhof Sihlfeld, der sich über mehrere Blöcke zog. Letzte Ruhestätte und Rückzugsort, nicht nur für Füchse und Rehe, die nachts zwischen den Grabmälern umherstreiften, sondern tagsüber auch für menschliche Flaneure.

An diesem frühen Samstagabend aber gingen die Menschen eiligen Schritts vorbei, beladen mit Einkäufen fürs Wochenende. Kälte glitzerte auf dem Asphalt. »Hier müsste es sein«, sagte Martin und deutete auf den auffälligen Neubau, der auf dem Gelände einer ehemaligen Autowerkstatt entstanden war. Ein Turm aus weiß strahlendem Beton, der sich erst seit Kurzem in den Himmel schraubte. Zu den Zeiten, als der große Verbrennungsofen im alten Krematorium noch in Gebrauch war, wäre er undenkbar gewesen. An manchen Tagen regnete es früher so viel Asche aus den Kaminen, dass am Albisriederplatz die Wäsche nicht im Freien getrocknet werden konnte und die Kinder zum Spielen drinnen bleiben mussten.

Die obersten beiden Etagen des Turms leuchteten taghell, obwohl eigentlich kein Arbeitstag war. Auf ihr Klingeln hin öffneten sich die beiden Flügel der gläsernen Tür automatisch, und Rosa und Martin betraten den geräumigen Lift. In der komplett verspiegelten Innenkabine betrachtete Rosa das Bild, das sie beide abgaben. Martin wirkte wie ein Fahnder im Sonntagskrimi, mit dem Dreitagebart, den engen Jeans und der Aura von jemandem, der immer auf dem Sprung war. Er roch nach einer Mischung aus Leder, Menthol-Zigaretten und, Rosa kam kein besserer Vergleich in den Sinn, Babypuder … Die Anzeige über dem Ausgang sprang auf die Sieben, sie waren angekommen.

War der Turm schon von außen ein Blickfang, so im Innern erst recht. Schlichte Designermöbel, wie sie im Fall des Falles auch nach vielen Jahren Gebrauch jedem Liquidator ein gutes Geschäft bescheren würden. Noch mehr Sichtbeton, und statt mit Treppen waren die beiden Etagen des Penthouses über eine sich windende Rampe mit geringer Neigung verbunden.

»Fleur Rochat ist noch in einer Besprechung«, sagte eine der Architektinnen, die sich um ein Modell versammelt hatten. »Aber sie hat angekündigt, dass Sie kommen. Darf ich Ihnen schon mal etwas zu trinken anbieten? Kaffee? Tee? Wasser?«

»Keine Umstände, wir warten«, sagte Rosa und nahm in einem der Sessel Platz, die im Empfangsbereich arrangiert waren. Doch Martin blieb bei dem Modell stehen, das die Gegend um den Hauptbahnhof im Kleinformat nachstellte. Die Bahnhofshalle war zu erkennen und etwas nordwestlich davon das historistische Landesmuseum. Neu waren aber eine große Überbauung auf dem Gelände des Bus-

bahnhofs sowie zwei schmale Hochbahnen, die beim Sihl-
quai zu einem Ypsilon zusammenkamen und ein Stück dem
Fluss folgten, um dann am Hauptbahnhof in einem Tunnel
unter den Gleisen zu verschwinden.

»Wir nennen es Urban Utopia«, sagte die Architektin zu
Martin, die sich als Anne vorstellte und ihm damit nahtlos
das Du anbot. Die Arbeitsgruppe löste sich auf, die zumeist
jungen Leute verteilten sich wieder auf ihre Plätze im warmen Schein der Artemide-Lampen. Rosa fragte sich, ob das
wohl an ihnen lag.

»Und, Anne, was ist das – eine Autobahn für Fahrräder?«
Martin beugte sich über die weiße Landschaft. Rosa musste
an die Modelleisenbahn denken, die ihr Vater über Jahre
hingebungsvoll gepflegt hatte, vielleicht hingebungsvoller
als seine Ehefrau.

»Das trifft es eigentlich ziemlich gut«, antwortete Anne
mit einem Lächeln und zog einen filigranen Zeigestock auseinander. Sie fuhr die Strecke des Ypsilons damit ab, die eine
Achse vom Escher-Wyss-Platz herkommend und die andere von der anderen Seite der Limmat, wo bereits heute
ein Fahrradweg am Oberen Letten entlangführte. Dann erzählte sie, dass es in den Sechzigerjahren – auf dem Höhe-
punkt der Automobileuphorie – tatsächlich schon mal ein
ähnliches Projekt gegeben habe. Mehrspurig befahrbare
Hochbahnen, pulsierende Fließbänder für Autos, die in die
Innenstadt führten, ein wenig wie in Fritz Langs Film *Me-*
tropolis. Es war die Zeit, als sich die großen Zentren einen
Wettlauf um den Ausbau des Nationalstraßennetzes liefer-
ten und man in Zürich eine komplette Überdachung der
Flüsse mit Expressstraßen vorsah. Denn Mobilität bedeu-

tete in einem zerklüfteten Alpenland, in dem nur ein kleiner Teil der Fläche überhaupt zu besiedeln war, eben auch Macht. Aber noch mächtiger sei die Bürgerbewegung gewesen, die das Projekt Ypsilon am Ende verhinderte, auch wenn Teile davon bereits umgesetzt worden waren, etwa die Sihlhochstraße. Sie führte die sechsspurige Autobahn vom Stadtrand bei der Brunau über die Sihl in den Stadtteil Wiedikon hinein.

»Die innerstädtische Fortsetzung der Expressstraßen wurde aber nie fertiggestellt. Stellen Sie sich vor, wenn die beiden Flüsse komplett mit Beton überdacht worden wären. Ein städtebauliches Verbrechen«, schloss die Architektin, und ihre Wangen überzog ein roter Hauch.

Idealismus gehörte hier wohl ins Pflichtenheft, dachte Rosa bei sich, musste er vielleicht auch, wenn man freiwillig das ganze Wochenende arbeitete. Wobei die Vorstellung schon traurig war, man hätte den Flüssen den Himmel genommen, der sich in ihnen spiegelte.

»Und was ist jetzt beim neuen Projekt anders?« Martin räusperte sich. »Ob für Auto oder Fahrrad, Sie bauen auch über den Fluss.«

Sein Ton war zwar zurückhaltend, aber Rosa wusste, dass er als passionierter Radfahrer bestimmt Sympathien für das Projekt hegte. Und sie beschlich ein leises Gefühl, dass es ihm auch mit Anne so erging.

»Ja, schon«, sagte diese gerade in Martins Richtung. »Aber das ist doch kein Vergleich – der Fahrradweg ist viel graziler, braucht wenig Platz und macht keinen Lärm. Außerdem bekommen Sie die Stadt der Zukunft obendrein.« Die Architektin wandte sich wieder dem Modell zu. In druckreifen Sätzen beschrieb sie die geplante Blockrandbebauung: gemischtes Wohnen und Arbeiten, lokales Gewerbe sowie Räume, die sich den Menschen anpassten. Nicht in Beton gegossene Vorstellungen eines Ideals der Kleinfamilie, sondern lebendige Gebilde, die mit ihren Bewohnern wachsen würden und irgendwann auch wieder schrumpfen.

»Wo führt der Tunnel hin?« Rosa war nun doch neugierig geworden. »Direkt zur Bahnhofstraße? Das würde einige Probleme lösen, zumindest mit dem Fahrrad.«

Anne antwortete, dass es für die Räder zwar auch Platz gäbe, aber dort primär der wichtigste Hub für das erste unterirdische Gütersystem der Schweiz geplant sei: Cargoloads. Unbemannte, selbstfahrende Transportfahrzeuge, die rund um die Uhr verkehrten.

»Ich dachte immer, das Land sei gebaut«, sagte Rosa. Sie meinte den Siedlungsbrei, der sich in den letzten Jahrzehnten auf den freien Flächen ausgebreitet und das Mittelland überzogen hatte.

»Über der Erde stimmt das.« Die Architektin deutete auf eine Visualisierung an der Wand. Die Karte zeigte im Querschnitt die Stadt und den Untergrund darunter, durch den sich ein System von Gängen und Tunneln zog. »Doch Cargoloads braucht viel weniger Platz. Außerdem werden sowieso nur die Metropolitanregionen auf der Achse Genf, Bern, Basel und Zürich miteinander verbunden. Dort lässt sich gut graben. Alles andere ist komplett unrentabel.«

»Danke, Anne, ich übernehme jetzt«, meldete sich eine Stimme in anschmiegsamen Klangfarben, die die entschiedenen Worte abmilderte, untermalt von einem leicht französischen Akzent. Fleur Rochat trat aus ihrem Sitzungszimmer, gefolgt von einem Mann, den sie als Boris Keller vorstellte, ihren Partner von Cargoloads, und außerdem Immobilienmanager. »Bekannt für seine innovativen Nutzungskonzepte in Stadtteilen, die sich seit dem Rückzug der Industrie im Wandel befinden«, schloss sie.

Keller musste in ihrem Alter sein, also irgendwo in den Fünfzigern. Mit einem entschuldigenden Blick auf die Uhr lächelte er in ihre Richtung, zog eine Schiebermütze über seinen schimmernden Schädel und klappte den Ohrenschutz nach unten. Ein knappes Wir-hören-uns-später in Rochats Richtung, dann verabschiedete er sich.

»Nach Ihnen«, sagte Fleur Rochat und machte eine einladende Armbewegung. Auf dem Tisch des Sitzungszimmers standen eine Karaffe mit Wasser und frische Gläser bereit, doch anders als Anne verzichtete sie darauf, ihnen etwas anzubieten. Stattdessen setzte Rochat sich ans Kopfende des Besprechungstisches, die Wand im Rücken und die Tür im Blick, und wies ihnen einen Platz im Mittelfeld zu. »Es ist gerade eine intensive Zeit«, sagte sie entschuldigend, aber ohne Bedauern. »Im Februar kommt Urban Utopia vor das Stimmvolk. Wir haben Jahre in das Projekt investiert. Es ist ein Filetgrundstück, auf das Bauherren seit Jahren warten.« Sie fuhr fort, nicht ohne Stolz. »Es ist äußerst selten, dass die Stadt so zentral gelegene Flächen für Wohnbauprojekte vergibt, aber wir konnten den Gemeinderat mit einer breiten Investoren-Beteiligung überzeugen, und nicht zuletzt dank der Kooperation mit Cargoloads. Aber deswegen sind Sie nicht hier. Was kann ich für Sie tun?«

Rosa entschied, schnell und klar auf den Punkt zu kommen. Sie schilderte Rochat, was sich in der Nacht zuvor am Hafen abgespielt hatte, dabei gab sie sich Mühe, möglichst neutrales Vokabular zu verwenden, auch in Zusammenhang mit der toten weiblichen Person. »Wissen Sie, wo sich Ihre Tochter derzeit aufhält? Wir müssen dringend mit ihr sprechen.«

»Iva?« Fleur Rochat lachte trocken. »Wahrscheinlich überbrückt sie irgendwo die Zeit, bis die Klubs wieder aufmachen.« Sie stützte betont entspannt das Kinn auf die Hand. »Warum?«

»Wir haben Hinweise darauf, dass Ihre Tochter sich gestern Abend am Hafen Enge aufgehalten haben könnte«, sagte Rosa. »Ihr Telefon wurde dort gefunden.«

»Ach so.« Rochat blickte zu Boden, als müsse sie sich sammeln. »Ich hab mich schon gewundert, warum es ausgeschaltet ist. Gestern am frühen Abend war Iva jedenfalls noch zu Hause. Sie hat ihren Plattenkoffer mitgenommen. Ich glaube, sie wollte zu einem Auftritt.« Rochat knetete sich die Nackenmuskulatur. »Ist ihr etwas zugestoßen? Muss ich mir Sorgen machen?«

Rosa erklärte Fleur Rochat ruhig und bestimmt die Vorgehensweise in einem solchen Fall. So wie sie es immer tat, wenn sie bei der Seepolizei nach Ertrunkenen suchen mussten. Damit die Angehörigen sich gedanklich wenigstens an festen Abläufen festhalten konnten, damit sie wussten, dass etwas unternommen wurde. Und sich weniger alleingelassen fühlten. »Wären Sie bereit, uns eine DNA-Probe Ihrer Tochter mitzugeben für den genetischen Abgleich mit der toten Person?«, fragte Rosa.

Rochats ebenmäßige Gesichtszüge entgleisten. Ihre

Ängste mussten zwangsläufig in die Richtung gehen, die keine Mutter sich vorstellen wollte.

»Die Zahnbürste Ihrer Tochter, ein paar Haare, das reicht schon«, erklärte Martin leise. »Dann haben wir morgen Gewissheit.«

»Selbstverständlich«, sagte Rochat und stand auf. Sie war gerade im Begriff, den Raum zu verlassen, als sie plötzlich zur Wand kippte. »Mir ist nur etwas schwindelig«, wehrte sie aber sogleich ab, als Martin zu ihr trat, wobei ihre Stimme die Tonart wechselte.

Vor der Tür meldete sie sich kurz bei ihren Mitarbeitern ab, und wäre nicht der leicht verlangsamte Gang gewesen, alles hätte normal gewirkt. Martin bot an, sie zu ihrer Wohnung am Idaplatz zu fahren. Ein paar Minuten später nahm die Architektin im Fond des Dienstwagens Platz und lehnte den Kopf an die Scheibe. Die Straßenlaternen warfen zerschnittenes Licht auf ihr Gesicht. Rosa überlegte, ob es hilfreich wäre, die Erwartungen von Fleur Rochat an die mögliche Realität anzupassen. Oder doch besser zu hoffen, dass sich alles zum Guten wendete. Doch selbst wenn, dann wäre die Frau von der *Amethyst* noch immer tot – sie wäre einfach die Tochter einer anderen Mutter.

»Ich bring die noch kurz bei Fisler vorbei«, sagte Martin eine Viertelstunde später und verstaute den Plastikbeutel mit der Zahnbürste im Handschuhfach. »Und anschließend Pizza, nicht?« Er streichelte dabei über Rosas Wange. Seine Finger hinterließen eine unsichtbare Spur. Ein mulmiges Gefühl beschlich Rosa, sie dachte an das Treffen am nächsten Tag im Bistro. Und daran, dass sich automatisch die

Frage stellen würde, ob sie auch die Nacht zusammen verbrachten, wenn sie jetzt mit Martin essen ging. Keine Ahnung, wie sie ihm erklären sollte, was mit ihr los war. Sie wusste selbst nicht, warum sie Leos Rückkehr so durcheinanderbrachte. Eigentlich war das Kapitel in ihrem Leben abgeschlossen. Und dann dachte sie an duftenden Teig, der im Steinofen knusprige Blasen warf …

»Ja, gut«, gab sie sich einen Ruck. »Aber ich muss dich warnen –« Sie griff nach Martins Hand, die sich nun schon wieder vertrauter anfühlte. »Für viel mehr bin ich heute nicht zu gebrauchen.«

»*Buon appetito*«, sagte der Kellner, als er die Vorspeise brachte. Draußen fuhr gerade ein Zug mit quietschenden Bremsen in den Bahnhof ein, der über lange Treppen und Aufzüge mit der darüber liegenden Hardbrücke verbunden war. Rosa genoss das Gefühl, im Kerzenschein zu sitzen, während die Leute auf den Bahnsteigen warteten, mit tief in den Manteltaschen vergrabenen Händen.

»Schmeckt wie am Meer«, sagte Martin. Der *pulpo* war nicht zu gummig und nicht zu weich. Er war perfekt.

»Ja, nicht?« Rosa schenkte Rotwein nach. Sie hatte ihm die Vorspeise auch ans Herz gelegt. Obwohl er eigentlich darauf verzichten wollte. Ebenso wie auf den Hauswein, der in der Flasche kam und von dem nur so viel bezahlt werden musste, wie auch getrunken wurde. Er passte zum vollen Geschmack des Tintenfisches und den filetierten Orangen mit Fenchel.

»Hat Ryser schon mit dir gesprochen?« Martins Frage kam unerwartet.

»Du meinst, über uns?« Rosa ließ die Gabel sinken.

»Warum das denn?« Martin lachte. »Nein, wegen der vakanten Stelle, meine ich. Stefan Balz, der mit der komischen Brille, erinnerst du dich? Ich habe am Hafen für ihn Protokoll geführt. Er war immer wieder krankgeschrieben und wechselt nun bald die Abteilung. Sie sucht nun einen neuen Assistenten. Oder eine Assistentin.«

»Nein, sagt mir nichts. Außerdem bin ich rundum glücklich auf dem See.« Das war vielleicht ein wenig geschwindelt. Seit dem vergangenen Sommer war ihre gewohnte Ordnung aus dem Lot geraten, nicht nur privat. Und doch scheute sie sich, es sich wirklich einzugestehen.

»Ganz, wie du meinst«, sagte er, ohne vom Teller aufzusehen, von dem er die Reste der Sauce mit Weißbrot auftunkte. »Ich fände es jedenfalls schön, wenn wir uns öfters bei der Arbeit sehen würden.«

Sie griff nach dem Weinglas, hielt es vor die Kerze und sah in den rubinroten Schimmer. Auch sie schätzte die Nähe zwischen ihnen, die sich durch die berufliche Verbindung ergab. Und war froh, dass Martin ein Leben nach Dienstplan ebenso kannte wie die Stille, die sich ausbreitete, wenn die Schweigepflicht zwischen einem Paar stand. Vielleicht war es diese Vertrautheit, das gegenseitige Mitwissen, das sie anzog. »Was hältst du davon, wenn wir den Wagen stehen lassen?«, fragte Rosa mit vielsagendem Augenaufschlag. Dann schenkte sie Wein ein und bestellte den warmen Schokoladenkuchen mit flüssiger Füllung und einem Hauch Chili im Innern.

Kurz vor Mitternacht verließen sie beschwingt das Lokal, Arm in Arm, und als sie die Flaniermeile am Eisenbahnviadukt entlangspazierten, zog Rosa Martin kurz entschlossen an die Bruchsteinmauer. Sie umschloss seinen Kopf mit den Händen und küsste ihn so wie ganz am Anfang: ohne Furcht vor Verletzung – und ohne Furcht vor dem, was kommen würde. Denn sie war sich mit einem Mal sicher, dass es sehr wohl möglich war, mit Sex auch die eigenen Gefühle wieder zu sortieren.

15

Ruben Engler schlich auf Zehenspitzen die Treppe hoch. Mit den Jahren hatte er gelernt, welche Tritte knarrten und wie er unbemerkt in sein Zimmer im obersten Stockwerk gelangte. Die nackten Äste der Birke wischten unruhig über die Fenster. Ihre Bewegungen verstärkten das schwankende Gefühl, das sich in ihm ausgebreitet hatte, seit der Herzton des Basses verklungen war. Es wäre wohl nicht nötig gewesen, auch noch mit Mascha mitzugehen, nach der Party. Wobei, er mochte sie wirklich. Darauf hätte er auch ohne die Episode mit Iva am Hafen kommen können. Es war nicht die Erste ihrer Art, und sie hatte ihm hoch und heilig versprochen: keine Rendezvous mehr auf der Segelyacht. Auch wenn es bei ihr zu Hause schwierig war. Ging ihm ja selbst auch nicht anders, ganz besonders, seit Elenor in die Klinik verschwunden war. Er würde Iva jedenfalls nicht mehr helfen. Musste sie sich halt offen mit ihrer Mutter anlegen, statt immer nur unterschwellig. So tough, wie sich Iva nach außen gab, war sie dann eben doch wieder nicht. Iva war an dem Abend noch nicht einmal mehr zu ihrem eigenen Auftritt erschienen. Warum, das wollte er gar nicht wissen. Er hatte das Telefon ausgeschaltet. Eine Trotzreaktion, gewiss, doch dieses Mal hatte er es auch durchgezogen. Sie musste nun ohne ihn klarkommen.

»Versuch es gar nicht erst«, hörte er plötzlich eine Stimme. Rubens Hand krallte sich ums Treppengeländer. Er ging hinunter in Richtung des Salons, wo die Stimme hergekommen war, und blieb in der Tür stehen. »Du bist das …«, benannte er das Unvermeidliche. Manfred Engler saß beim Kamin in einem der Ohrensessel, die gegenüber vom Sofa arrangiert waren. Er drehte ein tulpenförmiges Glas zwischen Zeigefinger und Daumen, blickte hindurch. Was seine Nase mit dem Höcker noch vergrößerte, charakteristisch für die männliche Linie der Englers, wie die Gemälde und verblassten Schwarz-Weiß-Fotografien in der Ahnengalerie über der Treppe bewiesen, die seit einigen Wochen schräg an der Wand hingen. Wahrscheinlich wieder so ein Spleen seines Vaters, wie die Stammbaumforschung, der ganze »antike« Plunder im Haus, die Waffen. Seine Sammelwut grenzte schon fast an Besessenheit. Hoffentlich hatte er noch nicht bemerkt, dass die Parabellum fehlte. Dummerweise wusste Ruben selbst nicht, wo sie sich nun befand. Er hatte sie an dem Tag aus der Vitrine genommen, als das mit Elenor passiert war. Nachdem er davon erfahren hatte, kochte die Wut in seinen Adern. Lange saß er in der Lobby des *Schwanen,* zu allem entschlossen. Aber er wartete vergeblich auf seinen Vater, anscheinend hatte dieser anderes zu tun gehabt, als im Direktionsbüro zu arbeiten. Irgendwann wurde es Ruben zu blöd, und er ging zum Hafen und warf die Pistole in eine der Kisten auf dem Deck der *Amethyst*. Danach war er mit ein paar Kumpeln Bier trinken gegangen. Am nächsten Tag wusste er nicht mehr, was er eigentlich mit der Pistole genau gewollt hatte … Doch noch immer spielte Ruben mit dem Gedanken, sein Wirtschaftsstudium zu schmeißen, um seinem Vater eins auszuwischen. Sollte sich seine Familie ihre Kohle sonst wohin stecken. Er straffte die Schultern und betrat den Salon.

»Komm her.« Die bernsteinfarbene Flüssigkeit erzitterte, als Manfred auf das Polster des gegenüberliegenden Sofas klopfte. »Setz dich zu mir.« Die Rumflasche neben dem Ledersessel war fast leer. An der Wand lauerte, mitten unter den Ahnen, der *Nachtmahr*. Es war nur eine Kopie des Gemäldes von Johann Heinrich Füssli, dessen Original sich in einem Museum befand. Doch angeblich hing diese Kopie jahrzehntelang in der Wohnung von Sigmund Freud und war selbst ziemlich wertvoll. Eine Kindheit lang hatte sich Ruben vor ihr beinahe noch mehr gegruselt als vor seinem Vater.

Ruben schwante nichts Gutes. Die Frau auf dem Füssli-Gemälde lag da, in einem totenähnlichen Schlaf, weiß wie frisch gefallener Schnee. In fahlen Mondlichtfarben kauerte ein behaarter Dämon auf ihrer Brust. Hinter ihm galoppierte ein Geisterpferd durch die Nacht, mit verdrehten Augäpfeln und einer durchscheinenden Mähne. Als Ruben die Pistole vor einigen Tagen vom Schiff holen wollte, um sie zurückzulegen, war die Waffe verschwunden gewesen.

Sein Vater erhob sich. Es knackte im Kamin, als Manfred die Glut nochmals entflammte. »Was hast du mit ihr gemacht?« Seine Zunge klang schwer, als er seine Krawatte zur Seite schob und nach einem weiteren Buchenscheit griff. Bevor Ruben fragen konnte, was er meinte, holte sein Vater unvermittelt aus. Er schlug ihm den Holzprügel ins Gesicht, in einer einzigen fließenden Bewegung.

Ruben glitt zu Boden und wimmerte. »Keine Ahnung, wo die Parabellum …«, rechtfertigte er sich, doch da flog schon eine Faust auf ihn zu. Langsam, wie in Zeitlupe, und doch so schnell, dass sein Puls innerhalb von Sekundenbruchteilen zu rasen begann. »Ich schwöre es«, röchelte Ruben. Dann blieb er bewegungslos liegen. Warmes Blut lief ihm in die Augen.

»Wovon redest du nur? Sieh dich an …« Ein weiterer harter Tritt. »Ein wimmernder Haufen. Nicht wert, mein Sohn zu sein.«

Auch mit reduziertem Gesichtsfeld sah Ruben den nächsten Schlag kommen. Doch reagierte er kaum noch, vielleicht, weil er glaubte, es verdient zu haben. Er hielt aus, so war das immer gewesen. Halb im Delirium starrte er in das Feuer, mit weit aufgerissenen Augen, ohne zu blinzeln. Gesichter erschienen darin, ein Krokodil mit hervorstehenden Augenbrauen, an denen die Flammen langsam hochzüngelten, eine graue Ascheschicht hing an der unteren Seite des Scheites, wie ein Bart.

Aus der Platzwunde lief noch immer Blut.

»Ich möchte, dass du dir das ansiehst.« Manfred schaltete den Fernseher ein. Eine Rauchsäule stieg in die Dunkelheit, brennende Segelboote und ein Reporter, der von einem tragischen Todesfall sprach. Als Ruben begriff, wovon die Rede war, erbrach er sich mit einer Wucht, die ihn selbst überraschte. Grünschaumiger Schleim platschte auf den Perserteppich.

»Du denkst doch nicht etwa, das war ich?«, fragte Ruben mit kraftloser Stimme. »Ich hab Iva nur den Schlüssel für die *Amethyst* gegeben. Danach bin ich wieder gegangen.

Wir haben uns ja noch gesehen vor dem Seebad, erinnerst du dich nicht?«

Manfred blickte ihn lange an, dann tätschelte er ihm die Wange, offensichtlich zufrieden mit seiner Reaktion. »Keine Sorge, ich kümmere mich darum.«

In Rubens Kopf drehte sich alles. Was war geschehen, nachdem er gegangen war? Wer war der Mann, den er durchs Bullauge gesehen hatte? Wenn es tatsächlich Iva war, die in der Nacht umgekommen war, dann steckten sie in Schwierigkeiten. Doch anscheinend glaubte ihm sein Vater, ausnahmsweise. Wobei das wohl nur daran lag, dass er ihm keine verstandesmäßige Reaktion zutraute, folglich auch keine Täuschung. Wahrscheinlich war sein Status bei ihm nicht viel höher als der einer Schmeißfliege. Dummerweise einer Schmeißfliege, die mit ihm verwandt war.

»Was auch immer passiert ist: Du hast Iva die Yacht zur Verfügung gestellt, bist aber gleich gegangen danach. Ein kleiner Gefallen unter Freunden. Leichtsinnig, weil nicht mit mir abgesprochen, aber verzeihlich. Mehr weißt du nicht, wenn die Polizei dich fragt.« Manfred wischte seinem Sohn das Blut unter der Platzwunde weg, während er sprach. »Den Rest überlassen wir den Anwälten«, sagte er, als wäre nichts geschehen, und richtete den Knoten seiner Krawatte. Er ging in die Küche und kam mit dem Verbandskasten sowie einer Packung Eis aus dem Kühlfach zurück. »Und was war mit der Parabellum?«, erkundigte er sich.

Doch Ruben schüttelte nur den Kopf. »Nichts.«

»Halt das darauf«, sagte Manfred. »Dein Hirn muss sich erholen.« Die Kompresse war kühl und roch nach Kamille.

16

Rosa eilte zum Bistro an der Ecke. Am Sonntagmorgen war es rund um den Predigerplatz ruhig, nur ein paar raue krächzende Laute durchschnitten die Stille. Rabenschwarze Vögel saßen auf den weit verästelten Armen der Platanen, am Himmel darüber gingen Pastelltöne und weiches Grau in einem werdenden Blau auf, das mit der winterlichen Kahlheit versöhnte. Sie blickte auf das Zifferblatt der Kirche, schon wieder zu spät. Hinter ihrer Stirn klopfte der Chianti vom Vorabend. Die Fassade der Zentralbibliothek lag noch im Schatten. Rosa stellte sich die verborgenen Untergeschosse vor, den Duft nach vergilbtem Papier und nach den Jahren, die zwischen den Buchseiten steckten, das kaum hörbare Summen von Abertausenden schlafenden Büchern. Doch leider war ihr am Sonntag dieser Fluchtweg versperrt. Sie atmete tief durch und stieß die weinrote Tür zum *Chez Manon* auf.

Kaffeeduft erfüllte den Raum und beruhigte sie sogleich ein wenig. Rosa suchte den Tresen ab, gegenüber der breiten Fensterfront, die sich im Sommer öffnen ließ und nun mit Lichterketten und dezenten Sternen dekoriert war. Leo steuerte immer zuerst den Tresen an. Diese Bühne des Lebens, wie er das nannte, niemals ruhend, vom ersten Espresso in der Früh bis zum letzten Gläschen spät in der

Nacht. Doch von Leo keine Spur. Wenn sie zu spät war, dann kam er noch ein kleines bisschen später, Rosa hätte es wissen müssen. Das war schon beinahe Gesetz bei ihnen. Unerklärlich, aber Tatsache.

Manon machte sich gerade an der neuen Kaffeemühle zu schaffen, der gebauschte Rock schwang mit ihren Bewegungen mit, zeichnete sie weich. »Das Übliche?«, fragte sie und schlug den Kaffeesatz in ein Kistchen neben der Maschine.

Noch ehe Rosa nickte, hatte sie schon Milch in einem Kännchen aus Edelstahl geschäumt. Kaffee war ein Kulturgut, das bei Manon liebevoll gepflegt wurde. Sie verfügte über eine fast schon detektivische Beobachtungsgabe und kannte ihre Gäste in- und auswendig. Daher wusste sie auch, dass Rosa nach kurzer Nacht, die ihr ins Gesicht geschrieben stand, einen Cappuccino der belebenden Würze eines Espressos vorzog, der dann aber in nicht allzu großem Abstand folgte. Im Sommer auch gerne mit Eiswürfeln geschüttelt, aber immer eine dunkle, kräftige Röstung. »Mit dieser Mühle bin ich ausgestattet fürs Leben«, sagte Manon und fegte mit einem Pinsel den Kaffeestaub vom Chromstahlglanz der Anrichte. »Und wie sieht es in deinem Leben aus?«

»Gestern war ich mit Martin im *Rosso*«, sagte Rosa und ließ den Platz unter den Platanen nicht aus den Augen, der sich hinter dem Tresen spiegelte. »Es war wirklich nett.«

»Nett?«, klang es wenig überzeugt zurück.

»Ja«, sagte Rosa. »Es muss ja nicht immer *alles* superlativ und überwältigend sein.« Sie hob trotzig das Kinn. »Mit *nett* bin ich vollends zufrieden.« Wann würde sie endlich das Gefühl loswerden, ihre Freunde von der neuen Liaison überzeugen zu müssen? Andererseits: Wenn jemand eine dezidierte Meinung haben durfte, dann Manon. Schließlich war sie durch Rosas und Leos beinahe tägliches Morgenritual im Bistro auch eine Zeugin ihrer Beziehung geworden. Mit allen Höhen und Tiefen.

»Warum trennen sich Menschen überhaupt?«, fragte Manon plötzlich versonnen und blickte zum Eingang. Leo veränderte die Schwingung im Raum, noch bevor er diesen betreten hatte. Sein Anzug schimmerte samten, das Haar war noch feucht. Seine Augen lagen zwar weder auf einer exakten Linie noch war der Abstand zur Nase gleich, dennoch: Er sah verdammt gut aus. Er winkte ihnen zu und kam mit Schwung an den Tresen. Ganz gegen seine sonstige Gewohnheit schlug er Rosa nach einem kurzen Schwatz mit Manon vor, an einem der runden Bistrotische Platz zu nehmen. Rosa ließ ihre leere Tasse stehen, machte Manon ein Zeichen und folgte ihm.

»Und du hast also schon eine neue Eroberung gemacht?«, fragte Leo kurz darauf und riss den Zucker auf.

Blut schoss Rosa in die Wangen, Richi musste gepetzt haben. »Das geht dich nichts mehr an«, erwiderte sie und griff nach seinem halb vollen Zuckertütchen, um die andere Hälfte in ihren Espresso zu schütten. Eine alte Gewohnheit, viel zu vertraut, wie ihr mitten in der Bewegung bewusst wurde, doch zu spät. Das Tütchen wieder zurückzulegen wäre noch peinlicher. Also schüttete sie ihren eigenen hinterher, damit es so aussah, als habe sie nur mehr Zucker gebraucht. Leo streckte die Cordhosen-Beine unter dem

Marmortisch aus. Und blickte sie an, aus vertrautem Grün mit goldenen Sprenkeln.

»Leo, warum bist du hier?« Rosa seufzte.

»Deswegen.« Er kramte in seinem Rucksack. Und legte ein in Zeitung eingeschlagenes Päckchen auf den Tisch. Die markanten Schlagzeilen des *Corriere della Sera* sprangen Rosa entgegen. Sie nahm einen Schluck von ihrem viel zu süßen Espresso. »Willst du es nicht aufmachen?«, fragte Leo.

Sie faltete das Zeitungspapier auseinander. *»Salfiore di Romagna.«* Sie wog den Baumwollbeutel in Händen. »Das süße Salz der Päpste, das den Geschmack nicht überdeckt, sondern hervorhebt.«

»Ich war letzte Woche in Rom. Der Posten auf der Botschaft dort war meine erste Wahl«, fuhr er fort. »Und dieses Mal scheint es tatsächlich geklappt zu haben. Es wäre nicht mehr der afrikanische Kontinent, sondern Italien. Wir könnten zusammen hin.«

Rosa schüttelte den Kopf, doch bevor sie entgegnen konnte, dass es dafür nun definitiv zu spät war, kam Manon und brachte eine Karaffe mit sprudelndem Wasser.

»Das hatte ich ganz vergessen …« Sie goss die Gläser ein, dann verschwand sie wieder. Doch ihr Ebenbild im lang gezogenen Wandspiegel blieb. Mit einem Plopp öffnete sie eine Flasche Weißwein und ließ zwei Schritte weiter die neugierige Dame in Lila kosten, die Rosa immer an Josefa erinnerte. Im Bistro gehörte es ein wenig dazu, dass sich die Gäste gegenseitig beobachteten und belauschten und dann so taten, als würden sie sich nicht kennen, auch wenn sie sich beinahe täglich begegneten. Doch gerade jetzt war Gesellschaft am Nebentisch mehr als unangenehm. Rosa warf einen versteckten Blick auf ihr Telefon im Inneren der Tasche, die über der Stuhllehne baumelte: zwei Anrufe in Abwesenheit, von der Dienstnummer der Zentrale.

»Gestern war ich an der Limmat spazieren«, sagte Leo, als Rosa weiterhin nichts sagte, und streifte beiläufig ihr Bein. Eine unsichtbare Wärmestrahlung von einem Körper auf den anderen. »Unser *luchetto dell'amore* ist spurlos verschwunden. Erinnerst du dich noch?«

Rosa lachte kurz. Und wie sie sich erinnerte, sein Geschenk nach der letzten Florenz-Reise, die eingravierte Hoffnung, *Rosa & Leo, per sempre.* So lange hatte er sie mit ihrem Wunsch nach einer Familie hingehalten und war dann doch verschwunden. Frisch getrennt, hatte sie als Erstes die Brücke über die Limmat aufgesucht, mit einem Bolzenschneider im Gepäck.

»Dunkel«, versuchte sie es lakonisch.

»Es tut mir leid, was geschehen ist.« Leo hatte diesen Gesichtsausdruck, den sie sonst nur von ihm kannte, wenn er sich unbeobachtet fühlte. Er umschloss ihre kalten Fingerspitzen. »Jetzt wäre ich bereit – für alles.«

»Sag mal.« Rosas Empörung war nicht zu überhören, als sie seine Hände abschüttelte. »Wie kommst du dazu, hier aufzutauchen und mir nichts, dir nichts, alles über den Haufen zu werfen?«

»Du denkst, ich wäre vor der Verantwortung geflüchtet, oder, Rosa?«, sagte er, nahe am Pathos, und doch schwang etwas in seiner Stimme mit, das sie innehalten ließ. Bis dahin hatte sie nicht geglaubt, dass er wirklich verstehen wollte, wohin sie beide sich in den vergangenen Jahren entwickelt hatten.

»Jedenfalls bist du immer genau dann verschwunden, wenn ich dich gebraucht hätte. In die Arbeit, in ein neues Land, wieder in die Arbeit und so weiter.«

Er sah sie an. »Es tut mir leid. Vielleicht hatte ich einfach Angst, dass es anders gekommen wäre, wenn ich am besseren Ende meiner Möglichkeiten gewesen wäre? Mir war nicht bewusst, was ich alles hatte. Ich war ein undankbarer Idiot. Und vermisse dich schrecklich.«

Da kochte die ganze angestaute Wut in Rosa hoch. »Du legst dir zurecht, was dir gerade in den Kram passt. Weißt du, was ich glaube? Du brauchst eine Vorzeigefamilie, um die Leute auf der Botschaft in Rom zu beeindrucken. Und da ist dir plötzlich wieder Rosa in den Sinn gekommen, die jahrelang auf eine Familie hoffte. Eine Familie, die du wohlgemerkt *nie* wolltest.« Die Untertassen auf dem Bistrotischchen klirrten, als ihre flache Hand auf den Tisch knallte. Sogar die Dame in Lila linste über den Rand des Weißweinglases.

»Ich habe befürchtet, dass du das glauben könntest«, sagte Leo, der sich erhob und den Mantel zuknöpfte. »Aber ich weiß auch, dass du manchmal etwas Zeit brauchst. Und dieses Mal werde ich es sein, der wartet.« Damit zog Leo eine Banknote aus einem kleinen Etui, die ihre Kaffees großzügig, aber nicht zu großzügig aufrundete. »Schlaf ein paar Nächte drüber, *cara*«, sagte er und hauchte ihr einen Kuss auf die Stirn. Dann klopfte er Manon zum Abschied kurz auf den Tresen und wandte sich zum Gehen.

Rosa ließ ein paar Minuten verstreichen, bis sie sicher war, dass er weg war, und ging dann ebenfalls hinaus. Sie blieb vor dem Bistro stehen und ließ frische Luft durch ihre

Lungen strömen. In der Hoffnung, dass sich ihre Gefühle legten, wie die Flocken in einer Schneekugel. Doch da schrillte ihr Telefon, die Zentrale.

Sie nahm ab. Eine überraschende Festnahme also. Während Rosa zuhörte und gelegentlich nickte, kam eine Saatkrähe auf sie zugeflogen. Blitzschnell schnappte sie sich eine der Baumnüsse, die in einem Korb neben dem Eingang lagen. Bald darauf erschien eine zweite. Wie nach einem geheimen Plan ließen sie die Nüsse vor der Ampelanlage fallen, warteten ab, bis die vorbeifahrenden Autos die Schale geknackt hatten. Und flatterten mit der Beute davon. Die Zeit war gekommen, zu den Brutbäumen zurückzukehren.

17

Wir können uns mithilfe der Zeugenaussagen zwar ein Bild machen …« Martin erhob sich und blickte aus dem hohen Fenster der Cafeteria. Draußen auf dem Bahnviadukt ratterte ein Zug durch. »Aber es ist ein sehr wackliges Bild.« Zudem habe der Verdächtige, ein stadtbekannter Obdachloser, auf einen Anwalt verzichtet.

»Kann er das überhaupt?«, erkundigte sich Rosa, froh darüber, dass sie gleich in die Arbeit eingestiegen waren und das Treffen mit Leo dadurch in den Hintergrund rückte.

»Kommt drauf an, was der Tatvorwurf ist.« Martin setzte sich wieder und übermalte mit einem Kugelschreiber die Wörter auf seinem Notizblock. »Bei vorsätzlicher Tötung braucht er zwingend eine Verteidigung, wenn die Staatsanwaltschaft ihn befragt. Für eine erste polizeiliche Vernehmung aber nicht.«

Dann erzählte er, wie eine Streife in der Nähe des Hafens bei dem Verdächtigen verschiedene Gegenstände beschlagnahmt und ihn daraufhin festgenommen hatte. Einigen Bootshaltern war der Mann schon früher aufgefallen, der regelmäßig auf der Parkbank am Hafenbecken schlief, insbesondere, nachdem wiederholt Dinge von den Booten verschwunden waren. Ob sich ein Tatverdacht wegen Brandstiftung gegen Karl Jost erhärten ließe, das mussten sie erst herausfinden. »Sehr interessant aber«, sagte Martin, »die Parabellum war voll mit seinen Fingerabdrücken.«

»Du denkst, er könnte mit dem Vierfachmord in Frankreich in Verbindung stehen?«, fragte Rosa verblüfft.

»Nicht zwingend, aber wir müssen in alle Richtungen denken.«

»Wurde denn mit der Waffe auch geschossen?«

»Nein, das nicht. Zumindest schon lange nicht mehr.«

Karl Jost saß in der Arrestzelle am Mühleweg. Überall frischer Sichtbeton, wie in einer Neubau-Genossenschaft, selbst die schmale Pritsche hatte etwas von einem Designsofa, darüber ein hohes, schmales Fenster. Er blickte müde auf, als Rosa und Martin ihn baten, sie zu begleiten. Handschellen klickten, und dann schlurfte der Clochard an ihrer Seite durch die weitläufigen Flure, wobei er den Geruch der Straße verströmte, nach Alkohol und Ammoniak und vor Dreck steifen Kleidern. Sie führten ihn ins Vernehmungszimmer, wo er sogleich nach einer Zigarette fragte.

»Ist leider verboten hier«, sagte Martin.

»Kann ich wenigstens eine haben für nachher?«, ließ Jost, dem sichtlich unwohl in seiner Haut war, nicht locker.

Unter Rosas fragendem Blick kramte Martin ein zerknittertes Päckchen seiner Menthol-Zigaretten hervor und legte es vor den Clochard auf den Tisch. Als dieser danach greifen wollte, zog er es wieder zurück. »Was ist am Hafen passiert am Freitagabend?«

»Ich weiß es nicht, ich, ich …« Jost geriet ins Stottern. Er habe sich wie gewöhnlich so gegen 21 Uhr für die Nacht eingerichtet, leere Flaschen mit heißem Wasser gefüllt. »Die lege ich mir in den Schlafsack, wenn es gegen null geht«, sagte er nicht ohne Stolz. »Dann hab ich ein Gute-Nacht-Bierchen getrunken und bin eingeschlafen. Ich bin erst mit dem Feuer aufgewacht, der Lärm der Einsatzfahrzeuge war brutal.« Er fasste sich an die Ohren. »Nirgends auf der Welt sind die Sirenen so laut wie in der Schweiz. Ist doch seltsam, in so einem kleinen Land, oder? Als ob der Staat seine Bürger taub machen will. Um zu zeigen, dass er ihnen überlegen ist.«

»Das hat Ihnen früher auch nichts ausgemacht«, entgegnete Martin. »Waren Sie nicht bei der freiwilligen Feuerwehr?«

Jost machte eine wegwerfende Handbewegung. »Das ist schon so lange her, fast nicht mehr wahr.«

»Und die hier?« Martin nahm verschiedene Fotos aus einer Mappe. Auf einem war eine brennende Scheune zu erkennen, dahinter ein nächtliches Kornfeld irgendwo auf dem Land. Die nächsten zeigten verschiedene Perspektiven eines bis auf die Karosserie ausgebrannten Lastwagens. Dann weitere verkohlte Fahrzeuge.

»Man kann nicht für dasselbe Verbrechen zweimal bestraft werden«, sagte Jost, und seine Augenbrauen schoben sich zusammen, bis sie beinahe einen geraden Balken bildeten.

»Der Feuerteufel vom Tösstal.« Martin reichte dem Clochard das Zigarettenpäckchen. »Damals haben Sie auch erst spät gestanden – und erst unter erdrückender Beweislast.«

»Haben Sie denn etwas gegen mich in der Hand?« Josts Ton wurde angriffiger.

Martin erhob sich und trat näher an ihn heran. Dann

machte er eine ausladende Geste. »Sie sind jetzt seit ein paar Minuten hier. Schon ist die Luft durchsetzt von Ihrem Atem, Ihre Zellen schweben unsichtbar umher, Ihre Fingerabdrücke kleben auf der Tischplatte und unter der Sitzfläche des Stuhls, die Sie umklammern.« Er ließ den Arm wieder sinken. »Wenn Sie an dem Abend auf dem Steg waren, dann werden wir das rausfinden. Da können Sie Gift drauf nehmen.«

Der Clochard inspizierte die dunklen Ringe unter seinen Daumennägeln, als Martin fortfuhr. »Vielleicht haben Sie auf den Booten wieder einmal nach etwas Wertvollem gesucht. Und dabei versehentlich den Brand ausgelöst, muss ja nicht mal Absicht gewesen sein. Und dann haben Sie es mit der Angst zu tun bekommen.« Er tippte auf die Tatortbilder der Brandserie im Oberland. »Mit Ihrer Vergangenheit, kein Wunder. Haben Sie sich lieber aus dem Staub gemacht, statt die Feuerwehr zu alarmieren. Das hat nämlich erst das Personal vom Seebad gemacht, als denen der Geruch beim Aufräumen aufgefallen ist, noch vor der Explosion. Dumm nur, dass sich noch jemand auf dem Boot befunden hat. Vielleicht haben Sie die junge Frau im Schlaf überrascht. Noch eine Versuchung mehr? Und dann ein Feuer, das alle Spuren frisst?«

Unter seinem zotteligen Bart wurde Jost immer bleicher. »Sie wollen mir das in die Schuhe schieben? Tatsächlich? Einen Mord? Warum sollte ich das tun? Ich bin doch kein Vergewaltiger, nur weil ich auf der Straße lebe. Noch nie habe ich mir so was zuschulden kommen lassen«, sagte Jost lauter werdend, wobei sich einige Tröpfchen Spucke in seinem Bart verfingen.

»Hilft Ihnen das auf die Sprünge?« Martin zog weitere Fotografien aus der Mappe. Sie zeigten allesamt Gegenstände aus dem Einkaufswagen des Clochards. Tüten mit Marshmallows und Lakritze, eine Taschenlampe, zerlesene Bücher, eine Flasche braunen Rum, noch eine Flasche braunen Rum. Ein paar Dosen mit Süßgetränken. Und zwei Benzinkanister.

»Was hat das eine mit dem anderen zu tun? Die Sachen hat doch niemand vermisst«, verteidigte sich Jost. »Ich habe immer nur genommen, was ich gebraucht habe, um nicht zu frieren. Zucker und Alkohol, damit kommst du durch den Winter, gibt nichts Besseres, um zuzunehmen. Die haben doch alle genug.«

»Und ich soll Ihnen wirklich glauben, dass Sie mit dem Brand nichts zu tun haben?«, antwortete Martin. »Das Unschuldslamm nehme ich Ihnen nicht ab. Ich stelle mir das so vor: Sie verschaffen sich Zutritt zu einem der Boote. Die Benzinkanister stehen da, verführerisch und randvoll. Der alte Reflex erwacht, nicht wahr? Es allen mal zu zeigen! So richtig! Eine deutliche Reaktion erhalten. Für jemanden, der im Schatten lebt, muss das faszinierend sein. Wenn Sie nur nicht die schlafende Frau übersehen hätten.«

»Ich – war – das – nicht«, sagte der Clochard mit Nachdruck. Dann sackte er zusammen, als laste plötzlich das ganze Gewicht der Welt auf ihm.

»Und was ist damit?«, hakte sich Rosa ein und legte den Beutel mit der Pistole auf den Tisch. Sogar der Griff aus Elfenbein war nach den Untersuchungen wieder trocken und glänzend. »Kommt die Ihnen bekannt vor?«

»Na so was, Sie haben die also.« Ein kurzer Ausdruck der

Erleichterung huschte über Josts Gesicht. Er habe sie am Hafen in einer der Mülltonnen gefunden. Der Besitzer, der müsste ihm eigentlich einen Finderlohn geben.

»Ah ja. Woher wissen Sie, wem sie gehört, wenn sie in der Mülltonne lag?«, fragte Martin nach.

»Vielleicht war die Mülltonne auch auf einem der Boote«, sagte Jost und rutschte auf dem Stuhl umher.

»Auf welchem Boot?«, wollte Martin wissen.

»Kann ich mich nicht mehr erinnern.«

»Und wofür haben Sie die Pistole gebraucht?« Martin schob die umgedrehten Fotografien vor sich her, als würde er Memory spielen. »Die hilft ja nicht gegen die Kälte …«

»Na doch«, widersprach Jost. »Wissen Sie denn nicht, was so eine Parabellum wert ist?«

»Doch. Hab davon gehört«, brummte Martin, ohne aufzublicken. »Wem gehört die Waffe? War sie auf der *Amethyst*?«

Jost machte dicht. Sagte nur noch, er habe keine Ahnung, was sie meinten. Er könne sich an keine Namen erinnern. Auch nicht von Schiffen. Die nächste Viertelstunde über versuchte Rosa, etwas Brauchbares aus ihm herauszubekommen. Sanfter, aber doch gezielt. Jost wurde zugänglicher, allerdings waren seine Schilderungen des Abends vor dem Brand nicht nur undeutlich, sondern widersprachen sich auch. Mal kam etwas Neues hinzu, mal fiel etwas anderes raus. Er habe noch Essen vom Imbiss geschenkt bekommen, von einem jungen Mann mit Strickmütze, meinte Jost sich etwa zu erinnern. Dann sei ein weiterer Mann vom Steg hergekommen. Und noch ein zweiter, vielleicht sei es aber auch derselbe gewesen. Je genauer Rosa nachfragte, ob er denn nicht geschlafen habe, wie zuvor ausgesagt, und versuchte, das Gehörte zusammenzufassen, umso weniger stimmte die zeitliche Abfolge mit seinen Beschreibungen überein.

»Na ja, eben, einen Finderlohn hätte ich schon genommen«, sagte der Clochard, als sie wieder bei der Pistole angelangt waren. »So was darf man ja nicht einfach rumliegen lassen.« Doch als es in der Brandnacht plötzlich von Polizisten wimmelte, habe er es mit der Angst zu tun bekommen … »Einen wie mich würde man auf der Stelle festnehmen. Da habe ich sie ins Wasser geworfen.« Seine Augen wurden wässrig. »Aber das Feuer, das lasse ich mir nicht anhängen.«

»Dann sind Sie bestimmt bereit, uns eine Probe hierzulassen«, antwortete Martin und zog ein Plastikröhrchen hervor.

Jost sperrte ohne Weiteres den Mund auf, um sich eine Speichelprobe abnehmen zu lassen. »Ein Schnaps wäre jetzt gut«, murmelte er dann und hielt ihnen seine ausgestreckten Finger hin. Sie zitterten. Rosa hätte ihm gerne einen ausgegeben. Doch mehr als Kaffee aus dem Automaten gab es nicht.

18

Staatsanwältin Rysers Pullover hatte dieselbe Farbe wie der Earl Grey mit Milch in der Tasse vor ihr. Nachdem Martin und Rosa ihr von der Befragung berichtet hatten, gab sie ihnen die Anweisung, den Verdächtigen dazubehalten. Ryser nahm die randlose Brille ab und putzte sie. »Aber länger als drei Tage können wir Jost mit der Beweislage nicht festhalten. Brandermittlungen sind sowieso schon eine vertrackte Sache, aber bei einem Feuer dieses Ausmaßes … Wir müssen es machen wie in der Medizin und nach dem Ausschlussverfahren arbeiten.« Sie setzte die nun blitzblanke Brille wieder auf. »Aber wir brauchen Fortschritte. Fernsehen, Radio, Zeitung, Blogs … Die Medien werden immer aggressiver.«

»Überall dieselben Katastrophenbilder«, bestätigte Rosa. »Hauptsache, sie generieren Klicks. Was wird denn jetzt genau an die Öffentlichkeit gehen?«

Andrea Ryser klopfte mit dem Stift auf die Pressemeldung, die tags zuvor rausgegangen war. »Ich werde heute auf ein paar Nachfragen darauf antworten, eher zu den Schäden und zu den Löscharbeiten, und eine Pressekonferenz für Dienstag ankündigen. Damit halte ich uns die Medien bis dahin vom Hals. Und dann gebe ich bekannt, dass es eine Verhaftung gab.«

»Auch wenn wir gegen Jost nicht mehr Beweise haben als jetzt?«

»Ja, auch dann«, sagte Ryser und schnaubte. »Sonst wirkt es, als stocherten wir im Nichts.«

»Aber …«, sagte Rosa und verstummte. Dieser immer stärkere Druck von Außen, möglichst schnell einen Schuldigen zu finden – das gefiel ihr nicht.

»Notfalls lassen wir Jost nach der Pressekonferenz laufen. Doch bis dahin …«, sagte Ryser. »Wie gesagt, wir haben 48 Stunden, um etwas Handfestes zu finden.« Eine erste Einschätzung der Brandermittler sei in der Zwischenzeit eingetroffen: Das Feuer sei vermutlich durch Kraftstoff ausgelöst worden. Womöglich aus einer durchschnittenen Leitung. Aber sie brauchten Beweise.

»Das Problem ist«, wandte Martin ein und klappte seinen Rechner zu, »bei der Art von Booten, mit Edelholz und Lackbeschichtungen, reichen ein bisschen verschüttetes Benzin und ein verglimmendes Streichholz aus in Kombination mit einer ungünstigen Windrichtung. Kann gut sein, dass die Flammen alle potenziellen Spuren vernichtet haben. Überleg mal, wenn es in dem Wrack etwas gäbe, wären die Brandermittler schon drauf gestoßen. Uns bleibt nix anderes übrig, als die Person zu finden, die für das Feuer verantwortlich ist. Und anhand der Indizien Anklage zu erheben.«

»Warum tut jemand so was überhaupt?« Rosa dachte an die Furchen zwischen Josts Augenbrauen. Sie ließen ihn grimmig erscheinen, lösten gleichzeitig aber bei ihr den Reflex aus, ihn in Schutz zu nehmen. Als sie keine Antwort erhielt, führte sie den Gedanken selbst fort. »Frustration?

Unterdrückte Aggression? Eine geistige Erkrankung?« Sie dachte an die verkohlte Scheune aus dem Tösstal, von der nur noch das eingefallene Dachgerüst erkennbar gewesen war. Wahrscheinlich war der Clochard vom Feuer schlicht fasziniert. Wie er so dasaß im Verhörraum, hatte er sie an den Künstler Urs Eggenschwyler erinnert, den Schöpfer des Steinlöwen, der jetzt rauchschwarz über den Hafen Enge wachte. Rosa hatte neulich einen Artikel über ihn im *Stadt-Anzeiger* gelesen. Der Bildhauer, auch er zu seiner Zeit ein stadtbekanntes Original, unterhielt am Milchbuck Anfang des letzten Jahrhunderts eine Menagerie voll von wilden Tieren: Braunbären und Wölfe, Panther, Raubvögel, Hunde und Hyänen. Mit seinem zahmen Löwen spazierte er regelmäßig durchs Niederdorf. Karl Jost hätte eine zeitgenössische Version des Bildhauers sein können: derselbe zottelige Bart, derselbe störrische Ausdruck unter den wulstigen Augenbrauen. Doch statt eine Raubkatze an der Leine zu führen, schob er einen schwer beladenen Einkaufswagen vor sich her … Rosa riss sich aus den Gedanken und blickte zur Staatsanwältin. »Das am Hafen war nicht die Handschrift von Jost. Das glaube ich nicht. So ein Feuer mitten in der Stadt, bei dem eine Menge Menschen gefährdet werden. Und auch noch direkt neben seinem bevorzugten Schlafplatz.«

»Und wenn es doch eine Verkettung von unglücklichen Umständen war? Wie du es gestern gesagt hast«, fragte Martin nachdenklich. »Es könnte ja irgendwie aus Versehen passiert sein. Entweder unserem Jost oder jemand anderem.« Er zeigte auf die Fotos der Brandnacht, das verrußte Löwendenkmal, die Schiffswracks, Bilder wie aus einer

Kriegszone. »Der Schaden geht in die zweistellige Millionenhöhe, die Medien sind voll von Schauerberichten. Wenn das deine Schuld war, dann ist dein Leben komplett versaut. Du wirst immer der sein, der den Hafen angezündet hat. Wem könnte man verdenken, sich nicht zu melden? Und dann auch noch mit einer Toten?«

»Warten wir zuerst einmal ab, was die Obduktion ergibt«, unterbrach Ryser mit einem Blick auf die silberne Uhr an ihrem Handgelenk. Fislers Leute würden auf Hochtouren an der Überprüfung der DNA-Probe arbeiten, das Ergebnis des Abgleichs mit Iva Schwarz werde in der nächsten Stunde erwartet. Die Staatsanwältin erhob sich und rückte die Stuhllehne gerade, bis sie bündig mit der Tischkante stand. Dann bat sie Rosa, auf Abruf zu bleiben, um Fleur Rochat im Falle des Falles die Nachricht zu überbringen. »Am Montagmittag findet dann die offizielle Obduktion statt, da hätte ich Sie beide auch gerne mit dabei«, fuhr Ryser fort. »Wenn es irgendeinen verborgenen Hinweis darauf gibt, ob der Tod dieser Frau ein Unfall oder doch ein Mord war – dann gibt es keinen Besseren als Simon Fisler, um den aufzuspüren. Da fällt mir ein«, sie fixierte Rosa. »Ich wollte noch kurz etwas mit Ihnen besprechen.« Ryser tauschte einen Blick mit Martin, der sich daraufhin in sein eigenes Büro zwei Stockwerke tiefer verabschiedete, »um noch ein wenig Papierkram zu erledigen«.

»Für Sie auch einen?«, fragte die Staatsanwältin, während sie neuen Tee aufbrühte.

»Warum nicht.« Rosa pustete über die zarte Schale, aus der duftig herbe Schwarzteearomen aufstiegen.

In freundlichem Ton erkundigte sich die Staatsanwältin

nach ihrem Befinden. »Die Kopfverletzung vom Einsatz bei den Reichenbachfällen, wieder gut verheilt?«

»Alles prima«, beeilte sich Rosa zu versichern, einigermaßen überrascht über die Fürsorge, die ihr zuteilwurde.

»Sie kennen die Wache auf der Gemüsebrücke? Was für eine Frage … natürlich kennen Sie die.« Ryser schob ihr ein Prospekt hin und erzählte vom geplanten Neubau einer trapezförmigen Plattenbrücke an dieser Stelle.

Rosa kannte das Projekt bereits, da es in engem Zusammenhang mit dem neuen Hochwasser-Entlastungsstollen stand. Der Abfluss aus dem See musste wegen drohender Überschwemmungen dringend erhöht werden – und die derzeitige Brücke, eine Beton-Konstruktion aus den Siebzigerjahren, stand dafür zu tief.

»Natürlich wird die Wache auf der Seite erhalten bleiben«, erklärte Ryser, die Rosas erstaunten Blick auf das Bauprojekt bezog.

»War da bis jetzt nicht die Abteilung für Finanzverbrechen beheimatet?«, wollte Rosa wissen.

»Unter anderem, ja. Doch im Zuge einer Neuorganisation wurde entschieden, diese und diverse andere Abteilungen hier am Mühleweg zu zentralisieren. Einerseits«, sagte sie und zog die Augenbrauen so weit hoch, dass sich die Stirn darüber in Falten legte. »Andererseits wird die Zusammenarbeit mit anderen Teilen des Korps intensiviert. Es gibt einige personelle Rochaden deswegen, mein bisheriger persönlicher Mitarbeiter ist länger krankheitsbedingt ausgefallen und wird jetzt versetzt. Lange Rede, kurzer Sinn: Ich habe Sie als meine neue Protokollführerin vorgeschlagen.«

Rosa sah Ryser an. Ihr fehlten die Worte.

»Natürlich wäre es ein anderes Profil als jetzt«, sagte Ryser. »Sie würden mitschreiben, neben den Protokollen auch Abklärungen machen und wären natürlich bei Brandtouren mit dabei.«

Rosa lächelte, das war ein Begriff aus den Urzeiten der Kantonspolizei für den gemischten Einsatz von Fachleuten, die bei »brennenden Ereignissen« wie Kapitalverbrechen, Geiselnahmen oder schweren Unfällen ausrückten.

»Sozusagen eine Sonderstellung im Polizeibetrieb«, fuhr Ryser fort. Dann fügte sie hinzu, dass es zwischen den Einsatztagen genug Zeit gebe, um weiterhin einen reduzierten Dienst zu verrichten, etwa bei der Seepolizei.

»Ich bin gerade etwas überrumpelt. Darf ich mir das in Ruhe durch den Kopf gehen lassen?«, fragte Rosa mit glühenden Ohrenspitzen. Ihr Blick suchte im trüben Nachmittagslicht einen Halt, bis er an den Skulpturen auf dem gegenüberliegenden Dach der Kunsthochschule hängen blieb.

»Selbstverständlich«, gab Ryser zurück und zeigte das Foto der Gemüsebrücke. »Aber überlegen Sie es sich gut. Ich würde mich freuen, eine so kluge Frau und kompetente Polizistin an meiner Seite zu haben.«

Während sie auf Martin wartete, blätterte Rosa im Prospekt. Die grünleuchtende Limmat, wie vom Tourismusbüro. Es gab die Option, parallel mit der neuen Stelle eine Weiterbildung am Polizeiinstitut in Neuenburg zu beginnen, hatte die Staatsanwältin zum Schluss erwähnt. Vorfreude stieg in Rosa auf, begleitet von einem Stich Wehmut. Eine Tür öffnete sich. Eigentlich hatte Rosa die Veränderung schon länger gespürt. Doch sie hatte dieses Gefühl immer wieder weggeschoben, dass es für sie beruflich noch mehr zu erreichen gab als den Dienst auf dem See, sosehr sie ihn auch mochte. Wahrscheinlich war es erst der Kinderwunsch gewesen, der dafür sorgte, dass sie das nicht mehr ignorieren konnte. Denn ein Kind würde sich auch auf ihre Arbeitssituation auswirken. Wenn sie das mit Richi und Erik machen würde, wenn es tatsächlich klappen würde … Es wäre zumindest in den ersten Jahren kaum möglich, ihr jetziges Pensum bei der Seepolizei zu bewältigen. Erst recht nicht während der Schwangerschaft. Die körperlichen Voraussetzungen waren hoch: Eistauchen im Oberengadin, simulierte Großeinsätze auf dem Lac Léman und regelmäßige Tauchübungen gehörten in ihr Pflichtenheft. Zudem würde sich ihre Schichtarbeit nur schwer mit Richis Einsatzplänen auf der Bühne und Eriks Dienstplan im Krankenhaus vereinbaren lassen. Zwar gab es auch beim neuen Job gewisse zeitliche Unregelmäßigkeiten, aber ein Teil davon war Büroarbeit, das machte sie flexibler. Rosa war an einer Schwelle angekommen – im Beruf und im Leben.

Schnell steckte sie den Prospekt in ihre Tasche und startete das Tablet, um ihr Postfach zu prüfen. Sie überflog die erste Einschätzung der Brandermittler, die Ryser erwähnt hatte und die mittlerweile an die Sonderkommission verschickt worden war. Dann entdeckte sie eine Nachricht vom Hotel *Schwanen*. Schnell klickte sie den Anhang auf, die Aufstellung aller Zeugen, die Manfred Engler ihr versprochen hatte, von seinem persönlichen Assistenten verschickt. Sie schnappte nach Luft, als sie die Namen durchging: Fleur Rochat und Boris Keller. Sie waren die beiden

Geschäftspartner, mit denen Manfred Engler im Seebad Enge zu Abend gegessen hatte. Stand Engler etwa auch mit Urban Utopia in Verbindung? Das waren ein bisschen viele Zufälle.

19

In der Dunkelheit wirkten die Häuser am Idaplatz wie überdimensionale Puppenstuben, im Vorbeigehen konnte man in die Intimität der hell erleuchteten Küchen schlüpfen, in denen Menschen beim Abendbrot saßen. Ein moderner Bau stach mit seinen anthrazitfarbenen Kacheln aus den Jahrhundertwende-Fassaden heraus. Zumindest auf der Vorderseite, denn hinten, etwas versetzt, war der Block mit einem Altbau verbunden. In Fleur Rochats Wohnzimmer schien gedämpftes Licht hinter den bodentiefen Fenstern, als würde sie Wache halten. Die Gegensprechanlage rauschte, und das Schloss sprang auf, dann stiegen Rosa und Martin hinauf in das fünfte Stockwerk. Vor der Wohnung angekommen, klopften sie leise an. Fleur Rochat riss die Tür auf. »Sagen Sie jetzt nichts.« Es war, als ob ihre Gesichtszüge in sich zusammenfallen würden, bei gleichzeitigem Befehl zur Erhaltung der Systeme.

»Leider haben sich unsere Befürchtungen bestätigt«, erwiderte Martin und hielt ihrem Blick stand.

Rosa wusste, dass man sich an diese Situation nie gewöhnen würde, egal, wie lange man schon diesen Job machte.

Mit leerem Blick trat Rochat zur Seite und ließ sie in die weitläufige Wohnung. An einer Kücheninsel aus gebürstetem Metall saß Boris Keller, der Mann von Cargoloads, dem sie schon im Architekturbüro begegnet waren. Vor ihm stand ein Adventskranz mit vier Kerzen, von denen keine brannte. Er stellte sich nochmals vor und reichte ihnen die Hand, sie fühlte sich an wie warmer Hefeteig vor dem Gehen. Keller legte einen Arm um Rochat, die sich auf einen Barhocker gesetzt hatte.

Rosa und Martin kondolierten und zeigten ihre Ausweise, wie es auch in diesem Fall Vorschrift war. Anschließend skizzierte Martin, was sie bislang wussten: der Brand im Hafen Enge und die übereinstimmende DNA-Probe, die leider die Identität von Iva Schwarz zweifelsfrei bestätigt hatte. Und was sie nicht wussten: die Ursache des Feuers, warum sich Iva nicht aus dem brennenden Boot hatte retten können, und mit wem sie den Abend verbracht hatte. Als er die *Amethyst* erwähnte, zuckte Rochat zusammen.

Martin und Rosa hatten vorbesprochen, Englers Zeugenliste vorerst nicht zu erwähnen, um zu prüfen, ob seine Angaben auch ohne Nachfrage bestätigt würden.

Tatsächlich begann die Architektin mit belegter Stimme zu erzählen: »Wir haben nur wenige Meter entfernt zu Abend gegessen … Im Restaurant des Seebad Enge. Boris, Manfred, ich.«

Rosa wechselte einen Blick mit Martin, dann fragte sie: »Woher kennen Sie Manfred Engler?«

Da Rochat stumm blieb, strich Keller ihr über den Rücken und ergriff dann das Wort. Er erzählte, dass sie drei sich seit Studientagen immer wieder begegnet waren und nun gemeinsam den Zuschlag für Urban Utopia erhalten hatten.

»Welche Rolle spielt Manfred Engler dabei?«

»Er hat sich um das Funding für das Vorprojekt gekümmert. Für die Pläne, Entwürfe und Machbarkeitsstudien, das kostet alles. Außerdem ist Manfred hervorragend vernetzt, und er wird auf dem Areal neben dem Hauptbahnhof ein neues Hotel eröffnen.«

»Er kannte auch Ihre Tochter Iva?«, wollte Rosa wissen.

Fleur Rochat nickte, fügte aber gleich hinzu, dass vor allem Manfred Englers Sohn Ruben mit Iva Kontakt habe. Die beiden hätten sich schon als Kinder gekannt, aber durch die Zusammenarbeit für Urban Utopia seien die Verbindungen zwischen den beiden Familien wieder enger geworden. »Ruben und Iva, sie … feierten manchmal zusammen, gingen auf Partys. Aber wer denkt denn an so was …« Sie verstummte.

»Könnte es sein, dass die beiden an dem Abend zusammen waren?«, fragte Rosa.

»Es könnte sein, ich weiß es nicht.« Die Architektin wirkte erstaunlich gefasst. Was aber nichts bedeuten musste, der Schock konnte zeitversetzt auftreten. Sollte Rosa eine Polizeipsychologin aufbieten? Sie suchte nach Hinweisen in Rochats Gesicht. Betrachtete die Fältchen um die dezent nachgezeichneten Lippen. Vertiefungen an den richtigen Stellen, die schön machten, weil sie den Abdruck von Freude enthielten, und auch von gelebtem Schmerz und nicht von unterdrücktem. Dennoch lag hinter dem schwarzen Lidstrich eine Eigenwelt, die verschlossen blieb.

»Wann haben Sie denn Ihre Tochter zum letzten Mal gesehen?«, erkundigte sich Rosa.

»Sie ist zum Umziehen nach Hause gekommen, am Freitagabend.«

»Ist Ihnen etwas Ungewöhnliches aufgefallen?«

Iva, erzählte Fleur Rochat, sei fröhlich gewesen, fast euphorisch. Wie so oft am Wochenende, bevor sie sich dann am Montag wieder verkrochen habe.

»Bis wann hat Ihr Abendessen im Seebad Enge gedauert?«, fragte Martin, der den Verlauf des Gesprächs mitnotierte.

»Ich bin gegen 22 Uhr aufgebrochen, Boris ebenfalls. Wir haben uns vor dem Seebad verabschiedet, und ich habe mir ein Taxi bestellt.«

»Und Manfred Engler?«

»Hat noch mit einem Bekannten am Nebentisch geplaudert und eine Runde Digestifs spendiert«, sagte Keller.

»Könnte er danach noch die *Amethyst* aufgesucht haben?«

»Das wäre möglich. Aber warum? Er setzt doch nicht sein eigenes Boot in Flammen. Besonders nicht, wenn ...« Fleur Rochats Augen wurden feucht, doch keine Träne löste sich. »Ich muss sie sehen!«, sagte sie kaum hörbar.

»Das geht erst nach der rechtsmedizinischen Untersuchung«, sagte Martin. »Tut mir leid.«

So lauteten die Vorschriften. Wenn es sich tatsächlich nicht bloß um einen sogenannten »außergewöhnlichen Todesfall« handelte, sondern um einen Mord, wäre eine Identifizierung durch Angehörige zu diesem Zeitpunkt eine kriminalistische Katastrophe. Es würden zwangsläufig Spuren, Fasern oder gar Fingerabdrücke auf dem Leichnam zurückbleiben. Und da es sich bei der Hälfte aller Morde um Beziehungstaten handelte, war jeder potenziell verdächtig, der mit dem Opfer in einer näheren Beziehung stand.

Ganz abgesehen davon, dass man der Mutter diesen Anblick am liebsten ganz ersparen würde.

»Dürften wir uns denn vielleicht im Zimmer Ihrer Tochter umsehen?«, fragte Rosa.

»Wenn Ihnen das hilft.« Die Architektin deutete auf eine geschlossene Tür am Ende des Flurs und erhob sich, was auch gleich eine Bewegung bei ihrem Begleiter auslöste. »Danke, Boris, schon gut«, wehrte sie ab. Worauf er sich wieder auf den Barhocker setzte, aber die Füße am Boden behielt, bereit zum Sprung.

Im Flur blieb Rochat stehen, vor einem stilisierten schwarzen Schwan, der direkt auf die nackte Wand gemalt war. »Der soll mich daran erinnern, dass sich außerordentliche Dinge nicht voraussehen lassen. Sie liegen jenseits dessen, was sich berechnen lässt. Und sind doch auf einmal, völlig überraschend, da.«

Rosa trat näher heran, um die Signatur zu entziffern. Unter dem gewundenen Hals des Vogels mit dem leuchtend roten Schnabel konnte sie ein F und ein R ausmachen. »Haben Sie ihn gezeichnet?«

»Kurz nach Ivas Geburt, als wir hier eingezogen sind«, erzählte Fleur Rochat. Früher habe sie viel gezeichnet, auch eine Weile mit Aktionskunst experimentiert und auf Fabrikwände oder mit weißem Gips überzogene Farbbeutel geschossen. Was man halt so gemacht habe, in den besetzten Häusern und leer stehenden Fabriken. »Ivas Vater hatte sich diesen Schwan gewünscht.« Sie fuhr mit den Fingerspitzen die Umrisse der Flügel auf dem rauen Beton entlang.

»Schwarz, kommt von daher Ivas Nachname?«

Fleur Rochat nickte. »Wie rasch der Schwan seine Bedeutung einlösen würde, ahnte mein Mann damals noch nicht. Bald darauf ist er dann einem Krebsleiden erlegen. Nun stehe ich wieder da. Und frage mich, wie viel mir entgangen ist. Ganz besonders in der letzten Zeit … Ich kann Iva keine Frage mehr stellen. Ihr nicht sagen, wie stolz ich auf sie bin.« Ein Tränenschleier legte sich über Fleur Rochats Augen. »Entschuldigung!« Sie öffnete die Tür, ohne in das Zimmer ihrer Tochter hineinzublicken, und ging eilig in die Küche.

Rosa trat ein und machte Licht, Martin folgte ihr. Fast noch ein Teenagerzimmer, mit Lichterkette und einem nostalgischen Prinzessinnenbett in Elfenbeinfarben. Am Rahmen des runden Spiegels steckten Fotografien. Iva, wie sie von unten in die Kamera schaute, schnoddriger Blick und perfekte Beine in dünnen schwarzen Strümpfen, unter denen die Haut schimmerte. In der Hand ein beschlagener Kupferbecher, ein *Moscow Mule* vermutlich. Ein Schnappschuss, wie er in beinahe jedem von Zürichs Klubs entstanden sein könnte, irgendwann zwischen Mittwochabend und Montagfrüh. Iva Schwarz hatte auf dem Bild dieselbe Präsenz wie ihre Mutter, nur in jünger und ungestümer und vielleicht, da hatte Rosa so ein Gefühl, auch unberechenbarer.

»Was meinst du«, fragte sie Martin, »sollen wir das Bild mitnehmen?«

»Wichtiger wäre ihr Rechner«, erwiderte er. »Aber ja, die Rechtsmedizin wird bestimmt auch ein Foto brauchen morgen.«

Zehn Minuten später standen sie wieder auf dem Platz vor dem Haus. Einer von Rosas Lieblingsorten im Sommer, wenn das Klackern von Boulekugeln die Luft erfüllte, und Kindergeschrei und die Gespräche auf den Sitzbänken im Schatten der Magnolienbäume. Doch auch jetzt sah der Idaplatz schön und friedlich aus. Wie nahe Glück und Unglück doch beieinanderlagen. Rosa machte ein paar Schritte von dem Haus weg und ging zu dem kleinen Brunnen. Eiskaltes Wasser strömte aus dem Rohr, sie ließ es in die hohle Hand laufen und benetzte ihr glühendes Gesicht.

»Alles okay?« Martin war neben sie getreten und blickte sie unverwandt an. »Es fühlt sich an, als wärst du da und doch nicht da.«

»Ich weiß auch nicht. War vielleicht etwas viel.« Sie wischte sich das Gesicht mit dem Ärmel ab. »Der Brand, eine Leiche. Eine trauernde Mutter und ihre beiden Geschäftspartner, von denen einer vielleicht ihr Freund ist, und dem anderen gehört das Boot, auf dem das Feuer ausbrach. Und dessen Frau sich ein paar Wochen zuvor umbringen wollte, aber noch lebt. Dafür ist aber die Tochter seiner Geschäftspartnerin plötzlich tot. Ich blick einfach nicht durch.«

Martin zog Rosa an sich. »Komm, wir gehen noch ins *Calvados,* auf ein Glas«, schlug er vor und zeigte auf die Bar an der Ecke, aus der unverkennbar der Geräuschteppich eines Fußballspiels klang.

»Ich glaub, ich brauch ein bisschen Zeit für mich allein«, sagte Rosa und legte ihm die Hände auf die Schultern. »Aber wir sehen uns morgen, ja?«

»Die Obduktion, ja«, sagte Martin nun wieder nachdenklich. »Die Frau von Engler ... Elenor. Wolltest du die nicht irgendwann in der Klinik besuchen?«

Kaltes Licht erhellte ihr müdes Gesicht, während Rosa in ihrem Terminkalender nachsah. »Morgen vor der Obduktion, das könnte passen.« Sie schaltete das Gerät wieder aus.

»Soll ich dich nach Hause fahren?« Martin klimperte mit dem Schlüsselbund in seiner Lederjacke.

»Danke, nicht nötig, ich will noch ein paar Schritte gehen.« Rosa zwang sich zu einem Lächeln und deutete in Richtung der Straße, die zum Friedhof Sihlfeld führte.

»Wie du willst«, sagte Martin, aber es gelang ihm nicht, seine Enttäuschung zu verbergen.

Rosa schritt durch die Reihen von Gräbern, auf denen Kerzen in Gläsern brannten, neben noch frischen Blumen von Allerseelen. Ein paar Tauben flatterten auf, irgendwo kreischte eine Katze in der Dunkelheit. Dennoch fühlte sich der Friedhof nicht unheimlich an, sondern vertraut, wie das oft bei Orten der Fall war, die sich kaum veränderten, das Freibad mit den hellblauen Schwimmbecken, der Pausenplatz der Schule. Wenn nichts geschah, dann zerfiel auch die Zeit. Rosa kam häufig hierher und sprach mit den Toten. Besonders mit Nelly, die ihr ein Zuhause hinterlassen hatte. Nach ihrer Diagnose mit dreiundneunzig entwickelte die alte Dame panische Angst davor, im Krankenhaus zu sterben. Da sie keine Verwandten mehr besaß, machte sie Rosa, die sie seit ihren ersten wackligen Schritten auf den unebenen Pflastersteinen des Niederdorfs kannte, einen ungewöhnlichen Vorschlag. Rosa entschloss sich, wie sie die besten Entscheidungen in ihrem Leben getroffen hatte und auch ein paar weniger gute: einer Eingebung folgend. So war sie in das kleine Waschhaus versteckt hinter dem Rindermarkt eingezogen, das damals noch ganz anders aussah. Sie schlief auf einem Klappbett in der Küche. Das war in der Zeit nach dem Unfall gewesen, dem sie die Narbe auf dem Oberschenkel verdankte und der sie letztlich zur Seepolizei geführt hatte. Die Idee dazu reifte in dieser Zeit, in der Leo wieder einmal irgendwo im nahen oder fernen Ausland weilte und sich Abschied und Neubeginn streiften, wie der See und der Himmel am Horizont, wenn Rosa frühmorgens zum Markt am Bürkliplatz ging. Zweimal die Woche lief sie die Verkaufsstände ab, um für Nelly nochmals die ganze Fülle des Lebens in Aromen zu übertragen. Austern, mit weißer Butter überbacken, Vichyssoise, Lammrücken mit Persillade-Kruste, Pfirsichtarte und Bergamotte-Sorbet mit dünnen, zarten Mandelkeksen. Als mit fortschreitender Krankheit auch der Appetit schwand, fütterte sie Nelly mit süßem Maisbrei, Aprikosenkompott und geriebenen Birnen. Irgendwann konnte die Sterbende nur noch die Dampfschwaden von heißem Consommé ertragen. Als schließlich der Sterbeprozess einsetzte, nahm Nelly nicht mehr als die paar Wassertropfen zu sich, die aus dem Schwamm flossen, mit dem Rosa ihre rissigen Lippen befeuchtete. Tiefer Schlaf fiel über sie, und dann kam der Tod – zuckend und schnell.

Ihre Schritte hatten sie ganz von selbst vor das Grab geführt, über dem ein verwitterter Marmorengel mit ausgebreiteten Schwingen wachte. Auf einmal erschienen Rosa ihre derzeitigen Nöte und Sorgen verschwindend klein. Es war eine gute Übung, sich innerlich aufs eigene Totenbett zu legen, um zu merken, was tatsächlich von Bedeutung war.

Nachdem die Polizisten gegangen waren, lag Fleur Rochat lange auf dem Sofa, wie festgefroren, und starrte mit aufgerissenen Augen an die Decke. Irgendwann trat Boris Keller zu ihr, zwei Gläser Williams in den Händen, und fragte, ob er sonst etwas tun könne.

»Du musst nichts tun, es reicht schon, dass jemand da ist.«

Boris setzte sich mit überschlagenen Beinen neben sie. Mit dem Bauchansatz, der sich unter dem Schlupfhemd abzeichnete, und der Glatze machte er schon fast einen buddhistischen Eindruck, was seinem Machtstreben in beruflichen Angelegenheiten diametral entgegengesetzt war. »Jemand oder ich?«, wollte er wissen.

Sie hob müde den Kopf. »Darüber sind wir doch hinweg, oder, Boris?« Doch ihre leichte Verärgerung gab ihr die Energie, sich aufzurichten. Das war jetzt wirklich nicht der Moment für diese verblichenen Obsessionen von ihm. »Würdest du mir die Fotoalben aus dem Regal holen, bitte?«, lenkte sie ab.

Boris erhob sich und brachte mehrere in Leder gebundene Bücher zum Sofa. Und Fleur Rochat begann, durch das Leben ihrer Tochter zu blättern. Die Jahre, nur von feinem Pergamentpapier getrennt. Der Morgen, an dem Iva ihren ersten Milchzahn verlor. Die Ferien, in denen sie schwimmen lernte und von sommerwarmen Felsen in die Tiefe sprang. Ihr erster Schultag, an einem blauen Augustmorgen. Iva mochte keine hochgekrempelten Ärmel und liebte zu lange Pullis. Sie sammelte die knisternde Folie der Weihnachtsschokolade, die sie mit ihren Fingerspitzen bügelte, bis sie glatt war wie ein Spiegel.

Auf einmal brach die Trauer hervor. Roh und unvermittelt. Weinkrämpfe schüttelten sie, bis sie kaum mehr atmen konnte. »Wie kann es sein, dass ich an diesem verfluchten Abend so nahe bei meinem Kind war und es nicht retten konnte?« Rochat putzte sich die Nase und steckte das Taschentuch in ihren Ärmel.

Keller küsste tröstend ihre Stirn. Seine Lippen fühlten sich warm an. Schuldgefühle krochen in ihr hoch. Sie war viel zu hart gewesen mit Iva, als sie das Interesse am Kunstgeschichtsstudium verlor. Weil sie dort angeblich nicht das lerne, was sie wirklich interessiere.

»Mach dir keine Vorwürfe«, beruhigte Boris sie, als sie ihm davon erzählte. »So wie ich sie kenne, war deine Tochter kein zartes Pflänzchen.« Dabei traten die Grübchen an seinem Kinn hervor, wie sie das auch taten, kurz bevor er lächelte. »Und ich glaube, sie wollte sich an dir reiben.«

Fleur Rochat sank auf dem Sofa zurück. Keine Ahnung hatte er, noch nie gehabt. Aber vielleicht wollte er auch nur verhindern, dass sie gleich wieder losheulte. Denn nichts, nichts war mehr richtig.

Obwohl sie nichts essen mochte, bestellte Boris zwei scharfe Hühnersuppen beim Lieferdienst. Nachdem er aufgelegt hatte, sagte er zu ihr: »Du wirst Kraft brauchen.

Jetzt, für die nächsten Tage. Und in zwei Monaten ist die Abstimmung.«

Fleur unterdrückte den Reflex, ihn augenblicklich aus dem Haus zu jagen. »Du kannst dir nicht vorstellen, wie egal mir das ist …«, gab sie zurück. Zu lange hatte sie sich selbst geopfert. Und was war dabei herausgekommen? Urban Utopia war ihr Traum gewesen, ja, aber es würde ihr Iva nicht zurückbringen.

Boris sah sie abwartend an, dann sagte er: »Ich weiß nicht, ob jetzt der Moment dafür ist … Aber es ist schon seltsam, wie Manfred sich verhält.«

»Du meinst, weil er das Telefon nicht mehr abnimmt und sich in diesem Haus voller abstruser Gegenstände verbunkert?«, fragte Fleur Rochat vom Sofa aus.

»Das ist ja nicht wirklich was Neues.« Er setzte sich wieder zu ihr und sah kurz auf sein eigenes Telefon. »Nein, ich meine im Seebad …« Boris ging nochmals alle Gesprächsthemen des Abends durch: die letzten Absprachen zum Finanzierungsplan, der Kredit für Urban Utopia bei der Bank, der Text für die Abstimmungsunterlagen zum Bauvorhaben, die in Kürze verschickt werden würden.

»Stimmt schon, er wirkte noch fahriger als sonst«, sagte Fleur nachdenklich. »Kanntest du die Leute am Nebentisch, die er noch auf einen Digestif eingeladen hat?«

Boris schüttelte den Kopf. »Auf mich wirkte es eher so, als hätte er einen Vorwand gesucht, um Zeit zu schinden.« Außerdem hege er den Verdacht, dass Manfred in gröberen finanziellen Schwierigkeiten stecke. »Ich fand es von Anfang an suspekt, dass er Geld aus dem Family Office abgezogen und diesen Trader engagiert hat. Warum alle Sicherheiten aufgeben und derartige Risiken eingehen? Elenor deutete so was an, er hat sich wohl übel verspekuliert.«

»Du denkst, er hatte einen Plan mit der Yacht?«

»Bestimmt wusste er nicht, dass Iva an Bord war. Vielleicht war er auch nur betrunken oder hatte sonst was intus«, sagte Boris und ging zum Adventskranz auf der Mücheninsel. »Klar ist, die Versicherungssumme kann er gut gebrauchen.« Dann zündete er am Adventskranz eine Kerze an, die zischend aufflammte.

22

Das Gebäude wachte auf einem Hügel am Stadtrand. Es war nach klaren, einfachen Gedanken gebaut, strebte nach Symmetrie, nach einer geometrischen Unveränderlichkeit, die in Widerspruch zum Chaos in den Köpfen derer stand, die hier auf Heilung hofften. Horden kleiner Spatzen zwitscherten munter in den dichten Hecken und Büschen, die das weitläufige Areal umschlossen und von einem feinen Gespinst aus Raufrost überzogen waren. Elenor Engler saß allein am Frühstückstisch, jemand brachte ihr ein lauwarmes Kännchen Kräutertee und schenkte ein. Sie wusste nicht, wie sie die Scheibe Brot mit Butter und einem Klecks Honig herunterbekommen sollte, die sie sowieso nur genommen hatte, weil er das immer zum Frühstück aß. Tränen tropften in den Tee, doch das schien niemanden zu stören, wie auch, wenn sich zwei Tische weiter eine Frau, in Bettlaken eingewickelt, die Haare einzeln aus dem Kopf riss und dabei schrille Laute von sich gab.

Zurück in der Kammer. Ein Bett, ein Tisch, ein Stuhl, ein Schrank, eine Zelle, die kleinste mögliche Einheit. Wie sie selbst, dachte Elenor. Sie kippte das Fenster, das sich natürlich nicht vollständig öffnen ließ, und atmete die hereinströmende Luft ein. Sie stand sowieso unter permanenter Beobachtung, daher war der Termin bei der Psychiaterin besser, als den gedämpften Schritten in den langen Fluren zu lauschen.

»Wie sorgen Sie dafür, dass jemand sicher in Sie verliebt ist?«

»Keine Ahnung«, sagte Elenor, ohne von dem feuchten Taschentuch aufzuschauen, das sie in immer feiner werdenden Fitzelchen auf ihre purpurfarbenen Jeans rieseln ließ.

»Sie sperren ihn bei Wasser und Brot in einen Keller und warten ab, bis das Stockholmsyndrom einsetzt.«

»Versteh ich nicht.«

»Sympathie für den Teufel. Es gibt Opfer, die entwickeln bei einer Geiselnahme nicht etwa Wut oder Angst, sondern Liebe zu ihrem Peiniger.« Die Therapeutin reichte Elenor die Schachtel Papiertücher herüber. »Manchmal glauben sie sogar, nicht mehr ohne ihn leben zu können.«

»Ich wurde ja nicht entführt, nur verlassen«, sagte Elenor, wobei sich ihre Augen mit neuen Tränen füllten. »So banal ist es.«

Bevor die Therapeutin widersprechen konnte, klopfte es zweimal kurz hintereinander.

23

Die Frau vom See, beim letzten Zusammentreffen mehr tot als lebendig, richtete sich in dem Sessel auf, der in goldenem Sonnenlicht stand. Mit ihren purpurnen Jeans, dem in der Mitte gescheitelten schwarzen Haar und dem strengen Blick wirkte sie fast wie eine Figur aus einem mittelalterlichen Gemälde. Nur die zerfetzten Taschentücher wollten nicht so recht dazu passen. Rosa Zambrano trat ein und entschuldigte sich für die Störung.

»Soll ich dabeibleiben?«, erkundigte sich die Therapeutin mit fragendem Blick bei ihrer Patientin. Als diese nickte, zog sie sich diskret an ihren Schreibtisch zurück, der in einem durch ein Regal mit Fachbüchern abgetrennten Teil des Raumes stand.

Rosa überreichte die Plastiktüte mit dem Chiffon-Cape. »Ich dachte mir, es wird eine spezielle Bedeutung haben.«

Doch Elenor Engler warf nur einen kurzen Blick auf den irisierenden Stoff und ließ ihn dann in ihrer Hand sinken.

»Darf ich fragen, hatten Sie in den letzten Tagen Kontakt zu Ihrem Mann?«

»Er war ein paarmal hier. Warum?« Elenor Engler knackste mit den Fingerknochen.

»Dann sind Sie also über die Ereignisse im Bild?«

»Der Brand am Hafen?« Es klang eher wie eine Feststellung. »Es gibt auch hier Fernsehen und Zeitungen, ist ja kein Gefängnis.« Das Cape lag auf ihrem Schoß wie ein Fremdkörper, der zu viel Anziehung ausübte – und deshalb ignoriert wurde.

»Die Tote vom Hafen«, antwortete Rosa.

»Fleur hat gestern angerufen.« Elenor Engler sammelte mit spitzen Fingern die Taschentuchfitzelchen auf dem Cape ein. »Ich wusste gar nicht, was ich sagen soll.« Sie blickte auf. »Es ist schrecklich. Keine Mutter kommt jemals über so einen Verlust hinweg.«

»Ja, das gehört wohl zu den Dingen, die sich keiner je vorstellen möchte«, sagte Rosa und war sich nicht sicher, ob Elenor Englers Mitgefühl für Fleur Rochat tatsächlich echt war.

»Wir haben beide geweint.« Eine Pause, als müsse sie sich in Gedanken erst wieder in das Gespräch versetzen. »Und irgendwann wurde es totenstill in der Leitung.« Danach habe sie sich wie eine Heuchlerin gefühlt, weil sie insgeheim dankbar war, dass es nicht ihr eigener Sohn war, der in den Flammen umgekommen sei. Das hätte ja ebenso gut auch sein können.

»War Ihr Sohn Ruben denn an jenem Abend am Hafen?«

»Er hat bei Mascha übernachtet, seiner neuen Freundin. Aber er ist oft auf der *Amethyst*. Auch über Nacht, wenn es schwierig war zu Hause. Ich glaube, das hat ihn auch mit Iva verbunden. Sie eckte ebenfalls an. Wahrscheinlich haben sie sich gegenseitig angestachelt.«

»Ist er Ihr einziges Kind?«, fragte Rosa spontan.

Elenor Engler nickte, und ihre Oberlippe zitterte, als würde sie gleich zu weinen beginnen. Doch nach einer

Weile wurde ihr Atem wieder gleichmäßiger. Sie entschuldigte sich, zog das Cape aus dem Plastikbeutel und legte es sich um die Schultern. Dann begann sie zu erzählen. Dass sie sich noch mehr Kinder gewünscht hatten. Wie sie Fruchtbarkeitsbehandlungen über sich hatte ergehen lassen – und jedes Mal unendlich traurig gewesen sei, wenn sie doch wieder ihre Tage bekam. Sie sei immer kleiner geworden in ihrem dysfunktionalen Körper. Von ihrem Mann, von der ganzen Familie Engler abgewertet, die neben Geld nur eine Währung kannte: Nachkommen. »Und dann …«, ihre Stimme klang bitter, »finde ich heraus, dass sich mein Mann hat unterbinden lassen, schon kurz nach der Geburt unseres Sohnes.«

»Oh«, sagte Rosa betreten. »Das muss arg sein.«

»Ja, bei Manfred ist eben vieles nicht so, wie es scheint. Wir sind offenbar pleite.«

Rosa atmete auf, als sie die schlossartige Klinik durch den breiten Haupteingang verließ. Auch wenn die Gräueltaten der Vergangenheit längst Geschichte waren, die Elektroschocks, die Entnahme winziger Stücke vom Gehirn, so schien es ihr doch, als wären die Mauern von den Tragödien zerfressen, die sich jeden Tag in ihnen abspielten. Rosa dachte an die Räumungsandrohung für das Haus am linken Seeufer, von dem Elenor Engler ihr zum Schluss des Gesprächs noch erzählt hatte. Rasch zückte sie ihr Telefon und bat Karim darum, einen Antrag um Einsicht beim zuständigen Amt vorzubereiten. Nachdem sie aufgelegt hatte, warf sie einen kurzen Blick zurück und wartete im Auto, bis der Luftstrom den Blick durch die beschlagenen Scheiben wieder freigab. Dann schob sie die Pistole zur Seite, die ihr ins Rückgrat drückte, und fuhr langsam an Weinreben und idyllischen Fachwerkhäusern vorbei. Erst als sie unten auf der Seestraße angelangt war, trat sie aufs Gas.

24

Rosa Zambrano hängte ihre Jacke an einen leeren Haken in der Umkleidekabine des Rechtsmedizinischen Instituts, einem grauen Flachdachbau im Norden der Stadt, umgeben von mehrspurigen Autobahnzufahrten und einer Parkanlage mit künstlichem See. Bevor sie in den Schutzanzug schlüpfte, zog Rosa den Wollpullover aus. Entgegen dem weitverbreiteten Glauben war es nur im Kühlraum kalt. Im Obduktionssaal hingegen war sie schon öfters ins Schwitzen gekommen. Zuletzt zog sie die bereitstehenden Gummilatschen über, kontrollierte den Sitz der Operationsmaske und deckte ihre hochgesteckten Haare ab. Hinter der Schleuse lag ein weiterer Gang. Jetzt roch es süßlich und faulig, und je weiter sie sich der breiten Schiebetür mit den Bullaugen näherte, desto stechender wurde der Geruch. Sie trat ein. Rund um den Metalltisch hatten sich vermummte Gestalten versammelt, Rosa erkannte Rysers randlose Brille und natürlich Martin.

»Sehr typisch«, sagte Fisler gerade, der über den verbrannten Körper gebeugt stand, »sind die Krähenfüße.« Er griff nach einer der Zangen, die neben einem Wasserbecken am Ende des Tisches lagen. »Sehen Sie die Fältchen in den Augenwinkeln? Kommt Rauch in die Augen, versucht der menschliche Körper instinktiv, sie zu schließen. Hier konnte sich kein Russ ablagern. Der Tod ist durch eine Vergiftung mit Kohlenmonoxid herbeigeführt worden, ohne Zweifel.«

»Sie wurde also nicht erschossen?«, fragte Martin, der an die Parabellum aus dem Hafenbecken dachte.

»Definitiv nein«, antwortete Fisler.

»Stand sie unter Drogen?«, versuchte es Martin weiter.

Fisler sah ihn durch seine Schutzbrille an. »Das wäre eine Erklärung. Bis jetzt haben wir nur ein paar Rückstände von Cannabis gefunden.« Doch im Zusammenhang mit Feuer sei Brandrauch die Todesursache Nummer eins, bereits drei Atemzüge könnten im ungünstigen Fall tödlich wirken. Natürlich setzten auch Drogen die Reaktionszeit herab, aber dafür reiche die Menge in ihrem Blut kaum aus. Er machte sich am Rechner auf einem Pult neben dem Eingang zu schaffen, und die ausgebrannte *Amethyst* erschien. »Das Opfer hat sich mit ziemlicher Sicherheit hier unten aufgehalten.« Er deutete auf die ehemals geräumige Innenkabine des Schiffes auf dem Bildschirm. Der Brand unter Deck müsse sich schon lange vor dem ersten Notruf entwickelt haben. Er zeigte auf die Überreste der Treppe. »Irgendwie schafft sie es hier hoch, doch ihr Bewusstsein trübt sich immer mehr, sie hat Sehstörungen, und ihre Lunge schwillt an. Sie sucht Schutz unter der Abdeckplane, schließlich erfolgt Ohnmacht und zuletzt: Multiorganversagen.«

»Wie halten Sie diese Arbeit nur aus?«, fragte Martin, der ganz allgemein empfindsamer zu sein schien als sonst.

»Weil die Toten es schon hinter sich haben.« Fisler ging zurück an den Seziertisch und hielt sein Skalpell hoch. »Keine Schmerzen mehr, kein Leid.« Dann setzte er zum Schnitt an.

»Ganz im Gegensatz zu uns«, sagte Martin und fixierte Rosa, die prompt errötete.

»Genau. Diese Arbeit hier ist einiges weniger verstörend als der Polizeieinsatz auf der Straße«, fügte Fisler hinzu.

Rosa konnte das gut nachvollziehen. Hier im Institut für Rechtsmedizin ging es nicht mehr um Leben und Tod, hier war nur noch der Tod. Aber es ging um Wahrheit, und im besten Fall auch um Gerechtigkeit.

»Außerdem habe ich Zeit und Raum, um zu überlegen.« Fisler blickte auf. »Was ich auch die letzten Stunden getan habe.«

»Mit welchem Resultat?«, fragte Ryser interessiert.

»Wäre der Brand nicht gewesen, dann wäre hier eine Rötung des Gesichts erkennbar«, erklärte Fisler und deutete mit etwas Abstand am verkohlten Wangenknochen entlang. »Weil die Blutzufuhr zum Gehirn unterbrochen war.« Das Opfer habe mit dem Rücken zum Brandherd gelegen und so ihr Gesicht und die vordere Körperseite geschützt. Die hintere Seite gehe schon in Richtung Verkohlung, bis auf die Lederhaut verbrannt, keine Chance auf Spuren. Anders sehe es aber hier aus. Er deutete auf die rechte Seite des geröteten Brustkorbs. Dort zogen sich offene Blasen bis ins Gesicht, unter rauen Wundrändern.

Rosa hielt instinktiv eine Hand über ihre eigene Brandnarbe.

»Was will sie uns sagen?« Fisler blickte in die Runde. »Es gibt sehr charakteristische Oberhauteinblutungen am Hals, an den Weichteilen. Außerdem ist ihr Kehlkopf gebrochen.«

»Wurde sie erdrosselt?«, fragte Rosa.

»Nicht ganz.« Er griff nach einer Pinzette und klappte die Haut entlang des Torsos auf. »Aber diese Art von Verletzung kommt tatsächlich bei Gewaltverbrechen vor. Oder bei manchen Sexualpraktiken.« Er erzählte, dass sie hier in der Rechtsmedizin immer wieder mal Tote auf den Tischen hätten, bei denen schon seit Jahren verheilte Kehlkopfbrüche erkennbar wären. Ein gebrochener Kehlkopf schmerze zwar, doch wirklich kritisch seien die abgedrückten Blutgefäße. »Nach nicht mal zwei Sekunden werden Sie dabei bewusstlos, fallen einfach um, weil das Blut ja zum Hirn fließt.« Er ließ seine Werkzeuge sinken. »Faszinierend, ich habe einige Versuche dazu an mir selbst gemacht.« Er blickte in Rysers Richtung. »Natürlich mit der entsprechenden Ethikbescheinigung, sonst wäre so etwas verboten. Wenn man sofort wieder loslässt, dann erwacht die Person wieder. Verwirrtheit folgt und manchmal Lachen. Ein wenig wie auf Drogen.«

»Also könnte mit dem Feuer tatsächlich ein anderes Verbrechen kaschiert worden sein«, folgerte die Staatsanwältin.

»Dafür spricht, dass das Opfer kurz vor seinem Tod penetriert wurde«, sagte der Rechtsmediziner.

»Vergewaltigt?« Ryser schielte über den nicht existenten Rand ihrer Brille.

»Schwer zu sagen. Aber nicht auszuschließen.«

»Gibt es irgendwelche DNA-Spuren?«, meldete sich Martin.

»Das möchte ich auch nicht ausschließen«, antwortete Fisler und griff nach einem Plastikröhrchen. »Steriles Wasser und Natriumchlorid, dann mit dem Tupfer auf die trockene Hautstelle – und fertig ist das Asservat.« Er deutete auf einen fast vollen Halter. »Ich hab bereits angefangen. Es lohnt sich, jede Hautfalte und jede Vertiefung abzusuchen.«

»Wie lange brauchen Sie?«, fragte Ryser.

»Das kommt auf die Qualität der Proben an.«

25

Bald darauf reihte sich Rosa mit dem Dienstwagen in die Kolonne ein, die sich im Schritttempo in Richtung Heimplatz bewegte. Es war mittlerweile Mittagszeit, doch sie verspürte keinen Appetit, ihr hing noch der beißende Geruch von Desinfektionsmittel in der Nase. An Tod und Krankheit erinnernd, aber auch an die Möglichkeit von Leben, an den Eingriff, den sie im vergangenen Sommer hatte vornehmen lassen, um vielleicht doch noch irgendwann Mutter zu werden. *Per sempre* – sie dachte an Leos sorglos geäußertes Versprechen, damals in Florenz, unterlegt vom Sirren der Zikaden. Sie spazierten durch solch atemberaubende Schönheit, dass Rosa sich wunderte, dass es hier nicht ständig Verkehrsunfälle gab, weil die Menschen permanent nach oben schauen mussten, zu den in oranges Licht getauchten Fassaden der Palazzi und Kirchen. Auf der Rückreise, beim Umsteigen in Mailand, hatte Leo sie auf dem Bahnsteig geküsst, unerwartet und sanft. Und sie hatte geglaubt, dass nun alles gut werden, dass sie wirklich eine Familie gründen würden. Weil sie das hatte glauben wollen … Ungeduldiges Hupen riss Rosa aus den Gedanken. Die Ampel war auf Grün gesprungen, rasch drückte sie aufs Gas und fuhr am Neubau des Kunsthauses vorbei, dessen monumentale Klobigkeit sie ebenfalls ein wenig

an den Mailänder Bahnhof erinnerte, einfach ohne Musso-
lini.

»Ich wollte gerade die Glocke zum Mittagessen schlagen«,
sagte Karim, als Rosa am Forellensteig eintraf. Röstaromen
und Paprikagewürz lagen in der Luft. Da die Wache der
Seepolizei weitab von der nächsten Kantine lag, kochten sie
in wechselnder Abfolge füreinander oder brachten etwas
für alle mit. »Montag ist jetzt Hähnchentag.«

Unter Karims breitem Grinsen löste sich Rosas Anspan-
nung. Es war gut, ihn wieder einmal lachen zu sehen. »Du
sollst doch nicht! Wir hatten vereinbart: kein Fleisch mehr
aus Käfighaltung«, mahnte sie. Doch sie wusste, dass er den
Grillwagen mit den nach Farben aufgeschichteten Chips-
tüten liebte, der regelmäßig an der Seestraße gastierte, schon
von Weitem an dem überdimensionalen Brathuhn auf dem
Dach zu erkennen. Und wenn, so wie heute, Karims Koch-
tag mit dem Grillwagentag zusammenfiel, dann konnte er
nicht widerstehen.

»Der Mann hat mir versichert, dass sein Fleisch aus-
schließlich von glücklichen Hühnern stammt. Außerdem
war ich mir nicht sicher, ob du heute überhaupt hier bist.«

»Bin ich auch nicht.« Sie hängte den Schlüssel des Dienstwagens zu den anderen an das Brett. »Wäre mein Fahrrad
nicht schon seit Freitag hier, du hättest mich nie gesehen.
Und danke, aber ich bin nicht hungrig.«

Sie ging in das untere Stockwerk, um die Tasche mit ihren
getragenen Uniformen für die Wäscherei bereitzustellen.
Als sie den Wandschrank im Sanitätszimmer mit der Liege
öffnete, purzelte ihr eine Reisetasche entgegen. Der Reiß-

verschluss war nicht vollständig zugezogen, und ein paar Kleidungsstücke quollen heraus. Rosa erkannte einen von Karims Lieblingspullovern. Sie wusste, dass es vor dem Wegzug aus der Stadt Konflikte zwischen ihm und seiner Frau gegeben hatte. Hoffentlich rauften sich die beiden wieder zusammen, dachte Rosa und stopfte den Pullover in die Tasche zurück. Es war allgemein bekannt, dass die Scheidungsrate bei der Seepolizei hoch war.

»Und du willst sicher nichts essen?«, fragte Karim, als sie sich kurz darauf abmeldete, um noch beim Betreibungs- und Konkursamt vorbeizuschauen.

»Nein danke«, wehrte Rosa ab. »Für heute hatte ich genug verkohlte Haut.«

26

Dichter Novembernebel hüllte die Stadt am nächsten Morgen ein, kroch in ihre Ecken und Gassen und füllte die weiten Plätze. Doch das Licht verriet Rosa, dass bald die Sonne durchbrechen würde. Und so beschloss sie, nicht auf direktem Weg zur Kriminalpolizei ins ehemalige Industriequartier zu fahren, sondern einen kleinen Umweg zu machen. Sie war froh, endlich wieder ihr Rad zu haben.

Wenn jemand Rosa gefragt hätte, wo sich die verborgene Seele der Stadt befand, dann wäre ihre Antwort: Kommt drauf an, jeden Tag woanders. Sie zeigte sich an frühen Sommermorgen, bevor die Hitze über dem Asphalt zu flimmern begann, im Frauenbad, wenn man durch die Ritzen zwischen den Bodenplanken ins pfefferminzgrüne Flusswasser blickte. In der Zeit des abnehmenden Lichts fand sie sich oben auf dem Turm der Sternwarte, von wo der Blick ins Universum ging, auf Sterne, Planeten und kosmische Unendlichkeit. Und mit ein bisschen Glück konnte man sie auch an einem Novembermorgen auf der Hardbrücke spüren. Als Rosa von der Hohlstraße kommend dort ankam, löste sich gerade die dünne Nebelschicht, und die Stadt tauchte aus dem Dunst auf. Die Kuppel der Eidgenössischen Technischen Hochschule erhob sich unter schrägen Sonnenstrahlen. Eine Monarchin, die über die Stadt wachte.

In anderen Städten hätte die größte Kuppel vielleicht zum Dom einer Kathedrale gehört, hier war sie ein Symbol für die Wissenschaft wie auch für die Erfindung des liberalen Bundesstaates. Den Fahrradlenker ans Geländer gelehnt, blieb Rosa mitten auf der Brücke stehen und zog ihr Telefon hervor. Er war eigentlich nicht festzuhalten, dieser Moment in perfekter Ausdehnung, das wusste sie schon. Ein Bild machte sie dennoch, von den weit verästelten Zuggleisen unter ihr, die zum Kopfbahnhof und wieder zurückführten. Diesem gigantischen unbewohnten Feld in der Mitte der Stadt, das sie zwar in zwei Seiten teilte, aber eben auch mit all dem verband, was eine Metropole erst ausmachte.

Da die Aufzüge besetzt waren, nahm Rosa im Mühleweg die Treppe hinauf ins dritte Stockwerk, wo die Abteilung *Leib und Leben,* die eigentlich auch *Leid und Leben* hätte heißen können, ein eigenes Büro für die Sonderkommission eingerichtet hatte. Sie blickte auf die Armbanduhr. Der Ausflug über die Hardbrücke hatte länger gedauert. So erging es ihr oft: Sie ging viel zu früh los, und am Ende war sie trotzdem wieder zu spät. Aber sie hatte aufgehört, sich darüber zu ärgern. Stattdessen nahm sie einfach zwei Stufen auf einmal.

»Wir müssen ihn laufen lassen«, sagte Martin Weiss gerade in die versammelte Runde. Sein Dreitagebart war zu einem Fünftagebart angewachsen, vor ihm standen zwei große Becher, von denen offensichtlich einer für sie vorgesehen war.

»Wegen des psychiatrischen Schnellgutachtens?«, fragte Rosa und setzte sich auf einen der freien Stühle. Der Kaffee war schon kalt, aber enthielt genau die richtige Menge Zucker. Rosa nickte Martin dankbar zu.

»Unter anderem, die Rückfallgefahr wird als vernachlässigbar erachtet. Bleiben noch die paar Indizien, die Benzinkanister im Einkaufswagen, die Gegenstände aus verschiedenen Booten am Hafen, wertloses Zeug. Und dann die Fingerabdrücke auf der Parabellum. Die aber in keinem offensichtlichen Zusammenhang zu Iva Schwarz' Tod steht.«

»Dennoch!«, sagte Andrea Ryser, was von ihrem Assistenten mit einem Nicken quittiert wurde. »Er ist die einzige Festnahme, die wir vorweisen können.«

Martin ging zu der weißen Tafel an der Längsseite des Raumes, die von ein paar Sonnenstrahlen zerschnitten wurde. Er ließ die elektrische Markise herunter und befestigte die Fotografie von Iva Schwarz mit einem magnetischen Klicken. Dann griff er nach einem Filzstift auf der Ablage, öffnete die rote Kappe und legte ihn gleich wieder zurück. Erst als er einen mit schwarzer Farbe gefunden hatte, zeichnete er ein Kreuz über das Bild der jungen Frau. »Was wissen wir bis jetzt?«, fragte er in die Runde. »Oder andersrum: Was wissen wir nicht? Geschlechtsverkehr mit Würgen, wie in der Sado-Maso-Szene üblich, und dann an einer Rauchvergiftung gestorben? Oder doch eine Vergewaltigung? Wir können nur spekulieren …«

»Ein bisschen konkreter sieht es bei uns aus«, sagte ein Kollege von der Brandermittlung und erklärte, dass das Unglück auf eine defekte Benzinleitung sowie weitere entzündliche Brandstoffe zurückzuführen sei. Ziemlich sicher ebenfalls Benzin, davon gebe es ja genug auf den Booten.

Ob die Leitung hingegen absichtlich manipuliert worden sei oder nicht, das könne noch nicht abschließend gesagt werden. Der Brandermittler präsentierte seine Ergebnisse in präziser Fachsprache, mit langen, zusammengesetzten Wörtern, für die eigentlich niemand Zeit hatte, schon gar nicht mehrmals täglich.

Brandstiftung, fasste Martin deshalb schlicht zusammen und machte einen Vermerk auf der Tafel. »Spielen wir den Gedanken durch, dass der Brand gelegt wurde, um ein anderes Verbrechen zu vertuschen. So wie wenn zum Beispiel eine Tote vor den Zug geworfen wird, um einen Mord wie Selbstmord wirken zu lassen. Wer könnte das gewesen sein? Wer profitiert davon?« Anschließend drapierte er Karten mit Namen um das Bild von Iva herum. *Manfred Engler, Fleur Rochat, Karl Jost,* alle, mit denen sie in den letzten zwei Tagen gesprochen hatten.

»Warum so kompliziert?«, wandte Stefan Balz ein. Ausnahmsweise war er heute mal da und begleitete die Staatsanwältin. »Wir haben einen Brand – und einen verurteilten Brandstifter. Sollte man nicht lieber Beweise gegen ihn suchen?«

»Elenor und Ruben Engler fehlen noch«, ergänzte Rosa, ohne auf den Einwand von Balz einzugehen. Von dem Besuch in der Klinik würde sie etwas später berichten. Nach vielen Jahren bei Einsatzsitzungen hatte sie sich ein paar Regeln zurechtgelegt. Erstens: Gut zuhören, immer. Zweitens: Im Zweifelsfall lieber schweigen und den richtigen Zeitpunkt abwarten. Drittens: Das Pulver nicht zu früh verschießen, nie.

Sie stellten im Plenum einige Vermutungen an, ein erzürnter Liebhaber oder ein tragisches Versehen, möglicherweise auch unter dem Einfluss einer Droge, die sich bis jetzt noch nicht hatte feststellen lassen. Dann erhob sich Rosa und verteilte eine Kopie unter den Anwesenden. Die Räumungsandrohung gegen Manfred Engler, für eine Liegenschaft samt Grundstück am linken Seeufer.

»Schau an.« Andrea Ryser pfiff durch die Zähne. »Manfred Engler steckt zu allem Unglück auch noch in finanziellen Schwierigkeiten.«

»Er ist offenbar beinahe bankrott.« Martin gab sich keine Mühe, seine Genugtuung zu verbergen. »Also, nicht nur bankrott, sogar ziemlich hoch verschuldet.«

»Hinzu kommt«, sagte Rosa, »er hat auch massive Eheprobleme. Ich war gestern bei seiner Gattin, die ja nach einem Suizidversuch im Burghölzli ist. Sie hat mir von der Androhung erzählt.« Dann berichtete sie, wie Engler seine Frau jahrelang mit ihrer Unfruchtbarkeit gedemütigt habe, obwohl er sich heimlich hatte unterbinden lassen.

»Das ist in der Tat charakterlich nicht einwandfrei«, antwortete Martin. »Andererseits, wir kennen seine Gründe nicht, vielleicht war ihm ein weiteres Kind einfach zu viel?«

»So was kann man ja auch sagen, oder?«, entgegnete Rosa und sah ihn erstaunt an. »Tatsache ist jedenfalls«, fuhr sie fort, »dass Engler sich an jenem Abend in nächster Nähe zum Hafen aufgehalten hat. Der Weg vom Seebad Enge zum Liegeplatz der *Amethyst* dauert keine fünf Minuten. Ich klammere jetzt mal aus, wie es zu Iva Schwarz' Tod kam, aber stellen wir uns vor, er zündet sein Boot an, um die Versicherungssumme zu kassieren …«

»Und danach geht er, durchaus öffentlichkeitswirksam«,

führte Martin den Gedanken weiter, »in sein Hotel. Dort genehmigt er sich noch einen Schlummertrunk an der Bar, damit ihn auch möglichst viele sehen, und übernachtet da. Vielleicht wäre das die Art von Alibi, die jemand wie er arrangiert, wenn er denn eines bräuchte … Nicht lupenrein, aber naheliegend.«

»Gutes Stichwort.« Ryser breitete einige Papiere auf dem Besprechungstisch aus und tippte mit dem Bleistift auf eine Tabelle mit Namen und Kontakten von Zeugen und Auskunftspersonen: Freunde des Opfers, Familienmitglieder. Erweiterte Umfeldrecherche. »Die werden Sie allesamt abklappern müssen.«

Rosa fixierte die noch sehr weiße Ermittlungswand. »Verstehe ich das richtig: die Resultate der Obduktion weisen in Richtung eines Sexualdelikts? Grenzt das den Kreis der möglichen Täter nicht entsprechend ein?«, fragte sie.

»Es ist unklar, sie könnte auch einvernehmlichen Geschlechtsverkehr gehabt haben. Aber vielleicht hat das eine nichts mit dem anderen zu tun«, sagte Martin. Das ganze Szenario erinnere ihn an den Penthouse-Mord in Zug vor einigen Jahren. Eine Milliardärin, erdrosselt von ihrem Liebhaber, einem Fenstermonteur und dreifachen Vater, der daraufhin die Wohnung in Brand steckte, um seine Spuren zu verwischen.

»Also doch nicht einfach bloß Brandstiftung? Das würde den Clochard entlasten«, dachte Rosa laut nach.

»Nicht unbedingt«, widersprach Martin. »Tatsache ist, dass er sich wiederholt Zutritt zu den Booten im Hafen verschafft hat. Wenn auch vielleicht nur auf der Suche nach einem Schlafplatz. Wer weiß, welche Situation er am Freitagabend angetroffen hat? Oder, nochmals anders: Was, wenn ihn jemand für das Feuerlegen bezahlt hat? Damit man Iva Schwarz nicht so findet, wie sie gefunden worden wäre, wenn es nicht gebrannt hätte …«

Rosa hob eine Augenbraue. »Sollten wir uns dann nicht zuerst Ruben Engler vorknöpfen? Er ist die Verbindung zwischen dem Opfer und der *Amethyst,* denn ohne ihn wäre Iva Schwarz an dem Abend gar nicht auf die Yacht gekommen.«

»Ja, wir müssen dringend mit ihm sprechen«, fand auch Martin.

»Von mir aus. Laden Sie ihn vor«, stimmte Ryser zu. »Aber Sorgfalt ist angesagt. Wir befinden uns auf unsicherem Terrain, und mit den Englers ist nicht zu spaßen. Die Mutter des Todesopfers, Fleur Rochat, sitzt mir übrigens auch im Nacken. Ihre Anwältin hat die Herausgabe des Obduktionsberichts gefordert. Was erst beim Abschluss des laufenden Strafverfahrens möglich ist. Das weiß sie so gut wie ich. Doch die juristische Tonalität ist gesetzt.«

»Und was ist mit Jost? Kommt er auf freien Fuß?«, fragte Rosa.

»Sieht ganz so aus«, entgegnete die Staatsanwältin. »Doch erst *nach* der Pressekonferenz. Wir verkünden eine Festnahme, werden aber darüber hinaus keine weiteren Auskünfte geben.«

»Eine einfache Lösung für ein komplexes Ereignis, sehr medientauglich«, gab Rosa zurück.

»Ja und nein«, wiegelte Ryser ab. »Einerseits muss ich dringend etwas liefern, um den Mob zu beruhigen. Andererseits verschafft das Ihnen allen Raum für die laufenden Ermittlungen.«

»Das hat was«, gab Martin ihr recht. »So fühlt sich der Täter oder die Täterin womöglich in Sicherheit und macht vielleicht eher Fehler – oder wird übermütig.«

»Aber es ist wichtig, dass Josts Identität dabei geschützt wird«, sagte Rosa, der bei diesem Vorgehen äußerst unwohl war. »Sonst wird er auf der Straße für vogelfrei erklärt.«

27

Die Pressekonferenz war kurzfristig von einem der unteren Räume in die Cafeteria verlegt worden, die mehr Platz bot. Rosa ließ sich in der hintersten Reihe nieder, gleich neben der Fensterfront. Durch die Panoramascheibe sah man ein Drittel Hausdächer und zwei Drittel Himmel, ein Weitblick, der Rosa in den verwinkelten Gassen der Altstadt manchmal fehlte. Minuten später war es zum Bersten voll. Kameras klickten und Kleider raschelten, als eine Delegation, bestehend aus dem Brandermittler von der Sitzung am Morgen, dem Einsatzleiter der Feuerwehr, Staatsanwältin Ryser und dem Chef der Kriminalpolizei, vor die Mikrofone trat. »Wie Sie bereits der Pressemeldung von Samstag entnehmen konnten, gibt es neben mehreren Verletzten leider auch ein weibliches Todesopfer zu beklagen«, sagte die Staatsanwältin nach einer knappen Begrüßung. Nach ihr gaben auch die anderen Bereichsleiter reihum ein Statement ab, das sie zuvor mit ihren Kommunikationsfachleuten vorbereitet hatten. Anschließend präsentierten sie Zahlen zur geschätzten Schadenshöhe, die nach jetzigen Berechnungen über zehn Millionen lag, Tendenz steigend. Und ganz zum Schluss informierte Ryser darüber, dass es in Zusammenhang mit dem Brand eine erste Festnahme zu verzeichnen gebe, aber weiterhin in alle

Richtungen ermittelt würde. Dann erst eröffnete sie die Fragerunde.

»Ist das Opfer durch einen Unfall umgekommen?«, wollte ein Journalist aus der ersten Reihe wissen und Näheres zu der festgenommenen Person erfahren. Die Staatsanwältin erwiderte, dass es sich um laufende Ermittlungen handle und sie dazu derzeit noch keine Auskunft geben könne. Auch nicht auf die Frage, ob ein Drittverschulden beim Ableben der untersuchten Person vorliege. Es folgten Fragen zur Schadenssumme, zu den Aufräumarbeiten, man wollte wissen, wie stark der historische Baumbestand des *Arboretum* beschädigt worden sei, wann die Wasserfontänen im See wieder angeschaltet würden und ob das ausgelaufene Öl zu problematischen Werten im Trinkwasser führe.

Ryser verteilte das Wort routiniert und griff ein, wenn die Antworten zu ausufernd wurden. Nach den vereinbarten zwanzig Minuten wollte sie zum Schlusswort ansetzen, als sich eine Frau mit kurzen, verstrubbelten Locken erhob.

»Clara Caduff vom *Stadt-Anzeiger*«, stellte sie sich vor. Nur ein leichtes Flattern in der Stimme verriet ihre Nervosität. Sie trug die derzeit offenbar übliche Journalisten-Uniform, bestehend aus einer abgewetzten Jeans, für die Lockerheit, und einem Blazer darüber, für die Seriosität. Ihrer war um die Schultern herum etwas zu weit, als brauche sie mehr Körperbreite, um sich durchzusetzen. Nachdem sie sich geräuspert hatte, blätterte Caduff in einem Reporterblock und fragte forsch: »Warum verheimlichen Sie, dass es sich bei der festgenommenen Person um den ehemaligen Feuerteufel aus dem Tösstal handelt? Hat die Öffentlichkeit nicht ein Recht darauf zu erfahren, was in der Stadt vor sich geht?«

Es war das erste Mal, dass Rosa sah, wie die Staatsanwältin ihre Mimik nicht im Griff hatte. Die Frage konnte nur eines bedeuten: Irgendwo im Polizeiapparat gab es ein Leck. Für einen Moment konnte Rosa nachvollziehen, wie sich die Bundesrätinnen und Bundesräte fühlen mussten, wenn sie am Tag nach einer vertraulichen Sitzung brisante Details in der Zeitung nachlesen konnten.

28

Zwei Stunden später öffnete sich die Tür zur Arrestzelle surrend. Karl Jost lag zur Seite gerollt auf der Betonpritsche und rieb sich die Augen. Bei der Auswertung der Zeugenaussagen war die Sonderkommission auf drei jugendliche Zeugen gestoßen, die ihn in der Brandnacht schlafend auf der Bank beobachtet hatten. Es gab keinen Grund mehr, ihn weiter festzuhalten.

»Sie können gehen«, sagte Martin.

Zuerst schien der Clochard nicht zu verstehen, dann richtete er sich ruckartig auf. »Und meine Sachen?«

»Die müssen wir in der Asservatenkammer behalten«, sagte Rosa. »Nur, bis wir den Fall abgeschlossen haben«, fügte sie besänftigend hinzu, als sie merkte, wie sich Josts Gesicht unter dem zotteligen Bart verdunkelte.

»Wie soll ich denn ohne meinen Schlafsack die Nächte überstehen? Ohne alles?«, fragte er zutiefst schockiert. »Das können Sie doch nicht machen.«

»Hier werden Sie solange Unterstützung finden.« Sie überreichte ihm eine Liste mit Adressen von Hilfsorganisationen, die sie extra rausgesucht hatte.

Jost warf die Papiere wütend auf den Boden. »Kenn ich.« Er erhob sich schnaufend. »Aber ich will *meine* Sachen haben.«

Im Gefängnis zu bleiben, schoss es Rosa durch den Kopf, wo es warme Mahlzeiten gab und Heizung, wäre für ihn vermutlich komfortabler. Nicht nur wegen der Temperaturen unter null. Im Obdachlosen-Milieu waren Gewaltdelikte an der Tagesordnung, immer wieder gab es Übergriffe nachts im Schlaf, auf den Bänken, in leeren Parks. Aber Menschen wie Jost schienen erst unter unwirtlichsten Bedingungen aufzuatmen.

Kurz darauf schlurfte der Clochard mit eingezogenem Kopf davon, in Richtung Innenstadt. Rosa stand am Rand der Treppe und blickte ihm hinterher, sie dachte an das Löwendenkmal im Hafen, an die hervorspringenden Knochen am Rücken des Steintiers. Ob der Löwe so mager war, weil Bildhauer Eggenschwyler selbst oft auf sein Essen verzichtet hatte, um das Futter für seinen Zoo bezahlen zu können? Sie sah der Gestalt nach, die sich langsam entfernte. Unter der verdreckten Kleidung und den vielen Schichten war auch an Jost nicht viel dran.

Da schnellten plötzlich Gestalten mit Kameras hinter dem Autobahnpfeiler hervor – und schossen Bilder von Karl Jost. Rosa stockte eine Schrecksekunde lang der Atem.

Die medialen Hungerspiele hatten soeben begonnen.

29

Um kurz vor vier erreichte Rosa Zambrano die Wache am Forellensteig. Bronzefarbenes Licht spiegelte sich in den Bewegungen des Sees und versöhnte sie mit dem turbulenten Tag. Sie steuerte direkt die Dienstküche an, ein weiterer Kaffee war überfällig, bevor sie im Rapportraum erwartet wurde.

»Und für die Flussseeschwalben soll es auf dem neuen Dach ...« Die Stimme hielt im Satz inne. Rosas Chef und einige Kollegen saßen mit einer Frau im Hosenanzug um den langen Tisch, an dem sie sonst ihre Einsätze besprachen.

»Entschuldigung, ich wollte nicht unterbrechen«, sagte Rosa und blinzelte zur Wanduhr – sie war zwei Minuten zu spät.

»Frau Sulzer hat ihre Präsentation gerade erst begonnen«, sagte Fred und wandte sich wieder dem Bildschirm zu, auf dem Modellskizzen für den Ersatzneubau leuchteten. Rosa wusste schon, warum sie die Sitzung verdrängt hatte. Die Politikerin, irgendwo in ihren Fünfzigern, sprach in geschliffenen Sätzen, ihre Haare waren zu einem eleganten Dutt gesteckt. Perlen schimmerten an ihren Ohrläppchen. Lisa Sulzer, im Stadtrat für das Hochbaudepartement zuständig, verortete sich in der liberalen Partei in der Mitte, wodurch sie bei knappen Geschäften oft das Zünglein an der Waage sein konnte. Also jene Stimme, die eine Entscheidung auf die eine oder andere Seite kippen konnte. Doch schien der Neubau bereits geritzte Sache zu sein, dachte Rosa mit Bedauern. Sie liebte die altersschwache Wache, so wie sie war. Lisa Sulzer erläuterte, wie das Gebäude bis auf die Grundmauern ausgehöhlt und neu ummantelt werden würde, und Rosa unterdrückte einen Seufzer. Da würde vom jetzigen Charme nicht mehr viel übrig bleiben. Zum Glück griff die Politikerin nach zwanzig Minuten wieder zu ihrem Köfferchen.

»Ein kleines Präsent von der Stadt«, sagte sie und zog eine Kartonschachtel hervor. »Auf die Zukunft!«

Karim griff danach und nahm gleich mehrere der Schokotäfelchen, bevor er sie weiterreichte. Als Sulzer gegangen war, öffnete er die erste Verpackung. »Willst du auch?«, fragte er Rosa.

»Ganz sicher nicht!« Wahrscheinlich war es nichtssagende Milchschokolade. Rosa zerknüllte die liegen gebliebene Papierverpackung. Ein gezielter Wurf, und sie hätte den Mülleimer getroffen, wenn nicht gerade Fred zur Tür reingekommen wäre, der die Politikerin verabschiedet hatte. Ihr Chef bückte sich und hob das Papier auf, es war mit den Umrissen des Ersatzneubaus bedruckt. Er verzog kurz, kaum wahrnehmbar, das Gesicht und sagte dann: »Rosa, hast du einen Moment Zeit für mich?«

Er ging mit hinter dem Rücken verschränkten Armen voran.

»Mir ist da eine Sache zu Ohren gekommen«, begann er, sobald er die Tür seines Büros hinter Rosa geschlossen hatte. »Ist es korrekt, dass du ein Jobangebot erhalten hast?«

»Das ist zumindest nicht falsch«, hörte Rosa sich selbst antworten.

»Hast du angenommen?« Erwartung lag in Freds Stimme und Ungeduld und noch etwas anderes, das sie nicht einordnen konnte.

»Ich habe mir Bedenkzeit erbeten.«

»So weit ist es gekommen.«, sagte Fred mehr zu sich selbst. »Jetzt werben sie sogar schon innerhalb des eigenen Korps die Leute ab.«

»Offenbar würde es ganz gut passen«, erwiderte Rosa, »würde *ich* ganz gut passen«, fügte sie, selbstbewusster, hinzu.

Ihr Chef schnaubte. »Als hätte ich vor meiner Pensionierung nicht genug anderes zu regeln.« Sie wussten beide, wie schwierig es war, gute Leute zu rekrutieren, schon für den normalen Dienst. Es wurden Unsummen für Image-Kampagnen ausgegeben, für Werbevideos und Anzeigen, um genügend Auszubildende an die Polizeischulen zu locken.

Als sie zwei Stunden darauf das Haus am Rindermarkt betrat, atmete Rosa ihn besonders tief ein, den vertrauten Geruch aus Möbelpolitur und Steinmauern. Und fühlte sich zugleich ein wenig schuldig, weil sie etwas hatte, das anderen fehlte: ein eigenes Zuhause, mitten in der Stadt, am Puls des Lebens und doch abgeschirmt … Sie suchte den kleinsten Schlüssel am Bund, der Briefkasten quoll fast über. Rosa träumte manchmal davon, nur noch handgeschriebene Postkarten und Briefe zu bekommen anstelle der Flut von maschinell abgepackten Couverts mit Rechnungen und Reklamen. Und ignorierte den Briefkasten über Tage hinweg.

Heute stach ein besonders dicker Umschlag aus dem Stapel hervor, die Abstimmungsunterlagen für den nächsten Urnengang. Am zweiten Sonntag im Februar würde über eine ganze Reihe von Gesetzesvorschlägen, Referenden und Volksinitiativen abgestimmt werden. Im Haus angekommen, trennte sie am Küchentisch vorsichtig die gestanzte Linie mit der Klebestelle für den vorfrankierten Rückversand auf. Tatsächlich. In dem Informationsheft zu den städtischen Vorlagen war auch Urban Utopia dabei. Eine ungewöhnlich breite überparteiliche Allianz von links bis rechts unterstützte das Projekt und empfahl der Bevölkerung bei der Abstimmung ein Ja. Angeführt wurden die Befürworter von Stadträtin Lisa Sulzer, von der ein enthusiastisches Statement abgedruckt war. Doch man musste zugeben, das Projekt war geschickt komponiert: die progressiven Teile der bürgerlichen Parteien unterstützten Cargoloads als verkehrsplanerisches Pionierprojekt, und die Sozialdemokraten konnten es sich bei der Wohnungsnot in der Stadt nicht erlauben, den Neubau neben dem Hauptbahnhof abzulehnen, der Wohnungen mit verhältnismäßig günstigen Mieten vorsah. Für alle ein bisschen was, ein gutschweizerischer Kompromiss. Eigentlich konnte gar nichts mehr schiefgehen.

30

Im Garten war es Winter geworden. Ein paar Schneerosen harrten aus, mit der trotzigen Zähigkeit der Hahnenfuß-gewächse, und scharlachrot leuchtende Ringelblumen und Kapuzinerkresse. Im Halbschatten der Steinmauer blühte Winterjasmin, nun vom Schein der Laternen beleuchtet. Rosa mischte mit bloßen Händen etwas Kalk unter die Erde und suchte eine Stelle aus. Auch im November behielt sie ihre Gewohnheit bei, nach der Arbeit als erstes kurz in die Beete zu steigen, selbst wenn es um die Jahreszeit bereits dunkel war. Sie zog eine dünne Handschaufel aus dem Werkzeugkorb, den sie zwischen die Beete gestellt hatte, und begann zu graben. Die wurzelnackten Strauchrosen lagen seit dem Morgen in einem Eimer mit Wasser. Die Vorkommnisse des Tages spukten in Rosas Kopf herum. Morgen würden die Zeitungen voll sein mit den Bildern von Karl Jost. Doch selbst wenn sie es gewollt hätte, hätte sie den Clochard nicht zurückhalten können, als er sich schimpfend aus dem Staub machte. Rosa ließ den Rosenstock abtropfen und prüfte, ob die Tiefe des Loches stimmte, neben das sie einen Pfahl in den Boden geschlagen hatte, um im nächsten Sommer daran Zweige und schwere Blütenköpfe hochzubinden.

Unwillkürlich stieg Leos Bild in ihr auf. Mit der Regelmäßigkeit eines Kometen tauchte er in ihrer Umlaufbahn auf, wenn sie sich endgültig von ihm lösen wollte. Wie damals, bevor er ins Austauschjahr nach Japan ging und sie ihm dann am Ende doch folgte. All die Male, als sie versucht hatte, ihren eigenen Weg einzuschlagen, weil ihre Lebenspläne nicht zusammenpassten. Früher fühlte sie sich nur schon bei der Vorstellung einer Trennung einsam, hatte Angst, allein in einer gemeinsamen Welt aus Erinnerungen zurückzubleiben. Warum nur hatte sie so lange geglaubt, dass diese nur echt wären, wenn sie mit einem anderen Menschen geteilt wurden? Sie zog mit klammen Fingerspitzen Handschuhe über, um sich nicht an den Dornen des Rosenstocks zu stechen, und schaufelte die Erde zurück. Doch diesmal würde es anders sein. Auch Erinnern und Vergessen hatte etwas von der Arbeit einer Gärtnerin, die entschied, was sie setzte und erntete – und welche Teile auf den Kompost kamen. Zuletzt häufte Rosa einen kleinen Berg Erde um den Pflanzenstock, bis nur noch die Triebe rausschauten. Während andere von einem Dasein stets nah an der Sonne träumten, hatte der Winter für sie schon immer etwas Verzaubertes, Alchemistisches: Die Natur fiel in einen tiefen Schlaf, den sie benötigte, um ihre verborgene Pracht überhaupt erst entfalten zu können. Rosa versuchte, es ihr gleichzutun, und kämpfte nicht gegen die Kälte, sie passte sich ihr an. Wohl wissend, dass die Verwandlung unter der Erde stattfand – und die Kräfte nach der Ruhe zurückkehrten. Überwintern, eine Bewährungsprobe. Nicht nur im Garten. Denn das Leben war kein heller, endloser Sommer.

31

Die Auslage des Antikschreiners war über Nacht geschrumpft: Unter einer winzigen blau-weiß-gestreiften Markise lagen im Innern einer Streichholzschachtel Kistchen, nicht größer als ein Kleinfingernagel, mit Apfelsinen und Datteln, mit Baguettes, kleiner als Reiskörner. Es gab Tischchen und Stühlchen aus Papierschnitzeln, an denen höchstens Sorgenpüppchen Platz gehabt hätten. Jede Schachtel im Schaufenster erzählte eine andere Geschichte aus dem Niederdorf. Rosa rückte näher an die Scheibe, bis diese unter ihrem Atem beschlug, dann ging sie hinein. Der Antikschreiner saß an einem langen Nussbaumtisch, der fast den ganzen hinteren Bereich des Ladens einnahm, wo er sonst die frisch restaurierten Möbel ausstellte. Eine Lupe vors rechte Auge geklemmt arbeitete er mit feinen Pinzetten und Pinseln und unterhielt sich nebenbei mit einer Kundin, die sich für die Leuchtbuchstaben an der Wand interessierte. Die fröhlichen Belle-Époque-Lettern hingen schon so lange im Laden, Rosa hatte den Verdacht, dass sie eigentlich unverkäuflich waren, der Antikschreiner es aber mit geschickter Preispolitik umging, dies einzugestehen. Die Kundin, altersmäßig irgendwo zwischen Rosa und ihrer Mutter, hob gerade entschuldigend die Achseln.

»Ich bin erst seit neunzehn Jahren hier im Dörfli.« Ein

scheues Lächeln flog über ihr Gesicht. »Lange genug, um zu wissen, dass das nichts ist für *wirklich* Alteingesessene.«

»Das ist doch schon fast eine Generation«, erwiderte der Antikschreiner und zog die Industriewandleuchte näher zur Tischplatte. Vor ihm lagen unzählige Utensilien verstreut, Stoffreste, Papierreste, bunte Wolle, schimmernde Knöpfe und Perlen, Lackdöschen und Pinsel mit feinen Borsten. Seine gezielten Handgriffe verrieten, dass sich hinter dem Durcheinander eine genaue Ordnung verbarg. Er wandte den Kopf und fragte Rosa, ob die Schachteln ihr gefielen.

»Sie sind fantastisch!«, sagte Rosa und betrachtete fasziniert diejenigen, die noch im Entstehen begriffen waren, eigene Welten auf winzigste Fläche gebannt. »Und was ist mit den richtigen Möbeln?«

»Die Kraft lässt nach«, gab er beinahe entschuldigend zurück. »Wer so alt ist wie ich, sollte lieber ans Verkleinern denken.«

»Das Große im Kleinen zu zeigen ist ja mindestens so schwierig«, erwiderte Rosa, die schon den Geruch nach Bienenwachs und Möbelpolitur zu vermissen begann, der zum Haus gehörte wie die in Stein gemeißelte Jahreszahl über dem Eingang.

»Es bimmelt schon den ganzen Morgen über der Tür. Die Leute scheinen sich mehr für die überblickbaren Dinge zu interessieren.« Es klang fast etwas beleidigt. »Manchmal denke ich, die alten Stühle und die alten Tische interessieren eh keinen mehr.«

»So ein Quatsch«, sagte Rosa mit gespielter Empörung.

»Warst du da mit dabei, beim Brand am Hafen?«

Sie nickte nur.

»Eine üble Sache …« Er wechselte die Lupe gegen eine Brille mit kleinen kreisrunden Gläsern aus. Dann reichte er ihr die Streichholzschachtel, an der er gerade arbeitete. Flammende Dächer, ein münzgroßes Brot und rennende Beine, die aus dem Bild liefen. »Bäckermeister Wackerbold?«, fragte Rosa.

»Bravo!« Er suchte eine neue Schachtel aus dem Korb. »Schenk ich dir.« Er rührte in einem Eierbecher einen Klecks frischen Kleister an, um ein winziges Stückchen Tapete anzubringen.

»Was hat es mit dem Bäckermeister auf sich?« Die Dame mit den Leuchtbuchstaben war zu ihnen getreten und inspizierte die Streichholzschachtel.

»Willst du, Rosa?«, fragte der Antikschreiner.

»Du erzählst viel besser.«

»So ein Quatsch!«

»Na gut.« Rosa räusperte sich, und der Antikschreiner rollte zur Bestätigung mit dem Hocker zur Wand. Erwartung knisterte in der Stille des Ladens …

»Es war zu einer Zeit, als die Abwässer der Limmat noch ihre eigenen Sümpfe bildeten, aus denen müde Inseln hervorlugten. Braune Kanäle schossen aus den Hinterhöfen in den Fluss und spülten weg, was fortsollte: faulige Ausflüsse, Menstruationsblut, Fäkalien und sonstigen Unrat, manchmal auch ein missgebildetes Neugeborenes. Bestialischer Gestank gehörte zum täglichen Leben dazu, ebenso wie sämtliche Gedanken zerfressender Hunger. Um davon abzulenken, wie viel

sie selbst besaßen und wie wenig der ganze Rest, bestraften die Mächtigen in Zürich schon nichtige Vergehen drakonisch und veranstalteten dazu regelrechte Volksfeste. Gestrecktes Bier, gepanschter Wein, falscher Fisch, wer sich bei unlauteren Geschäften erwischen ließ, kam an den Hochkran zwischen Rathaus und Wasserkirche, zuerst in den Käfig und später mithilfe eines Flaschenzuges ins Abwasser. Dort landete auch Bäckermeister Wackerbold, nachdem er seine Brote, runde Fladen mit eingeritzten Strichen, zu leicht gebacken hatte. Der Hunger verwandelte sich beim Volk in einen Taumel aus bösem Spott und Zorn. Die pöbelnde Menge bewarf ihn mit Steinen und verdorbenen Eiern und all dem, was in den Kloaken sonst noch so obenauf schwamm. Dazu sangen sie Lieder, aus voller Kehle. Am Ende blieb dem fehlbaren Bäckermeister nur noch, sich mit einem verzweifelten Sprung in die Exkremente zu retten und durch den Sumpf an Land zu kriechen. Der Geruch der Erniedrigung klebte in jeder Pore seines Körpers und bis in die Haarspitzen. Zwar verflog er irgendwann, doch die johlende Menge war in Wackerbolds Kopf eingezogen. Seine Backstube hielt er geschlossen, die Welt wurde ihm fremd und fremder. Wochenlang verschanzte er sich in seinem Haus, gedemütigt und mit schwarz verfärbter Seele. Nur im Schutz der Dunkelheit traute er sich hinaus, um heimlich Reisig und Stroh zu sammeln. Unbemerkt füllte er sein Haus bis unter das mit Holzschindeln bedeckte Dach. Dann wartete er ab. Als der nächste Föhnsturm über die Stadt fegte, war der Tag seiner

Rache gekommen: Ein brennendes Streichholz in fins-
terer Nacht – und das halbe Niederdorf brannte lich-
terloh.«

»Und seit diesem Tag werden die Häuser hier aus Stein gebaut«, fügte der Antikschreiner hinzu, als Rosa geendet
hatte und sich an die glühenden Ohren fasste.

32

Tut mir leid für die Verspätung. Aber ein Bäckermeister aus dem Mittelalter und das brennende Niederdorf haben mich aufgehalten.« Rosa ließ sich auf einen freien Stuhl fallen.

»Ich kenne niemanden, der fantastischere Erklärungen für Verspätungen hat als du …«, sagte Martin. Was Rosa einen Augenblick lang verwirrte. Er war jemand, der oft etwas sagte und eigentlich das Gegenteil davon meinte. Doch sein Gesichtsausdruck war milde. Er schob die leere Tasse weg und rührte ein weiteres Rähmchen in den weiteren Kaffee, den er sich in der Wartezeit geholt hatte. Zum Beweis zeigte Rosa ihm die Streichholzschachtel und berichtete von den neuen Plänen des Antikschreiners.

»Wobei wir mit den Flammen schon ziemlich nahe beim Thema wären«, lenkte Martin das Gespräch auf die Arbeit zurück.

»Wie ist die Stimmung?«, fragte Rosa mitfühlend.

»Positiv formuliert: angespannt, auch an Tag zwei nach dem Pressefiasko.« Er klappte seinen Notizblock auf. »Sei froh, dass du deine Verpflichtungen bei der Seepolizei hast.«

»Ich würde zu gerne wissen, wer das der Presse gesteckt hat«, sagte Rosa. »Der Kreis an Leuten bei der Einsatzsitzung war klein. Und bei der Obduktion waren wir noch weniger Leute. Es sei denn, jemand hat sonst noch Akteneinsicht. Hast du eine Vermutung?«

»Ein Leck in unseren Reihen, das kann ich mir nicht vorstellen. Eher schon bei der Staatsanwaltschaft.«

»Ryser schien ehrlich überrascht. Überrumpelt sogar.«

»Eine Knacknuss. Die Journalistin vom *Stadt-Anzeiger* vorzuladen hat keinen Zweck, die würde sich einfach auf Quellenschutz und Redaktionsgeheimnis berufen, das kennen wir. So was wie Telefonüberwachung oder Hausdurchsuchung wäre nur erlaubt, wenn Clara Caduff für die Information bezahlt hätte.«

»Gibt es eine interne Untersuchung?«, fragte Rosa und fuhr mit den Fingerspitzen die Schattenränder der Lamellen entlang, die sich ratternd über die Fenster der Cafeteria senkten.

»Die läuft schon. Es ist nicht das erste Mal, dass sich eine Nachricht verbreitet, die noch nicht für die Öffentlichkeit bestimmt war.« Martin kratzte den Zuckerboden aus der Tasse. Bisher habe sich die undichte Stelle nie zurückverfolgen lassen. »Hast du die Zeitungen schon gesehen?«

»Widerlich«, sagte Rosa. *Feuerteufel auf freiem Fuß: Hat er Iva S. auf dem Gewissen?,* hatte eines der Boulevardblätter getitelt. Darunter Paparazzi-Fotos des Clochards bei der Autobahnbrücke, das Gesicht von einem Balken verdeckt. Doch wer sich in der Stadt auskannte, würden mühelos wissen, um wen es sich handelte. Ein anderes Blatt hatte ein Bild von Iva zugespielt bekommen oder im Netz gefunden. Sie trug darauf einen Lederanzug. Er bedeckte ziemlich alles, nur nicht das, was normalerweise bedeckt wurde.

Die Schöne und das Biest – führt die Spur in die Sado-Maso-Szene? »In *der* Form hat sich das nicht voraussehen lassen«, sagte Rosa. »Aber ich hatte schon den Eindruck, dass der Clochard als Sündenbock herhalten musste.«

»Die Ryser steht offensichtlich unter starkem Zugzwang.« Martin kratzte sich am Kinn. »Trotzdem, ich würde diese Streichholzschachtel wetten, dass Engler das Boot angezündet hat. Und hast du schon gehört? Anscheinend wurde die Forderung beglichen, die zur Räumungsklage für sein Haus geführt hatte.«

»Tatsächlich?« Rosa dachte kurz nach. »Vielleicht hat ihm seine Familie aus der Patsche geholfen. Urban Utopia, das Projekt am Hauptbahnhof, steckt gerade in einer heißen Phase, wenn es bei der Volksabstimmung durchfällt, ist die Arbeit von Jahren vergebens. Wenn es aber durchkommt, hat Engler wieder Oberwasser. Falls er tatsächlich einen Versicherungsbetrug geplant hat, wäre das der blödeste Zeitpunkt dafür. Außerdem: Warum sollte er das tun, wenn es im Hintergrund genug finanzielle Mittel gibt?«

Martin wischte über den Bildschirm. »Weil er sich so immer noch mehr abhängig von der Sippe macht? Keine Ahnung, wie das ist, wenn immer einer da ist, der einem den Allerwertesten rettet.«

Rosa stützte ihr Kinn in die Hände. »Wann kommt Ruben Engler?«

Martin blickte auf die Uhr. »Jetzt.«

33

Ich wiederhole mich nochmals: Ein Zeuge muss aussagen, grundsätzlich«, sagte Martin, der zunehmend ungeduldiger im Vernehmungszimmer umherging. »Und zwar die Wahrheit.«

»Aber er hat das Recht, die Unterschrift auf dem Einvernahme-Protokoll zu verweigern«, konterte der Anwalt und klopfte mit den Fingern auf den Tisch. Seine manikürten Nägel waren genauso glatt poliert wie der Rest der Erscheinung.

»Können Sie mir auch verraten, was wir da reinschreiben sollen, wenn Ihr Mandant nichts sagt?« Martin hielt den Papierstapel mit Beweismitteln hoch, den er gleich zu Beginn der Befragung Ruben Engler unter die Nase gehalten hatte. Vielleicht nicht so diplomatisch. Der Auftritt mit einem Rechtsbeistand von der teuersten Kanzlei der Stadt löste bei Martin Reaktionen aus, auf die er keinen Einfluss hatte, wie Rosa nicht zum ersten Mal auffiel.

»Iva Schwarz stand am Tag ihres Todes mit Ihnen, Herr Engler, in telefonischem Kontakt.« Martin blätterte einige Seiten um. »Das ist doch Ihre Nummer, oder etwa nicht?«

Ruben Engler nickte unter der Wollmütze, die er auch im Vernehmungsraum nicht abgenommen hatte, obwohl es über zwanzig Grad sein musste.

»Und ich bin mir sicher, dass eine Auswertung Ihrer Telefondaten zeigen würde, dass Sie an jenem Abend ebenfalls am Hafen Enge waren.« Martins Augen blitzten kampfeslustig. »Außerdem sind Sie dort gesehen worden! Oder bestreiten Sie etwa, dem Obdachlosen auf der Bank Essen geschenkt zu haben?«

»Es waren Falafelbällchen, um genau zu sein«, sagte Ruben Engler, der sich nun doch aus der Reserve locken ließ. Und vom Anwalt erstaunlicherweise nicht unterbrochen wurde. Aber vielleicht gehörte das auch zur Strategie. »Ich habe sie für Iva gekauft, sie wollte sie aber nicht«, fuhr Ruben fort. »Daraufhin habe ich ihr einfach nur den Schlüssel übergeben, wie die anderen Male auch. Und die Falafel hab ich dem Typen auf der Bank geschenkt, ich hatte es eilig, ich bin mit Mascha gleich in den Klub.«

»Wie war Iva so?«, fragte Rosa, nachdem sie die Namen und Uhrzeiten im Protokoll notiert hatte. Die Frage schien Ruben aus dem Konzept zu bringen. Die ganzen Abläufe konnte er sich zurechtgelegt haben, und die glaubhaftesten Lügen waren jene, die sich möglichst nahe an der Wahrheit bewegten. Aber bei Emotionen war das etwas anderes, und Gefühle hatte er eindeutig, wenn auch verletzte. »Was waren ihre Träume? Ihre Sehnsüchte?«, half Rosa nach, da Ruben nicht direkt eine Antwort einzufallen schien.

»Sie war hungrig, hungrig auf die Zukunft«, sagte er nach einer Weile. »Iva wollte immer alles – und alles sofort. Außer, es kam von ihrer Mutter, dann wollte sie es nicht. Sie hatte so eine Art, einem das Gefühl zu geben, dass man einzigartig ist. Und konnte einen mitreißen, wahrscheinlich hätte sie sogar dem Papst eine Nacht mit Madonna aufschwatzen können. Gleichzeitig war da eine Mauer um sie herum. Sie ist ja ohne Vater groß geworden ... Und sie konnte ziemlich radikal sein.« Er strich sich über die Augen. Beim Sprechen hatte er sich verändert, seine Züge wirkten weicher, die Hände, vorher verkrampft auf der Tischplatte, zeichneten bei seinen letzten Worten Formen in die Luft.

»Sagen Ihnen diese Termine etwas?« Rosa reichte ihm einen Auszug aus dem Kalender des Opfers, in dem sich ein Muster von Terminen mit der Bezeichnung *Transit* zeigte, die sie nirgends zuordnen konnten.

»Keine Ahnung«, sagte Ruben, nachdem er sein Telefon gezückt und die entsprechenden Tage in seinem eigenen Kalender geprüft hatte. »Aber sie war in Liebesdingen ziemlich umtriebig.«

»So, das reicht jetzt«, unterbrach der Anwalt. »Mein Mandant wünscht die Befragung an dieser Stelle abzuschließen. Gerne kann das Gespräch vor einem Richter weitergeführt werden.« Dann schlüpfte er in das Jackett seines dunkelgrauen Anzugs, das über der Stuhllehne hing. Und fügte in abschließendem Tonfall hinzu: »Wer Rechtsstaat sagt, der muss auch Rechtsstaat meinen. Es steht uns frei, die Befragung jederzeit abzubrechen.«

»Wie Sie wollen«, sagte Martin und verschränkte die Arme. »Ihnen ist aber schon klar, dass wir von einem Schaden in zweistelliger Millionenhöhe sprechen? Sowie mutmaßlicher Brandstiftung mit Todesfolge ...«

»Dann haben Sie ja noch einiges zu tun«, gab der Anwalt zurück. Er stellte eine schmale Aktentasche auf den Tisch und zog ein Mäppchen hervor. »Die Aussage meines Mandanten über den Ablauf des Abends.« Er ließ das Mäppchen über den Tisch gleiten, so schwungvoll, dass es auf dem Boden landete. Ruben bückte sich, dabei verrutschte seine Wollmütze.

»Tut es noch weh?«, fragte Rosa, als er vorsichtig den Sitz des hautfarbenen Pflasters auf der Stirn kontrollierte.

»Halb so schlimm«, erwiderte Ruben. »Hab nur einen Laternenpfahl mit dem Fahrrad geküsst.« Rasch zog er die Mütze darüber. »Sie sollten mal den Laternenpfahl sehen.«

»Er ist in sie verknallt«, sagte Rosa, nachdem sie die beiden zum Ausgang begleitet und zugesehen hatten, wie der Geländewagen des Anwalts hinter den Pfeilern der Autobahnbrücke verschwand.

»Das merkt sogar ein Blinder«, antwortete Martin und öffnete die Tür zu den oberen Stockwerken mit seiner Schlüsselkarte. »Warum ist er dann mit Ivas Freundin zusammen?«

»Vielleicht eben, *weil* sie ihre Freundin ist?«

»Eine Verlegenheitslösung, meinst du?«

»So was kommt vor«, sagte Rosa und merkte, wie ihre Ohren zu glühen begannen. »Aber das mit ihrer Mutter …«, wechselte sie das Thema. »Interessant, was er zu der Beziehung zwischen den beiden gesagt hat.«

»Ist das nicht einfach so in dem Alter?«, wandte Martin ein.

»Na ja, sie war kein Kind mehr.«

»Aber stimmt – Rochat war an diesem Abend ebenfalls am Hafen. Du meinst, die beiden könnten eine Auseinandersetzung gehabt und dabei irgendwie versehentlich das

Feuer verursacht haben? Vielleicht hat sie ihre Tochter in einer expliziten Situation erwischt, denk an den gebrochenen Kehlkopf.«

Rosa dachte kurz nach. »Unwahrscheinlich, aber nicht unmöglich.«

34

Simon Fisler deckte den Körper auf dem Metalltisch zu. Die verkohlte Oberhaut, wie Schwarzerde … Der Anblick fiel Rosa schwerer als einige Tage zuvor. Vielleicht wegen der verkrümmten Haltung, beinahe wie eine Fechterin – oder ein schlafendes Baby. Sie waren nach der Einsatzsitzung direkt in die Rechtsmedizin gefahren. Was ihr zuerst nicht unrecht gewesen war, da sie schon beim Betreten des Leib-und-Leben-Büros gespürt hatte, dass etwas in der Luft lag. Die Gespräche waren augenblicklich verstummt, und Rosa fragte sich, ob ihr die Kollegen etwa nicht trauten. Die Staatsanwältin war routiniert zu den Tagesordnungspunkten übergegangen, es gab nicht viel Neues, bis auf eine anstehende interne Untersuchung wegen des Kommunikationslecks. Bald darauf schon hatte sich Fisler mit Neuigkeiten aus dem Labor gemeldet.

»Wir können nicht handeln, ohne Spuren zu hinterlassen«, sagte der Rechtsmediziner nun. »Unverwechselbare Körperzellen, Schuppen oder Haare, sie gehen verloren, ob wir wollen oder nicht. Eine einzige Zelle reicht aus, um den genetischen Fingerabdruck zu sichern.« Er griff nach einem Klemmbrett auf dem Beistelltisch und lächelte zufrieden.

»Und?«, fragte Martin ungeduldig, der ein wenig abseits stand.

»Wie gesagt hatte Iva Schwarz ja vermutlich kurz vor ihrem Tod einen sexuellen Kontakt«, erklärte Fisler. Spermarückstände fehlten aber. Was nicht ungewöhnlich sei, wenn ein Kondom verwendet wurde. Dennoch könne es in tiefen Hautfalten andere Rückstände geben, von Auge nicht sichtbar. Deshalb habe er Abstriche in den Kniekehlen genommen und überall, wo es der Zustand des Körpers erlaubte. Es habe zwar einige Durchläufe in der Genetik gebraucht. »Aber wir haben einen Treffer gelandet.«

»Lässt sich die Probe in der DNA-Datenbank zuordnen?«, wollte Rosa wissen.

»Leider nein.« Er klopfte mit dem Kugelschreiber auf das Klemmbrett. »Jetzt seid ihr dran, Freunde.«

»Wo fangen wir bloß an?«, sagte Martin, der müde wirkte. »Wir können unmöglich ganz Zürich zum Massentest auffordern. Außerdem sagt ein positives Resultat noch nichts über ein mögliches Verbrechen aus. Sondern einzig und allein, dass jemand in einem bestimmten Zeitraum mit dem Opfer in körperlichem Kontakt stand. Oder an einem bestimmten Ort war. Machen wir doch zuerst einmal einen Abgleich mit den gesicherten Spuren am Hafen.«

»Das Schiff ist voll von Spuren, es gab trotz des Feuers noch Fingerabdrücke auf Tassen, auf Flaschen und so weiter«, führte Rosa den Gedanken fort. »Am Ende müssen wir die DNA einer halben Gemeinde abgleichen, weil sie schon einmal auf Englers Schiff eine Party gefeiert haben. Nein, wir müssen die Gruppe eingrenzen.« Als Rosa an die Fülle von Motiven dachte, tief in der menschlichen Psyche verborgen, wurde ihr fast schwindelig.

»Ich geh jetzt da rein«, näherte sich plötzlich eine Stimme

vom Flur her, begleitet vom Klackern schneller Schritte. Dann wurde die Tür zur Schleuse aufgestoßen – und Fleur Rochat betrat den Raum.

»Sie ließ sich nicht aufhalten«, sagte die Empfangsdame mit entschuldigendem Blick.

Die Architektin trug schwere Boots und einen marineblauen Wintermantel und hatte mit ihren wehenden Haaren etwas von einer Walküre. Die geprägten Knöpfe am Ärmel leuchteten ebenso golden wie der schlangenförmige Schlüsselanhänger in ihrer Faust, als sie die Arme verschränkte.

»Wann kann ich meine Tochter bestatten?«

35

Eine Woche später

In der Dämmerung leuchteten die Scheiben der Kommandozentrale wie die Brücke eines Hochseedampfers. Es knackte im Schilfgürtel, der die Wache am Forellensteig umschloss. Ein paar Gänsesäger flatterten auf. Als kurz darauf Schritte durch die benachbarte Bootshalle hallten, zogen sich ihre kastanienbraunen Köpfe schnatternd ins Dickicht zurück.

»Wir fahren nach Kilchberg, nicht zum Nordpol«, sagte Rosa amüsiert zu ihrem Kollegen, der in Wintermontur erschienen war.

»Sicher ist sicher.« Karim zog den Reißverschluss bis unters Kinn hoch. »Außerdem wird es wieder so sein, dass wir eine Stunde lang suchen und nichts finden. Der Typ verarscht uns doch.«

»Ist doch keine große Sache. Und er klang wirklich aufgebracht. Aber schau her …« Rosa warf ihm eine Papiertüte zu. »*Croissants aux amandes,* direkt vom Markt, nur für dich und noch fast warm.«

Karim schnupperte in das raschelnde Papier. »Das ist schon fast Bestechung«, sagte er, während Rosa mit geübten Griffen die Seile der *Principessa* vom Poller löste.

Schon von Weitem erkannten sie den Rücken des Mannes am karierten, gesteppten Flanell wieder. Er saß am Rand des Stegs und blickte zum Ufer, zu einem verwitterten Schindelhaus zwischen den nackten Bäumen. Rundherum lagen stattliche Villen und weiter oben die Seestraße. Vermutlich hatte der Mann die halbe Nacht dort verbracht, ein einsamer Wächter. Als er sie sah, erhob er sich, so rasch das mit seinem fassartigen Bauch eben möglich war.

»Sie waren wieder da«, sagte er und steckte schwer atmend das Taschentuch zurück in die Brusttasche, mit dem er sich das Gesicht abgetupft hatte. Eine Geste, die nicht ganz zu seinem Alter passte, er konnte nicht viel älter als Mitte vierzig sein. »Ich habe sie wieder gesehen. Kommen Sie …« Er winkte in Richtung Ufer, wo eine mit wilden Ranken überwachsene Mauer den Strand begrenzte.

»Moment, nicht so schnell«, sagte Rosa und zog einen Reporterblock hervor. Sie blätterte zurück und klopfte mit dem Kugelschreiber auf die Seiten. »Wir waren gestern um diese Zeit hier und vor zwei Tagen und letzte Woche auch schon.«

»Ich dachte, ich informiere Sie gleich.«

»Aber ich habe es Ihnen doch schon gesagt. Gestern und vor zwei Tagen und letzte Woche. Sie müssen den normalen Notruf wählen. Wir sind für das Wasser zuständig, nicht für das Land.«

»Die Villa ist seit Jahren verlassen. Und da waren Lichter, ich habe sie gesehen. Ich schwör's.« Er hielt seine ausgestreckte Hand in die Luft.

»Vielleicht haben ein paar Jugendliche gefeiert«, versuchte es Rosa. »Das kommt vor, sogar ziemlich oft.«

168

»Nein. Das war etwas anderes. Ein merkwürdiger Schimmer, grünlich, fast wie *Aurora borealis*.«

»Polarlichter am Zürichsee?« Karim hob eine Augenbraue. »Gut, das reicht, wir gehen jetzt«, sagte er und schlug den Kragen hoch.

»Warte doch schon im Boot auf mich«, sagte Rosa zu ihm, einem Impuls folgend. Dann wandte sie sich wieder dem Karierten zu. »Zwei Minuten! Und danach ist Ruhe. Abgemacht?«

Die karierte Rückseite des Mannes zwängte sich zwischen dornigen Ästen hindurch. Rosa musste aufpassen, dass ihr keine Zweige ins Gesicht schnellten, während sie dem ausgetrampelten Pfad folgten. Dann tauchte das Haus vor ihnen auf. Efeu und Brombeersträucher rankten sich an der geschindelten Fassade. Auf der gedeckten Terrasse lugten stillgelegte Leitungen aus dem Gemäuer hervor.

»Warum lässt man so was verlottern?«, fragte der Karierte und starrte gebannt zu den Fenstern, im Erdgeschoss beinahe komplett verwachsen, weiter oben mit Holzbrettern vernagelt, die an einigen Stellen schon wieder herausgefallen waren. Rosa konnte seine Faszination verstehen, auch wenn sie das für sich behielt. Das Haus ruhte auf seltsame Weise in sich selbst. Es blätterte zwar ab, und doch war es ein verführerisches Monument verschwendeter Möglichkeiten.

Sie zog eine Taschenlampe hervor und schob das Gestrüpp vor einer Fensteröffnung zur Seite. Die Rückhalterungen der Holzläden hatten die Form von Köpfen. Gesprungene Gesichter mit eigenen Ausdrücken, wie die Skulpturen von Alberto Giacometti.

Rosa leuchtete ins Dunkel. »Schon mal drin gewesen?«, fragte sie.

»Würd ich nie tun, das wäre ja Hausfriedensbruch.«

»Exakt«, sagte Rosa. »Geldstrafe oder bis zu drei Jahren Gefängnis, aber wer sich so gut mit leer stehenden Häusern auskennt, weiß das bestimmt.« Sie steckte die Taschenlampe wieder zurück in den Gurt und ging ein paar Schritte.

»Außer, die Tür steht sowieso schon offen«, erwiderte er.

»Oder ein Fenster?« Rosa deutete auf eine wacklig aussehende Leiter, die an der Fassade lehnte. Fast weiß von Vogelkot, sie musste schon lange hier stehen.

»Eben! Irgendwer geht hier ein und aus. Darum habe ich doch angerufen.« Er ging wieder zurück zum Fenster, Scherben knirschten unter seinen schweren Sohlen. »Das Licht, es muss von hier kommen. Dabei sind die Leitungen alle tot.«

»Gut«, sagte Rosa. »Aber ich kann hier nichts Auffälliges feststellen. Wenn wir jedes Mal ausrücken müssten, wenn auf irgendeinem leer stehenden Grundstück ein unbekannter Scheinwerfer an- und wieder ausgeht, wir würden nichts anderes mehr tun.«

»Es war kein normales Licht!«, rechtfertigte er sich. »Letzte Woche, ich war schon fast im Bett, da hat eine der Wicki-Schwestern bei mir geklingelt, von oben, aus der Dachwohnung.« Seine Hände fuhren in die Höhe, als wäre der sich zuziehende Himmel sein Haus. »Ganz nett eigentlich, wenn sie nicht den ganzen Tag mit ihrem Kater und Eierlikör vor der Kiste sitzen würden. Sie war ziemlich außer sich, nur im Nachthemd. Hat etwas gefaselt. Zuerst dachte ich, ihr Sicherungskasten sei kaputt oder so.« Er klopfte sich auf die Knie. »Hab ja früher auf dem Bau gearbeitet, bevor die hier schlappmachten.«

»Und dann?« Rosa holte demonstrativ ihr Telefon hervor und sah nach der Uhrzeit.

»Sie haben das Licht auch bemerkt.«

»Ah, ja?«

»Aber das ist nicht alles.« Er senkte die Stimme. »Die Schwestern sind felsenfest davon überzeugt, die ehemalige Besitzerin auf dem Grundstück gesehen zu haben.«

»Besitzerin von was?«

»Na von hier!«

»Ist das schlimm?«

»Sie ist seit zehn Jahren tot.«

Karim startete den Motor, noch ehe Rosa richtig auf dem Boot war. Sie holte leicht irritiert die Taue ein. In der letzten Woche waren sie einige Male aneinandergeraten. Nichts Gravierendes, aber eine feine Spannung schwang in der Luft, die sich jederzeit entladen konnte. Deshalb atmete sie erst dreimal durch, bevor sie die Tür aufschob. Karim war noch immer warm eingepackt, trotz aufgedrehter Heizung.

Rosa erkundigte sich, ob es ihm geschmeckt habe, und fegte Mandelplättchen und Croissant-Krumen vom Armaturenbrett. Karim nickte, ohne den Blick von der Wasseroberfläche abzuwenden. Die Mandelflocken waren auseinandergestoben, so hauchdünn, dass die Sonne durch sie hindurchgeschienen hätte, wenn sie sich nicht hinter Wolken versteckt hätte. *Croissants aux amandes,* wie man sie sonst nur in Frankreich bekam.

»Hat es sich denn gelohnt?«, fragte er und nahm Kurs auf den Forellensteig, wo sie zum Rapport erwartet wurden.

»Eierlikör, Geisterhaus, diffuse Lichter … Vielleicht braucht er einfach etwas Aufmerksamkeit. Die Villa eigentlich auch. Sie ist komplett verwildert. Immer wieder erstaunlich, wie schnell sich die Natur ihren Raum zurückholt, wenn man sie lässt.«

»Erstaunlich ist, dass es solche Orte überhaupt gibt«, sagte Karim, und dabei verkrampften sich seine Kinnmuskeln. »Hier, im schönen Zürich, aus dem die Familien wegziehen müssen. Wenn sie nicht den Luxus eines eigenen Hauses haben wie andere Leute.«

»Habt ihr euch denn gut eingelebt in Leimbach?«

»Wir stehen uns wenigstens nicht mehr auf den Füßen rum.« Karim stieß hörbar Atem durch die Nase aus.

»Immerhin.«

Den Rest des Weges schwiegen sie.

»Heute schon wieder ein Spezialeinsatz?«, stichelte Fred kurz darauf. Er lehnte sich im altersschwachen Bürosessel zurück, der dringend wieder einmal geölt werden musste. »Wir können nicht für alles zuständig sein, Rosa, für den See, die Schwäne, verirrte Füchse und dann auch noch jedem Scherzanruf hinterherfahren.«

»Ich dachte, es ließe sich mit der üblichen Runde verbinden«, rechtfertigte sich Rosa, verwundert, warum er so darauf herumritt. Die freundliche der beiden Stimmen in ihr sagte, dass Freds schlechte Laune in letzter Zeit mit seiner nahenden Rente zu tun hatte. Wobei Rosa ihn ja verstehen konnte. Was blieb zurück, wenn die Uniform weg war?

Nach einem Leben, in dem man zu einem wesentlichen Teil auch immer eine Institution verkörpert hatte.

»Wir sind nicht die dargebotene Hand.« Fred zog einen Schlüsselbund aus der Hosentasche, er musste ziemlich schwer sein, denn mit ihm ließ sich so ziemlich jede Tür und jede Schublade auf dem ganzen Areal öffnen. »Weißt du eigentlich, was das bedeutet?« Er hielt ihn ihr vor die Nase. »Noch bin ich der Chef hier. Und solange das so ist, läuft es, wie ich es für richtig halte.« Dann drehte er sich zum Fenster und rückte die goldene Schulterklappe mit seinem Dienstrang zurecht. Die Unterredung war beendet.

»Stress mit Fred?«, fragte Karim, als sie zurückkam. Falls er eine kleine Genugtuung empfand, da er auch gegen den Abstecher zum Spukhaus gewesen war, ließ er es sich nicht anmerken.

»Hast du eine Zigarette für mich?« Rosa wusste, dass Karim immer eine Packung hortete, obwohl er eigentlich, wie sie selbst, gar nicht rauchte. Doch in letzter Zeit hatte öfters eine Zigarettenspitze in der Dunkelheit geleuchtet, wenn er, das Telefon ans Ohr gepresst, auf der Terrasse hin- und herging. Überhaupt hatte sie das Gefühl, dass er viel mehr Zeit auf der Wache verbrachte als erforderlich.

»Achtung, die sind ohne Filter.« Er streckte ihr eine halb volle Packung *Camels* entgegen. »Dafür ist es egal, von welcher Seite her du sie anzündest«, sagte er und zwinkerte. »Ganz praktisch, wenn man etwas durch den Wind ist.«

Mit den aufziehenden Wölkchen beruhigte sich auch ihr Puls. Rosa dachte an ihren Chef und die innere Landkarte, die so viele im Polizeidienst in sich trugen, wenn sie durch die Straßen gingen und die Ecken kannten, an denen Verbrechen stattgefunden hatten oder jemand gestorben war. Wohnungen mit nikotingelben Wänden, die den Geruch von Verwahrlosung atmeten. Wer lange genug bei der Polizei war, kannte die andere Seite der Welt, kannte das, was hinter berieselnden Klangteppichen und blitzenden Einkaufspassagen lag, die Armut, die unbezahlten Rechnungen, Zwangsvollstreckungen, der Dreck. Hoffnungslosigkeit und Desillusion, jeden Tag neu miterlebt, wurden auch Teil der eigenen Realität. Eine Realität, der sich Rosa in ihren Jahren bei der Seepolizei größtenteils hatte entziehen können. Und doch war, seit sie im letzten Sommer kurzzeitig zur Kriminalpolizei zurückgekehrt war, eine kämpferische Seite in ihr zum Vorschein gekommen, die sie selbst ein wenig ängstigte.

36

An diesem Abend saß Rosa lange am Küchentisch, ein schwarzes Heft vor sich, und versuchte, sich ihre Unruhe von der Seele zu schreiben. Der Unbeständigkeit des Gedächtnisses die Fakten entgegenzustellen, um die Gedanken zu sortieren. Rosa klappte das Heft zu, heute gelang es ihr nicht, weder für den Fall noch mit ihren eigenen Sorgen. Föhnwind war aufgezogen und rüttelte an allem, was nicht fest war. Ein Geräuschteppich der Unordnung, der die Sinne besetzte. Martin hatte mit den Kollegen der Sonderkommission die ganze Woche über Vernehmungen durchgeführt, während sie am Forellensteig ihren Dienst verrichtete. Rosa wertete es zu Beginn als Misstrauensvotum, dass sie nur noch am Rande involviert war. Sie fragte sich, ob die interne Untersuchung bereits angelaufen war. Aber schon nach ein paar Tagen auf der *Principessa* war es ihr nicht mehr so wichtig, ob Ryser ihr vertraute oder nicht. Die Stille auf dem winterlichen See hatte sie zur Erkenntnis geführt, dass sie entweder erkannt und geschätzt wurde, wie sie war, oder eben nicht. Dann würde sich das mit dem Jobangebot von selbst erledigen – und sie hätte den Kopf wieder frei für anderes.

Martin brachte sie regelmäßig auf den neuesten Stand der Ermittlungen. Ruben Englers schriftliche Schilderung des

Abends vor dem Brand deckte sich mit anderen Zeugenaussagen und der seiner Freundin Mascha. Die beiden kannten sich aus einer Bewegung, die sich für bessere Radwege in der Stadt einsetzte und Demonstrationen organisierte, mit anschließenden Elektropartys, bei denen Iva häufig aufgelegt hatte … *Eifersucht? Ein Partydrama? Verstrickungen? Oder einfach nur ein dummer Unfall?* Wäre Rosa bei den Vernehmungen dabei gewesen, sie hätte dieser Mascha gründlicher auf den Zahn gefühlt, mit der Ruben angeblich die Nacht verbracht hatte. Doch der DNA-Abgleich mit Ruben hatte keine Übereinstimmung ergeben, ebenso wenig wie bei seinem Vater, der erst nach mehrmaliger Aufforderung zur Probenentnahme erschienen war. Die Staatsanwältin hatte sich anscheinend auf die Genetik eingeschossen und weitere Bekannte von Iva vorgeladen, bisher ohne einen Treffer. Rosa dachte an die Theorie mit der Strangulation zur Steigerung der sexuellen Empfindung. Schon in ihrer Jugend waren *Jeux du foulard* Mode gewesen, besonders bei den Mädchen. Diese Spielchen, bei denen absichtlich eine Ohnmacht herbeigeführt wurde, waren zwar unschuldiger. Aber auch nicht ohne. Schnelles Ein- und Ausatmen in der Hocke, schnelles Aufstehen – und dann presste einem jemand den Brustkorb zusammen, sodass man wegen des akuten Sauerstoffmangels in schwarzes Dunkel fiel. Es ging darum, besondere Bewusstseinszustände zu erlangen, aber immer wieder kam es dabei zu Todesfällen, erst recht, seit Videos mit Anleitungen im Netz kursierten.

Doch Iva und ihre Freunde, die meisten wie sie selbst um die zwanzig, waren eigentlich schon zu alt für solche Spielchen. Da passte die Strangulation als Sexualpraktik schon besser. Dennoch störte es Rosa, dass die Kollegen in der Sonderkommission automatisch davon ausgingen, dass Iva sadomasochistische Vorlieben hatte, nur weil sie auf ein paar Fotos ein gewagtes Lederkostüm trug, und damit suggerierten, dass sie gewisse Risiken in Kauf genommen hatte. Rosa entkorkte eine Flasche Chasselas, obwohl sie eigentlich die Regel hatte: Wein nur zum Essen und nur in Gesellschaft. Doch manchmal waren Regeln dazu da, gebrochen zu werden. Der erste Schluck, strohgelb und mit Apfelnote, schmeckte ihr hervorragend. Im Kühlschrank gab es noch Butter, und auf dem Fensterbrett lagen Amalfizitronen aus Pablos kleinem Lebensmittelladen am Neumarkt. Wenn die Bäume in Zürich ihr Laub abwarfen, fuhr er jedes Jahr mit seinem Lieferwagen in den Süden und holte die Früchte in gezimmerten Holzkisten bei einem befreundeten Bauern. Beste Zutaten also für eine *Tarte au citron*. Mit einem Boden, der aus dem beleuchteten Inneren des Backofens duftete wie die Weihnachtszeit selbst. Darauf die *Crémeux au citron*, bestehend aus noch mehr Butter und nur drei weiteren Zutaten, süß und frisch zugleich, der vergangene Sommer, der in den Zitronen noch ein wenig weiterleuchtete. Bald darauf rührte Rosa gesiebten Puderzucker, Vanille und Salz in cremige Butter. Aus den Kopfhörern schallte Musik eines schwedischen Popduos, Rosas Lieblingsband als Kind. Sie schlug das Eigelb zum Bass mit seinem ansteigenden Motiv auf. Als der Refrain einsetzte, war sie plötzlich wieder vierzehn Jahre alt, alles noch vor sich und trotzdem das Gefühl, das Schwierigste bereits geschafft zu haben. Nachdem sie Mehl und feine Mandeln in den Teig geknetet hatte, rollte sie ihn zu einer fingerdicken Platte und legte sie gut verpackt in den Kühlschrank. Bei der Gelegenheit füllte sie auch gleich das Weinglas nochmals auf. Dann kümmerte sie sich um die *Crémeux au citron* und schnitt sechs Zitronen in der Hälfte durch. Während sie den Saft auspresste, kehrten ihre Gedanken zu Martin zurück. Sie hatte ihn zum Abendessen einladen wollen, doch er war bereits verabredet gewesen. Er druckste ein wenig herum und erzählte dann, er wolle mehr über Urban Utopia in Erfahrung bringen. Und Anne, die Architektin aus Fleur Rochats Büro, habe angeboten, ihm dabei behilflich zu sein. Rosa ließ sich nichts anmerken, doch versetzte ihr dieses »Recherchetreffen« einen Stich. Sie rieb Zitronenschale in den Saft und rührte ihn mit Zucker und noch mehr Eiern in einem Töpfchen glatt. Vielleicht, dachte sie sich, während sie die Masse auf mittlerer Flamme erhitzte und stetig rührte, bis durch die Bindung des Eigelbs eine cremige Konsistenz entstand, vielleicht machte dieses Treffen mit einer anderen Frau sie so unsicher, weil es im Grunde genommen ihr eigenes Thema war. Jetzt bloß nicht wieder an Leo denken. Rasch zog sie den Topf vom Herd und goss die *Crémeux* durch ein Sieb. Als sie abkühlte, stellte Rosa erstaunt fest, dass ihr Weinglas schon wieder leer war. Sie schenkte nach und stellte die leere Flasche ins klirrende Altglas. Dann gab sie eine halbe Handvoll Mehl auf den Tisch und begann, den kühlen Teig auszurollen.

Nachtluft strömte in die Küche, als sie bald darauf die Fensterläden schloss und die duftende Tarteform aus dem Ofen holte. Rosa begann, im Takt der Musik die Hüften zu wiegen, und tanzte mit ihren Umrissen auf der dunklen Scheibe. Lauschte den Wiederholungen, dem aufsteigenden

Motiv, das sich verlor, um wiederzukommen und in seiner Essenz aufzugehen: Melodien wie Proustsche *Madeleines,* getränkt mit Erinnerungen.

Einige Stunden später erwachte Rosa auf dem Küchensofa, es war noch immer tiefe Nacht. Die Glocken der Altstadtkirchen schlugen gerade drei. Ihre Zunge klebte pelzig im Mund fest. Dann fühlte sie die altbekannte Angst hervorkommen, die sich unter ihrem pochenden Herzen versteckt hatte.

37

Die Blumen auf den Gräbern begannen leise zu zittern, dann zu beben. Der Wind sauste durch die Stadt, die umliegenden Dörfer und Straßen, seine Geräusche nach sich ziehend. Scheppernde Fenster, lose Gartentore, Rauschen und Knacken im Geäst … Manfred Engler trat in den Salon und sah sich um – niemand da. Es war vor einigen Tagen gewesen, als er zum ersten Mal spürte, dass etwas nicht stimmte. Er hörte Geräusche, die nicht sein konnten. Schmutzige Fußspuren zogen sich durchs Haus. Die Tür, die er gerade noch abgeschlossen hatte, schlug im Wind auf und zu. Er versuchte, die Vorfälle zu verdrängen. Fand Erklärungen. Er musste doch etwas offen gelassen haben, vielleicht war eingebrochen worden? Doch nichts fehlte. Und er vermisste Elenors Präsenz plötzlich schmerzlich. Obwohl er wusste, dass er ganz allein im Haus war, fühlte es sich an, als ob ihn etwas verfolgte. Nicht nur die seltsamen Käfer, die plötzlich überall umherkrochen. Leise Atem holend näherte er sich dem plötzlich flackernden Lampenschirm, der über und über mit schwarzen Mückenpunkten bedeckt war. Dann wich er vor dem Kamin zurück. Kalter Schweiß breitete sich auf seinem Rücken aus. Da er sich kaum mehr unter Menschen traute, hatte es niemand bemerkt, doch es hatte eine Veränderung stattgefunden. Und diese Veränderung hatte mit jenem schreckenerregenden Gemälde des Nachtmahrs zu tun. In seinem Gefolge kamen andere Bilder: Er sah Elenor totenblau im See schweben, dann wiederum leckten helle Flammen an Geisterschiffen. Er konnte nichts tun, die dunklen Tagträume wucherten bis in die letzten Winkel und Windungen. Phantome im Unterholz seines Geistes, die zu etwas Kaltem heranwuchsen. Ein plötzlicher Luftzug riss die Flügeltüren zur Terrasse auf, die Vorhänge wehten im Wind. Und auf der anderen Seite des Zauns, beim verlassenen Schindelhaus, krachte es.

38

Die Bahn ließ die Hügel hinter sich, bis sie nur noch blaudunstige Wellen waren, und zog dann das sich verengende Tal hinauf. Die Fenster der Häuser wurden immer kleiner und quadratischer, je tiefer man ins Landesinnere fuhr. Hier floss die Sihl zu einer Linie begradigt, Wasser gurgelte um die Steine im Flussbett, die aussahen, als wären sie einem Riesen im Vorbeigehen aus der Hosentasche gefallen. Als Rosa Zambrano in Einsiedeln ausstieg, fühlte sie sich sehr viel weiter weg als nur die vierzig Minuten vom Zürcher Hauptbahnhof. Sie schlug die gepflasterte Gasse Richtung Kloster ein. Fahnen mit Gemeindewappen wehten im Wind, in den Kaffeehäusern saßen Pilger, und vor den Restaurants standen bereits die Mittagsgerichte angeschrieben, Kutteln an Tomatensauce mit Salzkartoffeln oder Pfälzer Leberknödelsuppe. Stella musste sich beim Anblick der Menütafeln geschüttelt haben wie ihr Beagle Suki, wenn er nass war und Wassertropfen in alle Richtungen schleuderte. Sie hatte einen Stand am Weihnachtsmarkt auf dem runden Klosterplatz und verkaufte dort ihre Keramik. Sterne leuchteten auf den mit Immergrün verzierten Holzhäuschen, darüber erhoben sich die hohen Türme der Kathedrale. Irgendjemand hatte mal gesagt, wo Stella war, da wurde die Welt zu einer Bühne. Rosa musste daran denken, als sie ihre Freundin in dem champagnerfarbenen *Faux Fur* erspähte, den sie über einer aufwendig bestickten Tunika und gefütterten Stiefeln mit Plateausohle trug. Der Bommel ihrer Wollmütze wackelte mit ihren Bewegungen wie ein Wackeldackel auf dem Armaturenbrett.

»Such dir was aus«, sagte sie, nachdem sie Rosa umarmt hatte. Stella stellte handgedrehte Schalen, Tassen und Teller aus Porzellan und Steingut her, deren reduzierte Formen mit ihrem opulenten Erscheinungsbild kontrastierten. Doch bei ihrem Handwerk ging es ihr um Schlichtheit, »um den Raum in den Gefäßen drin und um sie herum«, wie sie gern sagte. Wer die filigranen Geschirrstücke in die Hand nahm, merkte aber, dass sie schwerer waren, als sie aussahen. Durchaus für den Alltag geeignet.

»Ich habe eine neue Technik für mich entdeckt«, erzählte Stella und zeigte auf einige Teller, durch die sich Adern aus Gold zogen. »Wenn etwas kaputtgeht, können die Leute mir die Scherben bringen. Bei der Reparatur fülle ich die Bruchstellen mit Gold auf.«

»*Kintsugi,* nicht wahr?«, fragte Rosa, die Leo ja vor vielen Jahren für ein Austauschsemester nach Japan gefolgt war.

»Ich dachte mir schon, dass sie dir gefallen würden. Wenn bei dir mal was zu Bruch geht, nicht wegschmeißen, sondern bitte für mich aufheben.« Stella nahm die Hundeleine vom Haken, was Suki mit freudigem Wedeln und Schnalzlauten quittierte, und gab ihrer Kollegin kurz Bescheid, dass sie Mittagspause machte.

Die Freundinnen schlenderten an den beleuchteten Ständen entlang, Rosa wollte noch ein Schmuckstück für ihre kleine Nichte suchen. Vor einer der Buden zwischen den

Arkaden machten sie halt und betrachteten Marienstatuetten, Kerzen aus weißem Bienenwachs, gefilzte Schlüsselanhänger und Rosenkränze mit bunten Perlen, so nebeneinander aufgehängt, dass sie einen Regenbogen bildeten.

»Kann ich helfen?«, fragte die Verkäuferin zum wiederholten Mal. Womit sie eigentlich meinte: Kauft etwas, oder geht hier weg. Was Stella erst recht veranlasste, mit einer Engelsruhe alles anzuschauen, ohne am Ende etwas zu kaufen, wusste sie doch, dass es einen besseren Ort dafür gab.

Kurz darauf verließen Rosa und Stella den Klosterladen mit einem silbernen Marienanhänger im Gepäck und überquerten den Hof der Abtei, auf der Suche nach einem Platz für ihr Winterpicknick. Rosa legte eine karierte Tischdecke auf die Sitzbank vor der Quelle des heiligen Meinrads, dort waren sie geschützt vor der eisigen Bise. Geräuschvoll packte sie verschiedene Behälter und eine Thermoskanne aus. Daraus goss sie zur Vorspeise eine Suppe aus roten Rüben in zwei Tassen, erdig und zugleich leicht süßlich. Das Sesamöl verlieh dem dunklen Purpurrot einen Glanz, in dem sich das Laternenlicht spiegelte.

»Für dich hab ich auch was dabei.« Rosa tätschelte Suki, die aufgeregt am Korb schnüffelte.

»Aber keine Weintrauben, oder?«, erkundigte sich Stella in besorgtem Tonfall.

Rosa war verwirrt. »Warum? Die liebt sie doch so.«

»Ja schon! Aber …« Stella kramte einen Edelstahlnapf hervor und füllte ihn beim Wasserstrahl, dessen Plätschern unter den Arkaden hallte. »Mein Tierarzt hat mir gesagt, dass Weintrauben für Hunde giftig sind. Sie können sogar davon sterben.«

»Echt? Davon habe ich ja noch nie gehört.« Rosa kraulte die Stelle hinter den Schlappohren, wo es unter dem flauschigen Fell pulsierte. »Dann keine Trauben mehr für unsere Suki!«

»Lieber kein Risiko eingehen«, sagte Stella.

»Dafür heiliges Wasser?«

»Bringt es nichts, so schadet es auch nicht.« Stella zeigte auf den Marienbrunnen in der Mitte des Platzes, mit Säulen, so schwarz wie die Madonna, und einer Krone aus blitzendem Gold. Die Menschen gingen in einer langsamen Prozession im Kreis darum herum. »Sie trinken aus jeder der vierzehn Quellen einen Schluck, für ein langes Leben. Apropos.« Sie zog eine rechteckige lila Schachtel hervor. *»Let's share the magic!«*

Tarotkartenlegen war ein Ritual zwischen ihnen, das Rosa zu Beginn belächelt hatte, ihr aber ans Herz gewachsen war. Es ging dabei nicht darum, die Zukunft vorauszusagen. Natürlich war ihr klar, dass auch die Karten nicht wissen konnten, wie sich die Dinge mit Leo oder Martin entwickeln würden. Oder ob sie das Jobangebot annehmen sollte, falls es denn noch stand. Aber das Tarot erlaubte einen Blick ins eigene Bewusstsein. Zudem lieferte es jede Menge Gesprächsstoff – guter Hokuspokus eben.

»Heute habe ich zur Abwechslung mal nicht das *Tarot de Marseille,* sondern die Waite-Karten dabei«, sagte Stella und mischte den Stapel. Nachdem Rosa abgehoben hatte, breitete sie die Karten fächerförmig aus. »Nicht vergessen, mit links ziehen.«

Rosa bewegte ihre Handflächen über dem Fächer, als würde die richtige Karte Wärme abstrahlen. Dann zog sie.

»Die Acht der Stäbe!« Stella klatschte in die Hände.

Auf dem gemalten Bild klammerte sich ein mürrisch dreinblickender Mann an einen Stab. Hinter ihm ragten sieben weitere Stäbe in die Höhe, die an ein Gefängnisgitter erinnerten. Um seinen Kopf war ein Verband geschlungen.

»Er sieht aus, als fürchte er neue Angriffe«, sagte Rosa.

»Eine verkrampfte Schutzhaltung, ganz klar«, fand auch Stella. »Sieh nur, wie er die Schultern zusammenzieht. Wahrscheinlich würde er sich am liebsten für alle Ewigkeit hinter seinem Absperrzaun verschanzen, keinen an sich heranlassen.«

Rosa hob wortlos eine Kasserolle aus dem Korb und öffnete sie: eine runde, gedeckte Fischpastete aus geräuchertem Saibling, die mit kleinen Teigblumen dekoriert war.

»Sind da Steinpilze drin?«, fragte Stella und schnupperte.

»Im Mörser zu Pulver zermahlen und anschließend mit Knoblauchöl, Kräutern und Zitronenschale zu einer Paste angerührt. Damit habe ich den Saibling mariniert.«

»Das riecht köstlich. Doch du lenkst ab.«

»Du hast davon angefangen. Aber was soll ich sagen?« Rosa verteilte Stücke der Pastete auf blau gesprenkelte Blechteller. »Da hält mich Leo jahrelang hin, um am Ende doch wieder bloß sein Ding zu machen. Dann taucht Martin auf. Und gerade, als ich allmählich glaube, das könnte was werden, steht Leo wieder auf der Matte.«

»Ist doch immer so, nicht wahr?«, sagte Stella. »Lange nichts und dann – alles zusammen. Und was tust du jetzt? Wissen die beiden voneinander?«

»Jein. Also, Leo schon … Aber er lässt mich so weit in Ruhe. Er hat wohl einiges zu erledigen. Das heißt: Ab und zu schickt er mir eine Postkarte. Mit Bildern von Orten, an denen wir gemeinsam waren. Marseille, Bologna, Lissabon. Und dazu schreibt er kleine Erinnerungen auf.« Sie seufzte. Erinnerungen an späte Abendessen auf dem Fischmarkt und kurze, lange Wochenenden, an Schokoladeneis und kandierte Bitterorangen zum Frühstück, die den Geschmack von Weihnachten auf die Zunge zaubern, mitten im Sommer …

»Klingt ganz, als würde er alle Register ziehen. Und Martin? Wäre es nicht fair, mit offenen Karten zu spielen?«

»Ich weiß … Es hängt einfach alles in der Schwebe im Moment. Ich habe ihm bloß gesagt, dass ich Zeit für mich brauche. Aber mehr auch nicht. Wir sehen uns derzeit nur bei der Arbeit.«

»Hast du Angst, dass er nicht mehr mit dir arbeiten will?«

»Wahrscheinlich schon. Und dann ist da auch noch das Jobangebot. Ich weiß wirklich nicht, was ich machen soll«, sagte Rosa. »Und das hier ist quasi Sinnbild dafür.« Sie hob die *Tarte au citron* aus dem Korb, die sie als Überraschung aufgespart hatte. »Mit krummen Rändern zwar, aber schmecken müsste sie eigentlich. Ein Wunder, dass sie überhaupt fertig wurde.«

»Wieder einmal Frustbacken mit zu viel Champagner?«, riet Stella und schnipste einen Krümel von der Picknickdecke.

»Es war Weißwein …«, murmelte Rosa.

»*Anyway,* du mauerst dich freiwillig ein, in einem wunderschönen Paradiesgarten zwar. Aber rein lässt du trotzdem niemanden.« Stella zuckte die Achseln und zeigte auf die Karte zwischen ihnen. »Schau nur, an den Stäben sprießen Blättchen und dahinter eine Landschaft unter blauem Himmel. Vielleicht könnte der Verwundete seinen Stab auch als Wanderstock nutzen – für den Weg in eine glücklichere Zukunft? Er darf nicht immer davon ausgehen, dass alle ihm Böses wollen.«

»Gut, aber ich bin nicht er, sondern Polizistin«, sagte Rosa. »Ich *muss* jede Person zuerst einmal im Spektrum ihrer kriminellen Möglichkeiten denken. Und wenn ich den Job wechsle, dann gilt das erst recht.«

»War es tatsächlich dieser Obdachlose, der die junge Frau erwürgt hat?«, fragte Stella. In den Medien war viel über den Fall berichtet und spekuliert worden.

»Sie starb an einer Rauchvergiftung. Glaub ja nicht alles, was darüber in der Zeitung steht.«

Stella schloss genüsslich die Augen, als sie die Zitronentarte kostete. »Das Saure. Das Süße. Das Krümelige. Göttlich! Aber zurück zu dem Brandfall. Ich kenne diese Journalistin, Clara Caduff, sie wohnt bei mir in der Genossenschaft, die hat mir erzählt … Aber von mir weißt du nichts, ja? In der Siedlung ist es wie auf dem Dorf: Du musst extrem aufpassen, was du über andere sagst, weil du sie immer wiedertriffst, ob du willst oder nicht.«

»Kleinerfingerschwur.« Rosa hielt die Hand hoch.

»Anscheinend …« Stella machte eine dramatische Pause. »… hat sie ziemlich Ärger mit ein paar Organisationen bekommen, wegen dieser Hetzkampagne des *Stadt-Anzeigers* gegen den Clochard.«

»Immerhin etwas. Ganz abgesehen davon erschweren sie mit ihrer Berichterstattung auch die Ermittlungen. Und Jost kann einem wirklich leidtun.«

»Das passt eigentlich auch gar nicht zu Clara, wie ich sie kenne. Ich frage mich, was los ist.«

»Ich wüsste zu gerne, von wem sie ihre Tipps bekommt. Es muss eine undichte Stelle bei uns geben«, sagte Rosa und schnitt sich ebenfalls ein Stück der Tarte ab, bevor sie die Überreste ihres Picknicks in den Korb zurücklegte. Wolkenränder leuchteten auf, als kurz darauf die Sonne durchdrückte. Ein eiliger Wind schob die Schleier übereinander. Je länger Rosa hineinsah, umso mehr gewannen sie an Tiefe, wie eine optische Täuschung. Da kam ihr ein Gedanke. Bislang waren sie selbstverständlich von einem Leck in den eigenen Reihen ausgegangen, dabei hatten sie eine nicht unwesentliche Perspektive vergessen: Im Prinzip konnte auch jemand mit Täterwissen die geheimnisvolle Quelle von Caduff sein. Denn neben der Identität des Verhafteten hatten die Medien auch bei anderen Ermittlungsdetails einen kleinen Vorsprung gegenüber den Pressemitteilungen gehabt.

Bald darauf rollte sich Suki im Körbchen unter dem Verkaufstisch zusammen, während Rosa und Stella zur beleuchteten Klosterkirche hinaufstiegen. Stille füllte den hohen Raum, und auf den vollbesetzten Bänken hielten die Leute Andacht. Die Schwarze Madonna, in ihrer Gnadenkapelle aus schwarzem Marmor, war wie immer prachtvoll gekleidet. Auf dunkelrotem Seidensamt leuchteten in Gold aufgestickte Granatäpfel, Rosen und Lilien. Zu hohen Feiertagen wurden ihre Gewänder gewechselt. Rosa musste lächeln beim Gedanken daran, wie die braven, choralsingenden Benediktiner ihre Heilige Jungfrau entkleideten und wieder neu anzogen. Dann zündete sie eine Kerze an.

39

Am Tag der Trauerfeier fuhren sie in der Dunkelheit los. Kurz nach Bern begann der Himmel aufzuhellen, sie waren nur noch einen Tag von der längsten Nacht entfernt. Es war Martins Idee gewesen, die Gedenkfeier für Iva Schwarz verdeckt zu beobachten, eine Ermittlungsmaßnahme, die schon bei einem geringen Tatverdacht von der Polizei selbst angeordnet werden konnte. Auch ohne die Staatsanwaltschaft zu informieren. Die Ermittlungen waren in der Woche zuvor zum Stillstand gekommen. Bei seinem Treffen mit Anne, der jungen Architektin, hatte Martin erfahren, dass Fleur Rochat eine Gedenkfeier auf dem Familiensitz in Cologny am Lac Léman plane, an der auch ihre beiden Geschäftspartner von Urban Utopia teilnehmen würden.

»Offenbar waren die drei schon im Studium unzertrennlich«, sagte Martin nun und setzte den Blinker. »Fleur Rochat kam zum Studieren aus der Romandie nach Zürich. Anne sagt, sie sei nie ganz über den Verlust von Ivas Vater hinweggekommen. Zum Leidwesen von Boris Keller. Man munkelt, sie sei wohl das Einzige in seinem Leben, das er gewollt und nicht bekommen habe.«

»Vielleicht ändert sich das ja gerade. Als wir bei ihr in der Wohnung waren, scharwenzelte er um sie herum. Wer weiß, ob ihm dieser Schicksalsschlag schon beinahe gelegen kommt?«, sagte Rosa und biss in einen roten Novemberapfel. Sie hielt Martin einen hin, doch der schielte in den Rückspiegel und drückte das Gaspedal durch.

»Warum macht Rochat das Ganze nicht auf dem Friedhof?«, fragte er, als sie aus dem Windschatten des Lastwagens waren, den er überholt hatte. »So hat sie doch gar keinen Ort, wo sie mit ihrer Trauer hingehen kann.«

»Vielleicht will sie den auch gar nicht«, sagte Rosa.

Am Briefkasten der Villa stand kein Name. Auf der Klingel gab es nur einen Knopf mit der Beschriftung: *Concierge*. Eine Kamera filmte das Geschehen auf dem Vorplatz. Das Grundstück lag an einem steilen Abhang, mit Bäumen und Büschen überwachsen, nur zwei Gehminuten vom Port Noir in Cologny, einem Nobelvorort von Genf. Rosa und Martin hatten sich auf einer Anhöhe eingerichtet, mit Sicht auf die Einfahrt und den Wintergarten der Villa. Weiter unten der See, auf dem eine kreisrunde schwimmende Badeinsel mit einem Loch in der Mitte wie ein stumpfgraues Auge in den Himmel blickte. Dahinter Genf, Sitz der Vereinten Nationen, Herz des Rohstoffhandels und der Privatbanken, Zentrum eines der wohlhabendsten Landstriche Europas. Vor der Silhouette der Grenzstadt schoss ebenfalls ein Springbrunnen aus dem Wasser, aber viel höher als in Zürich.

»Hat nicht hier irgendwo Mary Shelley ihren *Frankenstein* geschrieben?«, fragte Rosa.

»Kann sein, hab das Buch nie gelesen«, gab Martin zurück. »Aber Annecy ist nicht weit.«

»Haben sich die französischen Kollegen eigentlich nochmals gemeldet?«, fragte Rosa, auch wenn sie es für sehr unwahrscheinlich hielt, dass es sich bei der Parabellum um die Tatwaffe vom Vierfachmord handelte. Aber man konnte nie wissen …

»Stimmt, das wollte ich dir noch sagen. Fehlanzeige, die Patronenhülsen passen nicht zu unserer Parabellum«, sagte Martin. »Ein weiteres mysteriöses Kapitel in einem ungelösten Mordfall.«

Nach und nach trafen Wagen mit Deutschschweizer Nummernschildern ein und fuhren auf das Grundstück. Neben einer Kamera für Videoaufnahmen hatten Martin und Rosa auch Ferngläser dabei und einen Fotoapparat mit einem ordentlichen Objektiv für die Ferne. Solange sich die Zielpersonen auf öffentlichem Grund befanden, was auf den Gemeindestraßen noch der Fall war, wären Bilder als Beweise zulässig.

»Schau an«, sagte Rosa und pfiff durch die Zähne, als sie das Kennzeichen eines Geländewagens prüfte, der gerade hinter dem elektrischen Tor verschwunden war. »Frau Stadträtin Lisa Sulzer.«

»Ist das die mit den Schokotäfelchen, über die du dich neulich geärgert hast?«, fragte Martin.

»Geärgert ist ein zu großes Wort. Aber ja, genau die«, sagte Rosa und balancierte den Rechner auf den Knien.

»Vielleicht eine Freundin von Rochat?«, spekulierte er, ohne das Fernglas abzusetzen.

»Mehr als das. Sie unterstützt auch Urban Utopia im Stadtrat.« Rosa tippte so schnell, dass es ratterte. Rasch resümierte sie für Martin, was sie in Medienberichten las:

Lisa Sulzer saß in wichtigen Verwaltungsräten, unter anderem auch bei der kantonalen Bank, die in der Wettbewerbsphase verschiedene Kredite für das Vorhaben bewilligt hatte. Immerhin ein 194-Millionen-Franken-Projekt, allein schon die Baukosten unter öffentlicher Beteiligung, über die das Stimmvolk im Februar befinden würde. Die gesamte Summe – inklusive der privaten Investoren rund um Engler und Keller – musste um ein Vielfaches höher liegen.

»Ich glaube, jetzt geht es los«, unterbrach Martin. Tatsächlich versammelten sich die rund dreißig schwarz gewandeten Gäste nun auf der Terrasse. Doch dann setzten sie sich auf einmal in Bewegung und durchquerten die Parkanlage. Der Trauerzug, an dessen Spitze Fleur Rochat und Boris Keller gingen, verließ durch ein Seitentor am unteren Ende das Grundstück und gelangte auf eine gewundene Straße, die zum Ufer hinunterführte.

Rosa und Martin wechselten einen Blick und stiegen aus. Es roch noch ein wenig nach Herbstlaub, obwohl das Rauschen der Bäume schon lange verstummt war. Rosa schlug in der Kälte den Kragen ihres gesteppten Mantels hoch, den sie sonst nicht zur Arbeit trug. Und dessen eleganter Schnitt sie hoffentlich nicht sofort als Polizistin zu erkennen gab. Die Haare verbarg sie unter einer schräg sitzenden Baskenmütze, wie sie Josefa immer trug.

Rasch waren sie auf der Straße zum See und folgten der Prozession mit etwas Abstand. »Nicht zu schnell«, sagte Martin und legte Rosa die Hand auf den Rücken. Am Ende der Straße angekommen, wandte sich die Trauergesellschaft zum Schiffssteg, und Rosa und Martin ließen sich auf einer vor Blicken geschützten Treppe gegenüber dem Yachtclub nieder, um das Geschehen zu beobachten. Ein Ausflugs-schiff machte sich bereit zum Ablegen. Rosa griff zum Fernglas. Seidenbänder flatterten an der Reling. »Es stehen Körbe mit Blüten bereit und – ich glaube, da ist eine Urne.«

»Streuen sie die Asche etwa auch in den See?«, fragte Martin mit leicht schockiertem Unterton.

»Und wenn schon? Das soll nicht unser Problem sein«, sagte Rosa. Auch wenn es eigentlich nicht erlaubt war.

Es schienen kaum Freunde von Iva eingeladen worden zu sein, zumindest dem Alter der Gäste nach zu urteilen. Von Ruben Engler einmal abgesehen, der sich sichtlich un-wohl fühlte und seinen Eltern hinterhertrottete. Diese hat-ten ihre Differenzen offenbar beigelegt, zumindest für die Dauer der Gedenkfeier. Aber vielleicht war das auch immer so, nach außen. Elenor Engler wirkte zwar körperlich wie eine Feder, die von jeder Brise weggepustet werden konnte. Doch ihr Mann hatte sich auf eine Art bei ihr eingehängt, als wäre sie die Schwerkraft, die ihn am Boden hielt. Was nicht nur daran lag, dass sie ihn mit den hohen Absätzen um ein paar Zentimeter überragte.

»Denkst du, Ruben hatte wirklich einen Unfall mit dem Rad?«, fragte Rosa nachdenklich. »Er wirkte, trotz Anwalt und trotz des versuchten Witzes, irgendwie so verletzlich.«

»Er ist verletzlich«, antwortete Martin. »Stand jetzt hat er noch immer das Problem, dass er der Letzte ist, der Iva Schwarz lebend gesehen hat. Mit einem Alibi, das nur seine neue Freundin bestätigen kann.«

»Es sei denn … an den Schilderungen von Jost ist doch etwas dran«, wandte sie ein. »Die Gestalten auf dem Steg beim Löwendenkmal, die er gesehen haben will.«

»Du glaubst nicht im Ernst, dass seine wirre Aussage vor Gericht standhält, oder?«

Rosa seufzte nur. Das Schiff mit der Trauergesellschaft legte ab.

»Jetzt heißt es wohl warten«, sagte Martin. Tatsächlich war das die Haupttätigkeit bei Observationen. Sie gingen zurück, um den Wagen zu holen, da es sich mit Standheizung einiges angenehmer wartete.

Eine Stunde später zerknüllte Rosa die leere Papiertüte, in die sie Käsebrote, Karotten und Nüsse gepackt hatte. Die natürlich längst aufgegessen waren. Vorausschauenderweise hatte sie nicht mehr eingepackt, denn bei ausufernden Überwachungen wurde das Essen irgendwann zum bloßen Zeitvertreib. Stattdessen durchkämmte sie die Berichte der vergangenen Tage. Die Sonderkommission hatte reichlich Hintergrundmaterial gesammelt.

»Die müssen eine ziemlich wilde Zeit gehabt haben«, sagte Rosa und wischte durch alte Zeitungsartikel und Fotografien, auf denen eine jüngere Version des Trios Engler, Keller und Rochat zu sehen war. Sie sahen aus, als wären sie direkt einer Dokumentation über die Opernhauskrawalle entsprungen: Röhrenjeans mit Zebramuster, Röhrenjeans mit Löchern, die Haare vorne kurz und hinten lang, Dauerwelle und abgewetzte Lederjacken mit Buttons.

»Die Opernhauskrawalle …«, antwortete Martin und beugte sich ebenfalls über den Bildschirm. »Waren deine Eltern da eigentlich auch dabei?«

»Danke für die Erinnerung!«, antwortete Rosa, der es als Kind immer peinlich gewesen war, dass die beiden nächtelang in der *Spanischen Bodega* politisierten, während sie auf ihre beiden jüngeren Schwestern aufpassen musste. *»Die Ratten sind ans Tageslicht gestoßen, sie sind wild und gierig«,* zitierte sie eine Kampfansage von damals. Die Jugendunruhen erschütterten die Schweiz in den Achtzigerjahren. Ausgebrochen waren sie in Zürich, nachdem der Stadtrat den zweistelligen Millionenbetrag für die Sanierung des Opernhauses bewilligt und im gleichen Atemzug die Forderung nach einem selbstverwalteten Jugendzentrum abgelehnt hatte. Unter dem Motto *Nieder mit den Alpen! Freie Sicht aufs Mittelmeer!* formierte sich Protest auf den Straßen, zum Teil gewaltsam, Molotowcocktails flogen übers Limmatquai. Es war aber nicht zu leugnen, dass die Bewegung Zürich verändert hatte, bis heute gab es eine lebendige alternative Kulturszene und verhältnismäßig viele kulturelle Zwischennutzungen, die der Bankenstadt noch ein anderes Gesicht verliehen.

»Ah, die Verbindung zu Sulzer stammt auch schon aus der Zeit«, sagte Rosa, als sie zu einem neuen Artikel wischte. »Sie war damals ebenfalls aktiv.«

»Hab schon gehört, dass Netzwerk so funktioniert«, brummte Martin. »Zuerst studierst du ein Jahrzehnt und trinkst jeden Abend Bier mit den anderen. Und dann brauchst du nur abzuwarten, bis der Rest des Stammtisches ebenfalls die Karriereretreppe hochsteigt.«

Rosa ging nicht darauf ein, sie wusste, dass es bei Martin ein empfindlicher Punkt war, dass er nicht studiert hatte – und sie eben schon. Dabei war eine Ausbildung als Elektroniker in ihren Augen mindestens ebenso nützlich, wenn nicht nützlicher. »Du, ich muss ganz dringend wohin«, sagte sie stattdessen und schaute durch die Windschutzscheibe auf den See, wo das Schiff immer größer wurde, je näher es wieder dem Hafen kam. »Der Yachtklub ist bestimmt geöffnet. Ich mach schnell.«

Die Spülung rauschte, und Rosa schloss gerade ihren Hosenknopf, als sie Stimmen hörte, bekannte Stimmen. Ohne nachzudenken, setzte sie sich auf die Kloschüssel und zog die Beine an, damit es aussah, als wäre die Kabine leer. Mist. Sie hatte viel zu lange gebraucht, bis sie die Toilette gefunden hatte, und sich offenkundig verschätzt, die Trauergesellschaft war schon wieder an Land. Nur einen Augenblick später drückte jemand die Türklinke energisch runter. Rosa hielt den Atem an.

»Niemand drin, scheint defekt zu sein«, sagte Fleur Rochat und richtete sich wieder vom Boden auf.

Ihre Begleiterin öffnete statt einer Antwort klackernd einen Lippenstift oder eine Puderdose. Oder ein Parfümflakon: *Guerlain* mit Bergamotte, wenn ihr Geruchsgedächtnis Rosa nicht täuschte.

»Es reicht jetzt«, sagte Elenor Engler. »Er schwört, er hat nichts damit zu tun.«

»Er lügt!«, hörte sie Fleur Rochat sagen, ihre Kleidung raschelte, als würde sie die Arme verschränken. »Manfred ist nicht mehr richtig im Kopf. Wir mussten etwas unternehmen.«

»*Wir?*«, klang es zurück, wobei das Wort in der Mitte ungläubig gedehnt wurde. »Ihr seid also doch zusammen … Das ist nicht dein Ernst, oder?« Rosa glaubte, einen Anflug von schlechtem Gewissen in Elenor Englers Stimme zu hören, als sie nach einer kleinen Kunstpause weitersprach. »Mein Mann mag ein Narzisst sein, ein Alkoholiker, ja, und vielleicht ist auch seine halbe Familie nicht ganz dicht – aber er ist kein Mörder.«

»Warum verteidigst du ihn bloß?« Die Architektin klang verständnislos.

»Er ist völlig fertig mit den Nerven. Ich will nicht mehr mit ihm zusammenleben, wenn ich aus der Klinik komme, das nein. Aber mit dem Spuk reicht es jetzt langsam. Wir wollten ihm nur einen Denkzettel verpassen.«

»Boris und ich sind da anderer Meinung«, entgegnete Rochat.

»Ach, Fleur. Du hast keine Ahnung, worauf du dich gerade einlässt«, erwiderte sie. »Boris ist … Ich wäre wachsam an deiner Stelle. Äußerst wachsam.« Absätze scharrten auf den marmorierten Bodenfliesen. »Und jetzt gib ihn mir wieder zurück«, forderte Elenor Engler eindringlich. »Bitte, so war es vereinbart.«

Ein Klirren, ein ersticktes Keuchen, wie bei einem kurzen Gerangel, dann schlidderte etwas unter der Tür hindurch in Rosas Kabine, etwas Glänzendes. Eine goldene Schlange, die sich um einen goldenen Stab wand. Rosa hätte schwören können, dass sie den Schlüsselbund schon einmal irgendwo gesehen hatte. Mit klopfendem Herzen umschloss sie ihre Beine noch fester. Fleur Rochat entfernte sich mit den Worten: »Pack schlägt sich, Pack verträgt sich.«

Dann griff eine Hand entschlossen durch den Spalt.

40

Zur gleichen Zeit zog Karl Jost, gut dreihundert Kilometer weiter nordöstlich, einen fast neuen Handwagen über die Kreuzung am Hirschengraben. Die Ampel für die Fußgänger schaltete viel zu schnell wieder auf Rot. Der Fahrer des vordersten Wagens ließ schon den Motor aufheulen, woraufhin Jost wetternd die Faust hob. Die letzten Wochen waren anstrengend gewesen, nicht wegen der Kälte, an die hatte er sich gewöhnt. Aber die Blicke waren kaum auszuhalten. Früher hatten die Leute durch ihn hindurchgesehen, nun wurde er immer wieder angefeindet, vor allem abends, wenn der Alkoholspiegel in der Innenstadt stieg. Wobei der eine oder die andere ihm auch ihr Mitgefühl ausgedrückt hatte. Wenn ihm alles zu viel wurde, setzte er sich ein paar Stunden ins Großmünster. Von der hintersten Bankreihe aus blickte er auf den mit Edelsteinen verzierten Sündenbock im Kirchenfenster, der beladen mit Schuld in die Wüste getrieben wurde. In der Kirche ließ man ihn wenigstens in Ruhe. Dort war er vor zehn Tagen mit einem Koch ins Gespräch gekommen, der ganz in der Nähe arbeitete. Seither stellte er für Jost regelmäßig zur Seite, was die Gäste übrig ließen. Manchmal deckte er ihm auch einen kleinen Tisch, in der hintersten Ecke des Lokals, einmal gab es auch ein Viertelchen Roten dazu. Da wollte er jetzt hin.

Der Clochard versteckte den Ziehwagen hinter einer Mülltonne beim Park, der an den Neumarkt anschloss. Dann zog er seine Kapuze tief in die Stirn und ging die breite, mit Lichtgirlanden und Sternen erleuchtete Gasse hinunter, vorbei am steinernen Kind. Jost mochte den grimmigen Ausdruck, mit dem es von der Fassade herunterblickte, in der einen Hand ein Stundenglas, in der anderen einen Totenschädel. Vor der Tür lag ein Stapel Zeitungen, die jemand für die Abfuhr rausgestellt hatte. Da es in den Blättern um die Jahreszeit oft Gutscheine gab, sah er sie kurz durch. Zum Glück stand zur Abwechslung mal nichts über ihn drin, dafür fiel ihm ein zerfledderter Artikel über eine anstehende Volksabstimmung in die Hand. Selbst ging er seit Jahren nicht mehr zur Urne, brachte ja eh nichts. Die machten sowieso, wie sie wollten. Er war gerade im Begriff, die Zeitung zurückzulegen, als sein Blick an einer Fotografie hängen blieb. Schnell riss er die Seite heraus und steckte sie ein.

Sprachengewirr füllte den Raum, ein fröhliches Babel. »Luft ist von Gott – und Wasser ist von die Stadt«, sagte der Koch. Er setzte das Glas an die Lippen, trank es in einem Zug aus und griff gleich nochmals zur Karaffe. Von der Decke in der Schankstube der *Bodega* baumelten ganze Schinken, geflochtene Zöpfe mit Chilis und roten Zwiebeln, und aus der moosgrün gekachelten Küche hörte man es brutzeln. Die Zeitungen, die auf Halterungen gespannt an der Wand hingen, hatten um diese Uhrzeit schon Fettflecken.

»Vino Tinto! Salud!«, gab Jost zurück, mehr als ein paar Brocken Spanisch konnte er nicht. Noch nicht. Der Rote

schmeckte heute anders als sonst – kräftig und nach Veränderung. Von dem *Conejo* mit Knoblauch und Olivenöl waren auf seinem Teller nur noch ein paar abgenagte Knochen übrig.

»Ich muss jetzt wieder an die Arbeit«, sagte der Koch und stellte Jost eine Korbflasche mit Wein auf den Tisch im hintersten Winkel der Schankstube. »Wichtige Gesellschaft aus Stadthaus.«

Eine Gruppe in Wintermänteln, rund fünfzehn Männer und Frauen, war eingetreten. Sie entledigten sich ihrer Cashmere- und Seidenschals und hängten sie an goldene Haken.

Zwei Stunden später war ihm der Wein schon ordentlich zu Kopf gestiegen. Von seiner stillen Ecke aus beobachtete Jost die »wichtigen Leute« beim Kaffee, der Kellner ging herum und goss Schnaps in geschliffene Gläser. Dann erhob sich der Clochard und suchte die offene Küche nach seinem Freund ab, doch der schien schon Feierabend zu haben.

Er trat an die lange Tafel. »Die feinen Herrschaften haben sicher ein Gläschen übrig«, sagte er lallend. Als niemand reagierte, fragte er erneut, dieses Mal lauter, woraufhin der Kellner ihn bat zu gehen. Je lauter Jost sprach, umso stiller wurde es an den Tischen.

Dann erhob sich ein jüngerer Mann aus der Gruppe, er hob beschwichtigend die Hände. »Jetzt wollen wir uns alle mal beruhigen. Wo ist das Problem?«

»Sie haben ja keine Probleme, schon klar. Arschloch.« Alle Augenpaare in der Schankstube verfolgten, wie der Clochard wild gestikulierte.

Da wurde es dem Kellner zu viel, er baute sich vor ihm auf. Vielleicht war es etwas in seinen Augen, das Jost kurz zur Besinnung brachte, vielleicht war es auch die Flasche, die er ihm in die Tasche steckte. Schweigegeld, quasi.

Doch bevor er sich zum Ausgang wandte, knallte Jost die zerknitterte Zeitungsseite auf die Tischplatte, so heftig, dass die Espressotässchen auf ihren Untertellerchen erzitterten. »Ihr seid doch alle korrupt. Urban Utopia, dass ich nicht lache. Alles Verbrecher! Warum deckt ihr dieses Pack?« Und dann geigte er den Herrschaften so richtig die Meinung.

41

Rosa schloss die schwere Haustür am Rindermarkt auf.
Ihr Magen knurrte seit dem Dreiseenland. Im Grunde
reagierte sie auf Beerdigungen immer mit demselben Reflex: dem Wunsch nach Essen, das dem Tod etwas entge-
gensetzte. Ein Glück, dass sie heute nicht selbst kochen
musste, auch wenn sie mit einer halben Stunde Verspätung
zu Richis Fondueabend dazustieß. Auf der Mauer unter der
Esche brannten Windlichter, und um den gelben Stahltisch
saßen der Antikschreiner und seine Frau sowie Richi und
sein Partner Erik. Mit um die Bäuche gewickelten Woll-
decken stocherten sie vergnügt in flüssigem Käse.

Sie setzte sich gleich dazu, bekam ein Glas Weißwein in
die Hand gedrückt und prostete in die Runde. Dann stellte
sie sich eine Auswahl an sauer eingelegtem Gemüse, Cham-
pignons und gekochten Kartoffeln zusammen – Brot war ihr
zum Fondue immer zu schwer – und nahm die erste Gabel.

»Hier, für dich«, sagte Richi und reichte ihr die Holz-
mühlen mit Piment und Muskat. Die Tischrunde plauderte
über Festtagspläne, und Rosa war erleichtert, dass niemand
sie etwas fragte und sie einfach essen und zuhören konnte.
Auf einmal begannen die Kerzen auf der Mauer, im aufkom-
menden Wind zu flackern.

»Kürzlich habe ich einen Tisch in Kilchberg ausgeliefert …«, sagte der Antikschreiner und spießte eine geschnittene Birne auf.

»Ich dachte, du hast aufgehört?«, fragte Rosa erfreut dazwischen.

»Bei alten Kundinnen mache ich eine Ausnahme. Auf jeden Fall, die hat mir erzählt, es gibt dort ein verlassenes Haus, da soll es spuken. Unerklärliche Lichter und Geräusche und so was. Mittlerweile haben ein paar Nachbarn eine Art Bürgerwehr gebildet, die sich nachts auf die Lauer legt. Weil sie das Gefühl haben, die Polizei unternehme zu wenig.«

»Das finde ich ehrlich gesagt viel beängstigender«, sagte Erik, der als leitender Arzt im Universitätsspital arbeitete und die Grenzen der Vernunft eher eng steckte. »Wenn Menschen das Gesetz selbst in die Hand nehmen und behaupten, es ginge darum, die eigenen Leute zu schützen. Als Nächstes wenden sie sich dann gegen alle, die ihrer Ansicht nach nicht dazugehören …«

»Und vor allem, was wollen sie denn machen, wenn sie ein Gespenst finden? Es in ein Astloch des Dachbalkens sperren und mit einem Weinkorken verstopfen?«, fragte die Frau des Antikschreiners. »Die Ghostbusters von Kilchberg …«

Im allgemeinen Gelächter steckte Richi das Telefon weg, auf dem er gerade noch eine Nachricht getippt hatte, und sagte: »Vielleicht wäre jetzt der richtige Augenblick für ein kleines Spiel?« Er drehte den Flammen unter dem Caquelon die Luft ab und kam mit einem schmalen Büchlein zurück. Die Fragebögen von Max Frisch, vermutete Rosa. Sie hingen viele Jahre lang als Poster über seinem Bett, und es gehörte bei Richi nach einem gemeinsamen Essen schon fast dazu, sich die eine oder andere Frage daraus zu stellen.

»Also, Rosa, zuerst eine für dich: *Was macht Sie an Kindern traurig?*«, las Richi vor. »*Ähnlichkeiten mit der Mutter?*« Er machte eine Kunstpause. »*Oder Ähnlichkeiten mit Ihnen?*«

Rosa zuckte verlegen zusammen. »Solange es keine Ähnlichkeiten mit meiner Mutter sind.« Es war immer dasselbe mit diesen Fragen. Keine war unverfänglich. Und diese traf bei Rosa wieder einmal einen wunden Punkt.

Der Antikschreiner hatte ihre Reaktion beobachtet. So müde, wie sie war, musste ihr Gesicht wie ein offenes Buch sein. »Magst du deine Mutter nicht besonders?«

»Natürlich mag ich sie. Sie ist meine Mutter! Aber es ist nicht ganz einfach mit ihr.« Rosa nippte am Glas. »Doch vielleicht ist zu Hause bei uns Zambranos da, wo es nicht ganz einfach ist.«

»Ist das nicht in jeder Familie so?«

Sie lachten. Und stürzten sich in eine angeregte Diskussion darüber, ob Heimat nun ein Dorf, eine Stadt oder ein Quartier, ein Sprachraum, ein Erdteil oder eine Wohnung sei. Da klingelte es auf einmal an der vorderen Tür.

»Erwartest du noch jemanden?«, fragte Rosa Richi. Ihr bester Freund fasste sich ans Ohrläppchen. Eine leise Vorahnung beschlich sie, die gleich darauf von wohlbekannten Schritten bestätigt wurde. Leo stellte eine Flasche italienischen Wein auf den Tisch. Rosas Lieblingswein, ein Lambrusco aus der Emilia-Romagna.

»Na dann«, sagte Rosa, was einer Kapitulation gleichkam, »will ich mal ein Glas holen.«

»Nein, ich geh …«, warf Richi ein.

Doch sie war schon unterwegs. »Ich bin froh, kurz Ruhe von euch zu haben«, gab Rosa zurück.

Die Tischrunde lachte wieder.

Dabei hatte sie es ernst gemeint.

Durch das angelehnte Küchenfenster lauschte Rosa hinaus, während sie nach etwas Essbarem suchte, das zum Wein passte. Sie gab Oliven aus der eisernen Reserve in die eine Schale, ein paar Pistazien, Walnüsse und Mandeln mit Rauchsalz in die andere, dann streute sie getrocknete Sauerkirschen darüber und fächerte Apfelringe am Rand auf, bis sie aussahen wie Blüten. Das Gespräch verlief angeregt. »Tatsächlich? Interessant …« Leo animierte sein Gegenüber mit kurzen, prägnanten Bestätigungen zum Erzählen. Ein rhetorisches Mittel, das sie selbst häufig verwendete. Warum suchte sie auch nach siebzehn Jahren noch immer die Gemeinsamkeiten zwischen ihnen? Und warum fiel es ihr nun so schwer, sich auf Martin einzulassen? Sie nahm sich vor, weniger zu grübeln und mehr zu handeln. Und begann gleich damit, indem sie die Schälchen auf einem Tablett verteilte, ein Untertellerchen für die Oliven dazustellte – und hinausging.

Später an diesem Abend saß sie allein mit Leo in der Küche. Sie sprachen über dies und das, leichtfüßig und dennoch verdichtet, mit kleinen Einwürfen und Klangfarben, die sich aufeinander bezogen, eine eigene Sprache, in der sie gemeinsam zu Hause waren. Als sie merkte, wie er versuchte, das Gespräch auf ein gemeinsames Leben in Italien zu bringen, ließ sie es geschehen. Und die Möglichkeiten wurden plötzlich zu Bildern.

»Sind wir es unserer Geschichte nicht schuldig, es wenigstens zu versuchen, Rosa?«, fragte er irgendwann.

Sie dachte an das Liebesschloss auf dem Grund der Limmat. Es musste ja nicht gleich *per sempre* sein, aber vielleicht wenigstens für heute Nacht? Eine wohlige Schwere breitete sich in ihrem Kopf aus, die vom Wein herrührte und von den großen Fragen, die im Raum standen, aber nicht nur. Leo verteilte den letzten Rest aus der Bialetti und beugte sich an ihr vorbei, um nach der Zuckerdose zu greifen. Sein Geruch strömte ihr in die Nase. Die vertraute Mischung aus Kaffeebohnen und Frühlingswald, unterlegt von einer feinen, kaum wahrnehmbaren Schweißnote … Sein Blick blieb an ihrem hängen. Und während er sie küsste, schien das Licht der Küchenlampe in warmen Farbtönen durch Rosas geschlossene Lider. Nach ein paar Minuten, oder war es eine Stunde, hob er sie hoch. Trug sie die knarrende Treppe nach oben, bei seiner Körpergröße gar nicht so einfach, ohne sich den Kopf an den tiefen Türrahmen anzustoßen. Ihr Atem beschleunigte sich, und was zuvor unendlich langsam geschah, ging plötzlich ganz schnell. Seine Mimik veränderte sich, verborgene Gesichter huschten vorüber wie Wolken im Wind. Sie sah den Jungen, der er einmal war. Sie sah den Greis, der er einst sein würde. Und das eine Gesicht, in dem alle anderen aufgingen.

Rosa wusste nicht, was die Zeit noch bringen würde, aber jetzt war da bloß warme, prickelnde Haut. Und als es in ihrem Körperinneren zuckte, gab es nur noch eine dahinströmende Ewigkeit, die keine Richtung mehr kannte.

42

Die Bise peitschte über den Léman, geisterhafte Schaumkronen vor sich herjagend. Tief hängende Wolken zogen unter einem bleichen Mond zu den Jurahängen auf der anderen Seeseite, die sich vom Dunkel des Nachthimmels abhoben. Fleur fühlte den Sturm, der anders war als in Zürich, der See hatte hier etwas von einem Meer, tosend und wild und lebendig. Seit Iva tot war, hielt sie nachts Wache für ihre Tochter, deren Verlust jede Sekunde und jede Stunde des Tages in ihr brannte. Wenn sie dennoch einschlief, starb ihre Tochter beim Aufwachen ein weiteres Mal. Jedes Mal, wenn sie die Augen aufschlug und die Erinnerung zurückkam. Sie lehnte sich am Hang in den Wind, bis sie durchnässt war von den kalten Graupelschauern. Dann betrat sie die Villa durch den Dienstboteneingang.

Schatten huschten über die blauvioletten Blüten auf der Tapete in der Bibliothek. Sie schob einige Bücher zur Seite und griff hinter das Regal. Die Totenmaske hatte nicht viel gemein mit dem Antlitz ihrer Tochter, wie sie es kannte. Normalerweise war so eine Maske als Erinnerungsstück gedacht, um den letzten Moment vor der Auflösung festzuhalten. Damit auch dann noch etwas blieb, wenn sich der Körper verflüchtigt hatte. Heute hatten sie Ivas Asche in den See gestreut. Rochat fuhr mit den Fingerkuppen die

Gesichtszüge ihrer Tochter nach, gezeichnet von der Zerstörungskraft der Flammen. Sie hatte einiges mehr zahlen müssen, um die Skepsis des Bestatters zu überwinden. Doch am Ende hatte er getan, worum sie ihn gebeten hatte, und die Gipsabdrücke angefertigt. Sie spürte, wie erneut kalte Wut in ihr zu schwelen begann. Nach dem Theater auf der Toilette heute würde Elenor nicht auf die Idee kommen, dass es eine Kopie des Schlüssels gab. Und sie würde es auch nicht merken, dort oben bei den Irren auf dem Hügel vor der Stadt. Das Gehirn rekonstruierte seine eigene Wahrnehmung, so wie es die Rückseite einer Hohlmaske trotzdem als ein hervorstehendes Gesicht sieht. Weil es sich bei zweideutigen Darstellungen bekannter Gegenstände immer für die vertrautere Version entscheidet. Und das wahnhafte Denken war bei Manfred sowieso schon angelegt.

Bald schon, bald würde sie ihn wieder heimsuchen.

43

Morgenlicht fiel ins Zimmer. Rosa hörte, wie Leo sich behutsam bewegte, und versuchte, weiter so zu atmen, als würde sie tief schlafen. Auch noch, als sie sein Gewicht auf der Bettkante spürte, seinen Blick und die Wärme seiner Hände. Er ging zum Stuhl, nahm leise seine Kleider und verschwand in der Küche. Das Geräusch von plätscherndem Wasser drang die Treppe hinauf und bald darauf der Duft von frisch aufgebrühtem Darjeeling.

»Ich weiß, dass du längst wach bist«, sagte Leo und stellte kurz darauf klappernd das Tablett ab. Er war gekämmt und hatte ein frisches Hemd angezogen, das er vom selben Ort hergezaubert haben musste wie den milchweißen Berg, der auf dem Teller wackelte: *Petit-suisse* aus der Normandie, dazu filetierte Mandarinen, Zimtpulver, weißer Sesam, Blütenhonig und dunkle Brombeermarmelade.

»Wo hast du denn die gefunden?« Rosa blinzelte den Schlaf aus den Augen und zog das feuchte Papierchen weg, wie sie das schon als Kind bei ihrer Yaya gemacht hatte, während der großen Ferien in Südfrankreich.

»Das ist mein Geheimnis. Aber schau –« Er schlug die Vorhänge zurück. »Wintersonnenwendlicht. Jetzt fällt es jeden Tag leichter, morgens aufzustehen.«

Rosa versteckte den Kopf unter dem Kissen, wodurch

das Tablett ins Wackeln geriet. »Weiße-Neonröhre-am-Himmel-Licht trifft es schon eher.«

»Ein Kaffee bei Manon hilft.« Er zog die Decke ein paar Handbreit zurück. »Oder auch zwei.«

Als sie sich eine knappe Stunde später vor der Predigerkirche verabschiedeten, schlugen die Glocken gerade elf Uhr. Und wie immer am Sonntag standen danach die Gespräche eine Viertelstunde lang still, weil das Geläut der Altstadtkirchen so ohrenbetäubend war. Doch statt zu sprechen, küsste Leo sie einfach unter den Platanen und den nistenden Saatkrähen. Mit geröteten Wangen löste Rosa sich von ihm. Sie musste zur Arbeit.

Auf dem Weg zu ihrem Rad, das vor dem Buchladen am Rindermarkt stand, sah sie eine dunkle Lederjacke in einer Gasse verschwinden. Im ersten Moment war sie sicher, dass es Martin gewesen war. Doch er wohnte am anderen Ende der Stadt, und sie waren ja – sie sah auf die Uhr – in zwanzig Minuten auf der Wache verabredet. Sie versuchte dennoch, ihn kurz anzurufen. Aber er nahm nicht ab.

»Nein, warum denn?« Martin tat überrascht, als sie ihn fragte, ob er heute einen Spaziergang in der Altstadt gemacht habe. Doch sein Fuß wippte ungeduldig unter dem Schreibtisch.

»Ich hab dich gesehen, das war keine Fata Morgana.«

»Hier, der Rapport von der Trauerfeier. Hab ich eben fertiggeschrieben«, sagte Martin.

»Du weichst vom Thema ab.« Rosa gab noch nicht auf.

»Es gibt im Moment nur ein Thema. Nämlich: Warum musste Iva Schwarz sterben? Ryser findet das Gespräch sehr interessant, das du auf der Toilette belauscht hast. Sie will wissen, warum Rochat ihren Geschäftspartner für einen Mörder hält.«

»Weil ihre Trauer so eine Richtung erhält? Einen Schuldigen, der vom eigenen Schmerz ablenkt?«, mutmaßte Rosa.

»Was auch immer der Grund ist, wir sollen es herausfinden. Übrigens gibt es Neuigkeiten von den Brandermittlern: Die Kraftstoffleitung auf der *Amethyst* ist definitiv manipuliert worden. Die Kollegen haben wirklich eine Glanzleistung vollbracht. Unter all dem Schrott, der im Hafen gefunden wurde, konnten sie nun doch ein abgeschnittenes Teil davon identifizieren.«

»Irre.« Rosa schüttelte staunend den Kopf. »Also tatsächlich Brandstiftung …«

»Brandstiftung mit Todesfolge, wenn nicht gar vorsätzliche Tötung«, führte Martin ihren Gedanken zu Ende. Er habe jetzt vor, sich mit ein paar Kollegen nochmals die Kommunikation und sämtliche Datenspuren auf dem Rechner von Iva Schwarz vorzunehmen. »Ryser meinte, du sollst in der Zwischenzeit die Aufzeichnungen unserer Vernehmungen sichten. Die von der letzten Woche, als du nicht da warst.« Er sah ihr in die Augen, sein Gesichtsausdruck war mürrisch. »Anscheinend ist es ihr doch wichtig, dass du mit an Bord bleibst. Nicht nur bei diesem Fall.« Dann stand er auf und schnappte sich seine Lederjacke vom Haken. Ein knapper Abschiedsgruß, und weg war er.

Rosa blieb in Martins Büro zurück. Sie zerknüllte mit glühenden Wangen ein Blatt Papier und warf es durch den Ring des Basketballkorbs an der Tür. Was für ein heilloses Durcheinander – und das drei Tage vor Weihnachten.

44

Die mittelalterliche Häuserzeile lag schon lange im Schatten, als sich Rosa Zambrano im Schwarzen Garten über die Gemüsebeete beugte. An den Stellen, wo sie den Winterknoblauch gesetzt hatte, gerade noch rechtzeitig vor dem ersten Frost, war die Erde locker und sandig. Dazwischen Eichelkürbisse mit safrangelben Sprengseln, und ganz hinten neben dem Feigenbaum wuchsen feuerrote Hokkaidokürbisse aus dem Kompost. Verbissen klaubte Rosa Steine aus dem harten Boden. Tags zuvor hatte sie am Mühleweg bis tief in die Nacht das Videomaterial von den Vernehmungen gesichtet. Die Aussagen aus dem Freundeskreis des Opfers zeichneten das Bild einer jungen Frau, deren Traum es war, von der Musik zu leben. Die gegen die Ansprüche rebellierte, die aufgrund ihrer Herkunft an sie gestellt wurden, und es dennoch nicht schaffte, sich aus der Abhängigkeit von ihrer Mutter zu lösen. Aber nichts wies auf Verstrickungen hin, die zu einem sexuell motivierten Mord hätten führen können. Auch wenn Iva Schwarz ein paarmal bei einschlägigen Fetischpartys aufgelegt hatte, so war das in der Klubszene doch nichts Ungewöhnliches. Und von den DNA-Proben ihrer Bekannten aus dem Nachtleben hatte keine zu der gepasst, die Fisler bei der Obduktion isoliert hatte. Nachdem Rosa die kleineren Steine auf dem Gehweg verteilt hatte und die größeren auf der Mauer, klopfte sie sich die Erde von den Hosenbeinen. Da es nichts mehr zu tun gab, nahm sie den Besen und begann mit vor Kälte tauben Fingern, die verwitterten Steinplatten zu fegen. Sie machte langsam, ein Strich nach dem anderen. Und lauschte den beruhigenden Bewegungen des Reisigs … Manfred Engler hatte den Ablauf des Abends vor der Brandnacht bei seiner Vernehmung ausführlich geschildert, deckungsgleich zum ersten Mal. Er sprach ziemlich lange über das Abendessen mit Fleur Rochat und Boris Keller und noch länger über Urban Utopia, das ohne sein Zutun nie zustande gekommen wäre – wenn er nicht die Vorfinanzierung gesichert hätte, als erster Investor gleich mit eingestiegen wäre, was weitere Gelder angelockt habe … Seine Version des Abends fügte sich in die von Fleur Rochat und Boris Keller ein. Auch der Abgleich mit den Zeugenaussagen von Gästen aus dem Seebad Enge und dem Hotel *Schwanen* ergab keine Unstimmigkeiten. Daher bestand auch kein Anlass für eine Konfrontationseinvernahme, bei der Auskunftspersonen und Verdächtige gemeinsam befragt wurden.

Bei Englers Vernehmung hatte Martin mehrheitlich die Fragen gestellt, während sich sein Kollege von der Leib-und-Leben-Abteilung im Hintergrund hielt. Martin hatte alle Verhör-Register gezogen: Er hatte bewusst Details vertauscht, um zu sehen, wie Engler reagierte. Er hatte den Advocatus Diaboli gespielt und so getan, als halte er mal Engler selbst und dann wiederum seinen Sohn für den Brandstifter. Und tatsächlich hatte der Hotelier kurz die Fassung verloren, als er seinen Sohn verteidigte, den er als

Opfer seiner Gefühle für Iva sah. Diese habe bewusst mit ihren Reizen gespielt, habe Ruben ausgenutzt. Obwohl sie nie mehr im Sinn gehabt habe als Freundschaft. Rosa konnte sich vorstellen, dass das vielleicht sogar stimmte. Aber es gab Manfred Engler nicht das Recht, sie abzuwerten, weil sie »mit der halben Stadt in die Kiste gehüpft« sei und sich in zweifelhafter Gesellschaft herumgetrieben habe. Auf Fragen zu seiner finanziellen Lage reagierte er ausweichend oder schon fast wieder großspurig. Vielleicht war es tatsächlich so, dass Geld in seinen eigenen Kreisen mit ein paar guten Geschäften und Immobilienverkäufen genauso schnell wieder da sein konnte, wie es verschwand.

Als sie mit der Aufnahme durch und schon fast auf dem Heimweg gewesen war, hatte Rosa plötzlich das Gefühl beschlichen, etwas Wesentliches übersehen, das ganze Gespräch falsch beurteilt zu haben. Sie ging zurück in das Büro der Sonderkommission und ließ das Video nochmals laufen. Dieses Mal aber auf dem Projektor an der Wand, in Großaufnahme und so langsam, dass sie beinahe jedes Bild einzeln studieren konnte. Die Welt der Emotionen, seit Urzeiten unverändert, schien in den feinen Bewegungen der Gesichtsmuskeln auf, normalerweise kaum wahrnehmbar. Aber die Zeitlupe machte deutlich, wann der Körper etwas anderes aussagte als die Worte. Sie hatte lange im Dunkeln gesessen, und am Ende war sie sicher: Manfred Engler hatte zwar etwas zu verbergen, aber der Täter war er nicht. Auch wenn sein Gesicht einen winzigen Moment der Angst gezeigt hatte, als es um den Ausbruch des Feuers auf der *Amethyst* ging ... Warum war ihm Ivas Lebenswandel so wichtig? Wovor wollte er seinen Sohn schützen?

Rosa sammelte das knisternde Laub der Esche ein und deckte die Beete damit zu. Schon im Hochsommer hatte der Baum hufähnliche Knospen gebildet. Er hatte vorgesorgt, und Rosa spürte, wie etwas von seiner Ruhe auch auf sie überging.

Kurz darauf presste Rosa fluchend ein Küchentuch um ihren rechten Zeigefinger, von Ruhe keine Spur mehr. Der Teller war ihr direkt auf die Steinplatten gefallen – und natürlich hatte sie sich geschnitten, als sie die Scherben aufhob. Und *natürlich* war das ihre Schreibhand. Murphy ließ grüßen, heute war offensichtlich ein Butterbrotgesetz-Tag: Was schiefgehen konnte, ging auch schief.

Aus dem Radio dudelten immergleiche Weihnachtslieder, die ihr auf die Nerven gingen. Sie wollte es gerade ausschalten, als ein Beitrag über das Spukhaus am See eingespielt wurde. Ein Interview mit jemandem aus der sogenannten Bürgerwehr folgte, und Rosa hatte den Verdacht, dass es sich um den »Karierten« handelte. Jetzt hatte er wenigstens zu tun. Wahrscheinlich brauchten die Leute einfach etwas, woran sie glauben konnten. Während sich die Kirchen leerten, erhoben sich aus dem Gestühl der Vergangenheit andere Geister, die Menschen suchten nach einfachen Antworten auf komplexe Fragen. Rosa konnte es ihnen nicht verdenken. Das Leben war viel zu kompliziert geworden. Sie schüttelte Martins enttäuschten Blick aus ihrem Kopf, öffnete das Gefrierfach und nahm einen Klotz Suppe heraus. An richtiges Kochen war gerade nicht zu denken, auch ohne den Schnitt in der Hand misslang ihr derzeit in der Küche alles, was sie anfasste. Mal vergaß sie den glühenden

Ofen, mal salzte sie zu stark oder zu schwach oder verkochte das Gemüse. Ganz zu schweigen von der Disharmonie in der Kombination der Zutaten. Es war nicht das erste Mal in ihrem Leben, dass es ihr so ging. Daher legte sie in guten Zeiten Vorräte an. Der Nachteil ihres intuitiven Kochens: Stimmte das Gleichgewicht im Leben nicht, dann stimmte es auch in der Küche nicht.

Als sie bald darauf ins Bett ging, entdeckte sie Leos getragenes Hemd, das über dem Stuhl hing. Rosa fragte sich, ob er es tatsächlich vergessen oder absichtlich dagelassen hatte, weil er wusste, dass sie daran riechen würde. Sie schnaubte durch die Nase. Das würde sie auf keinen Fall tun. Und dann tat sie es doch.

45

Die langsam fließende Limmat zeichnete die Wolkengebilde am Himmel nach, spiegelte die gelben Laternen am Uferweg. Der Clochard hatte es sich unter der Eisenbahnbrücke gemütlich gemacht und zündete eine Zigarre an. »Ist schließlich Heiligabend«, hatte die Verkäuferin gesagt und ihm noch eine zweite dazu geschenkt. Er blies genüsslich den Rauch in die kalte Bise, vor der er sich mit einer Wolldecke schützte, die über seinem Ziehwagen hing. Der war zwar nicht so gut gefüllt wie vor seiner Verhaftung, doch das eine oder andere war in den letzten Wochen zusammengekommen. Neben einem Windlicht lag eine zerlesene Ausgabe von *Hundert Jahre Einsamkeit,* nach der er nun griff. Wenn alles glattging, würde er schon bald in See stechen. Nach Lateinamerika, auf einem Hochseedampfer, eine kleine Kabine, nur für ihn, er brauchte nicht viel. Denn er war sich sicher: Am Strand von Valparaíso starb es sich dereinst sehr viel schöner als am Hafen von Zürich Enge. Es war mit dem Zeitungsartikel gar nicht so schwierig gewesen, den Typen vom Hafen ausfindig zu machen, da standen ja alle Namen. Als er damals, es schien eine halbe Ewigkeit her, die Parabellum gefunden hatte, hatte er auf Finderlohn gehofft. Doch das hier war noch viel besser. Und schon in wenigen Tagen sollte das Geld in einer

Tüte genau hier auf der Bank am Fluss deponiert werden. Wie es aussah, hatte sich das Blatt gewendet, und das Glück stand ausnahmsweise mal auf seiner Seite. Zur Feier des Tages hatte er sich neben einer heißen Dusche auch eine Rasur gegönnt. In der Bahnhofsmission hatten sie ihn danach beinahe nicht wiedererkannt. Zischend öffnete er das erste Bier aus der Herrenhandtasche. Ein bisschen leid tat es ihm für seinen Freund, den Koch, der hatte zünftig Ärger bekommen nach der Sache in der Bodega. Aber das würde sich wieder legen. Nach ein paar Schlucken stellte er die Bierdose neben das aufgeschlagene Buch, um kurz in die Büsche zu verschwinden.

Die erste Faust kam von hinten und traf ihn komplett unerwartet. Jost schrie, so laut er konnte. Eine Strategie, die ihn in den Jahren auf der Straße schon oft vor Schlimmerem bewahrt hatte. Doch noch ehe er den Reißverschluss seiner verdreckten Hose schließen konnte, folgte ein harter Tritt in die Kniekehle. Der Clochard landete auf dem Boden, mitten in seinem noch warmen Urin, der in Rinnsalen davonfloss.

46

Weihnachten war für Rosa die perfekte Übung in Gleichmut. Anders als in anderen Familien gab es bei ihnen kein festes Prozedere, bis auf die »Spanische Suppe« vielleicht. Ein fröhliches Potpourri aus Rippenspeck, kleinen weißen Würsten, Kohl, Sellerie und Karotten, Nelken und Petersilie, das in einer Bronzeschüssel zubereitet wurde. Früher im zwinglianischen Zürich ein Sonntagsessen, das während des Gottesdienstes vor sich hin simmerte. Nach zermürbenden Diskussionen hatte sich die Familie darauf geeinigt, dieses Jahr in der Waldhütte von Rosas Vater zu feiern, hoch oben auf dem Uetliberg. Natürlich beklagte sich Josefa postwendend. Und zwar in einer Tonalität, die Rosa daran erinnerte, dass sie vielleicht doch nichts weiter als eine Blutsgemeinschaft waren. Sie hatte sich die Vorfreude dennoch nicht nehmen lassen wollen und bei Pablo eine Bestellung gemacht. In den Vorweihnachtstagen wurde sein Laden am Neumarkt zu einem kulinarischen Palast. Die paar Törtchen waren keine große Sache, wenn Rosa an ihre Festtagsmenüs vergangener Jahre dachte, an *Bouillabaisse* mit Süßwasserfischen und *Rouille* auf geröstetem Weißbrot, an Muschelsuppe mit schwarzer Butter, an frittierte Sardinen mit Senfsauce, an Truthahn mit Edelkastanien und Bohneneintopf *à la languedocienne*.

Als Rosa am späteren Nachmittag aus dem Zug stieg, fühlte sie sich noch immer lustlos. Sie blickte hinauf zu dem steilen Waldweg von der Bahnstation bis zum Turm zuoberst auf dem Hausberg der Stadt, in dem man – aber nur mit viel gutem Willen – eine vereinfachte Version des Eiffelturms erkennen konnte.

»Da bist du ja endlich«, rief ihre Nichte. In ihrer Stimme klang die ganze kindliche Aufregung und Vorfreude auf den glitzernden Weihnachtsbaum. Dann rannten sie zusammen los. Und je mehr sie aus der Puste geriet, desto besser wurde Rosas Laune. Sie nahm sich vor, ein bisschen mehr wie die Eiben zu sein, deren rote Beeren am Wegrand leuchteten: Sie konnten sich zu fast jedem Zeitpunkt ihres Lebens regenerieren. Selbst aus einem zerfallenen Baumstumpf wuchsen junge Wurzeln und Äste zu einem neuen Baum heran.

Als die Stadt unter ihnen lag und es keine Häuser am Wegrand mehr gab, nur dunkel duftende Stämme, bogen sie links zum Hotel hoch, statt direkt geradeaus zur Hütte zu gehen. »Komm«, sagte Rosa. »Wir machen noch einen kleinen Abstecher.«

»Sieh mal.« Viola zeigte auf eine hohe Skulptur. »Der hat Muskeln am Bauch wie ein Mensch, Beine wie ein Hund, aber mit Hufen. Und dann noch ein Geweih, einen Ziegenbart und einen Rücken wie ein Drache mit Fischschuppen. Irgendwie komisch.«

Rosa lachte. »Das nennt man Kunst.« Sie folgten den Laternen, die sich wie leuchtende Perlen auf den Geweihen der sandsteinroten Skulpturen aneinanderreihten, bis sie auf dem Gipfelplateau angekommen waren.

Sie traten ans Geländer. »Es sieht aus, als würde sich die Welt selbst aufräumen«, sagte Viola ehrfürchtig.

Rosa sah, was sie meinte: die Ebenmäßigkeit, die sichtbar wurde, wenn man etwas von oben betrachtete. Wenn sich das Chaos der Stadt in Rechtecke und Quadrate ordnete und hinter sich kreuzenden Gleisen verborgene Muster hervortraten. Von weit her drang das Tröten eines Schiffes zu ihnen. Ansonsten war es still. Nur sie beide, eine kleine Hand in einer großen Hand. Und die Lichter der Zivilisation, die sich durch die Dunkelheit fraßen.

47

Nein!« Rosas Vater ließ den Suppenlöffel sinken.
»Doch!«, beharrte ihre Schwester Valentina energisch.

Sie wussten alle, was nun kommen musste.

»Ooooh!«, machte er und verzog das Gesicht.

Und alle kugelten sich vor Lachen, auf ein geheimes Kommando hin, das nur die Familie verstand.

Rosa fischte einen Fleischbrocken aus der Suppe, als sie sich wieder erholt hatte. Sie kannte niemanden auf der Welt, der so oft in Filmzitaten sprach wie ihr Vater. Und die Szene aus *Louis und seine außerirdischen Kohlköpfe* war ein Klassiker, den sogar Josefa zu mögen schien, sie war dabei näher an ihren Ehemann herangerückt. Im Schein des Feuers fielen Rosa die Flecken auf den Händen ihrer Mutter auf, die dunklen Adern, als verdickte sich das Blut mit den Jahren, während die Haut darüber immer dünner wurde. Waren ihre Eltern alt geworden? Irgendwie sahen sie immer noch gleich aus. Denn sie waren schon eine ganze Weile alt. Auch wenn Rosa das gerne verdrängte. Aber sie wirkten durchscheinender, wie geweißelt.

»Möchtest du ihn auch mal kurz nehmen?«, riss Alba sie aus den Gedanken. »Gib mir deinen Teller, ich hol dir nachher Nachschlag, wenn du magst.« Und schon hatte

Rosa ihren Neffen im Arm, der sich in seinem Plüschanzug mit Öhrchen wie ein großer Teddybär anfühlte. Marin war im vergangenen Sommer zur Welt gekommen, als sie mitten in ihrem ersten Mordfall steckte. Die Entscheidung von Alba und ihrer Partnerin für eine künstliche Befruchtung hatte Rosa damals in ihrem eigenen Kinderwunsch bestärkt. Auch wenn kein potenzieller Vater in Sichtweite war.

»Warst du auf der Jagd?«, fragte Valentina auf einmal ihren Vater und zeigte auf den Wildschweinschädel, der über dem Eingang der schlichten Hütte hing.

»Den hab ich schon lange«, sagte Vinzenz ausweichend.

Da mischte sich Josefa ein. »Du kannst ruhig erzählen, dass du ihn viele Jahre auf dem Dachboden versteckt hattest, weil ich ihn nicht ausstehen konnte. Vielleicht gar nicht so schlecht, dass jeder von uns einen eigenen Rückzugsort hat.« Sie drückte seine Hand. »Wir können ein gemeinsames Leben teilen und trotzdem …«

Weiter kam sie nicht, weil Rosa plötzlich einen Hustenanfall hatte. Ihr musste vor lauter Verblüffung etwas in die Speiseröhre gerutscht sein. Auch die anderen schienen froh, etwas zu tun zu haben, um ihr Erstaunen verbergen zu können. Alba nahm Rosa das Baby ab, und Valentina klopfte ihr ein paarmal beherzt auf den Rücken.

Später schmückten sie draußen einen der umstehenden Bäume und verteilten einige Päckchen für die Kinder darunter. Die Erwachsenen schenkten sich nichts, so die Abmachung, die trotzdem jedes Jahr von irgendjemandem unterlaufen wurde. Und so überraschte ihre Mutter Rosa ein zweites Mal an diesem Abend, als sie ihr einen handbemalten Karton überreichte.

»Für mich?«, fragte sie, weil ihr nichts Besseres einfiel. Dann klappte sie vorsichtig den Deckel auf, der Inhalt fühlte sich schwer und zerbrechlich an. Sie zog ein Eisenwerkzeug heraus, wie es ihre Großmutter besessen hatte, um den Zucker auf der *Crema Catalana* zu karamellisieren. Rosa schniefte kurz, dann umarmte sie Josefa. Und freute sich jetzt schon darauf, die erste Zuckerkruste zu knacken. Als Valentina fragte, was eigentlich der Unterschied zwischen *Crème brûlée* und der *Crema Catalana* sei, entstand eine lebhafte Unterhaltung über die kleinen, aber feinen Unterschiede. Denn Erstere wurde direkt im Ofen gegart, während Letztere mit Maisstärke in der Pfanne erhitzt und erst dann in die Förmchen gegossen wurde.

»Mir ist zu Ohren gekommen, dass Leo wieder in der Stadt ist«, wechselte ihre Mutter abrupt das Thema. »Habt ihr euch schon getroffen?« Es gelang ihr nicht zu verbergen, dass sie das längst wusste. Und sich darüber freute. »Du hättest ihn ruhig mitbringen können.«

»Er ist leider verhindert«, sagte Rosa mit säuerlichem Lächeln.

Vinzenz legte gerade neues Holz auf die Glut in der Feuerschale, als das Telefon in Rosas Rucksack klingelte. Martins Name leuchtete auf dem Bildschirm. Dass er ihr frohe Weihnachten wünschen wollte, freute sie nach der frostigen Stimmung zwischen ihnen in den letzten Tagen umso mehr. »Da muss ich kurz rangehen«, entschuldigte sie sich und lief zu einer Baumgruppe.

Doch als sie abnahm, kam Martin direkt auf den Punkt.

Ob sie zur Eisenbahnbrücke an der Limmat kommen könne. Sie bräuchten jemanden, der das Protokoll führe, dringend.

»Du meinst, jetzt?«, fragte Rosa und blickte nach oben, wo sich Äste wie dürre Finger in den Himmel streckten.

»Es geht um Karl Jost, den Obdachlosen«, erwiderte Martin.

»Ist ihm etwas zugestoßen?«

»Er ist tot.«

48

Januar

Manfred Engler nahm die Bambuspfeife zur Hand, während das Kaminfeuer Schatten auf sein spitzes Gesicht malte, auf seine Strickjacke und die Flanellhose. Dann lehnte er sich im Ohrensessel zurück. Hinter dicken Samtvorhängen schlug Regen an die Fenster – das Jahr begann so, wie es geendet hatte. Winde wie Vorahnungen, die mitten im Winter schwülwarme Luft brachten. Sie rüttelten und zerrten an den Fensterläden. Es rauschte im Geäst des verlassenen Parks nebenan, und in seinem eigenen Haus flackerten die Lampen grundlos auf. Mittlerweile war er sich sicher: Etwas verfolgte ihn, eine Art körperlose Präsenz. Sie füllte Räume und Gedanken, auch wenn er sich um Haltung bemühte und sich selbst eine Ordnung auferlegte. So hatte er begonnen, ein Verzeichnis seiner Sammlung zu erstellen. Doch selbst banalste Dinge wurden zur Tortur. Nachts wandelte er schlaflos durch dunkle Räume. Die Umrisse des ausgestopften Fuchses über dem abgewetzten Perserteppich erwachten zum Leben. Schemen blühten im Schatten wie die schildförmigen Blätter der Monstera. Seine Gattin sprach nicht mehr mit ihm, egal, wie oft er sie anrief, und weigerte sich zurückzukommen. Nun schickte er ihr jeden Tag einen handgeschriebenen Brief in die Klinik, wenigstens waren die bislang noch nicht wieder zurückgekommen. Er brauchte sie doch, gerade jetzt. Ruben ließ sich ohnehin hier nicht mehr blicken. Was vielleicht auch besser war, er ertrug seinen Anblick kaum. Ein Schweißfilm stand auf Manfreds Stirn. Er spießte das erbsengroße Klümpchen mit einer Nadel auf und hielt es über die Flamme einer Kerze. Es war das einzig wirksame Mittel gegen die Angst. Als das Opium zu einem zähen Pech verdickt war, drückte er es in die enge Öffnung seines Pfeifenkopfs. Dann zog er die Nadel mit einer drehenden Bewegung wieder heraus, sodass ein schmaler Kanal im gestopften Bambusrohr zurückblieb. Seine Hände berührten den Marmor des kalten Kamins, er blickte nach oben. Der Nachtmahr saß auf der Brust der Schlafenden, mit spitzen Krallen, von Algen überzogen, ein runzeliger Dämon aus Haar und Knochen, mit gekrümmtem Rücken und Buckel. Lange Zeit hatte er sich gefragt, was die Frau auf dem Gemälde wohl empfand, was für fiebernde Träume sie heimsuchten. Jetzt wusste er es. Manfred drehte die Pfeife nach unten und hielt sie erneut über die Kerze. Dann nahm er ein paar Züge, den Rauch behielt er möglichst lange und stieß ihn dann durch die Nase aus. Schwere zog ihn in den Sessel hinein, die Angst schrumpfte zusammen wie ein Ballon, dem Luft entwich. Erleichtert schloss Manfred die Augen und döste kurz weg. Er wachte von einer plötzlichen Bewegung auf und blinzelte in das schummrige Halbdunkel. Dort, wo zuvor der Nachtmahr gesessen hatte, befand sich nun ein waberndes Feld aus winzigen Partikeln, die sich langsam zu einem Gesicht zusammensetzten. Er löste mit fahrigen Fingern den Knoten seiner Krawatte, als ihm klar wurde, dass es nicht möglich war. Seine Sinne mussten ihm einen Streich spielen. Mit weit aufgerissenen Augen starrte er über den Kamin, wo sich Ivas zerstörtes Gesicht aus dem Dunkel erhob. Eine unbeschreibliche Panik befiel ihn.

49

Die ersten Weihnachtsbäume lagen um die Mülltonnen verteilt, nadelnde Festtagsleichen, ihres Glanzes beraubt. Am liebsten hätte Rosa Zambrano die Haustür verriegelt, alle Lichter ausgeschaltet und sich in ihrem Hinterhof versteckt. Sie war schon früh und mit einem steifen Nacken aufgewacht. Immerhin zum Gesang einer Kohlmeise, die in der Dunkelheit dem Frühling entgegenzwitscherte. Der anhaltende Wind machte sie halb wahnsinnig. Rosa hatte mal gehört, dass man in Südspanien für Gewalttaten, die verübt wurden, während der *Levante* wochenlang übers Land peitschte, mildernde Umstände geltend machte. Nun konnte sie das verstehen. Da der Wetterbericht aber Besserung versprach, wollte sie ihr Glück beim Angeln versuchen. Sie war gestern schon am Fluss gewesen, doch bei der Eisenbahnbrücke war ihr die Lust vergangen. *Du wirst fehlen,* hatte jemand an die gemauerten Pfeiler gesprayt. An der Stelle, wo Karl Jost gefunden worden war, lagen nun Plüschtiere und welke Rosen neben herunterbrennenden Grablichtern mit Marienfiguren und flammenden Herzen darauf. Jemand hatte eine umgedrehte Weinkiste liebevoll mit einem Tuch gedeckt, mit Messer und Gabel und einem schlichten Keramikteller, daneben eine ungeöffnete Flasche *Vino Tinto* sowie ein Einmachglas mit Kapernäpfeln und getrockneten Tomaten. Viel Aufmerksamkeit für einen, den zu Lebzeiten kaum jemand angesehen hatte. Josts ganzer Körper war ein einziges Hämatom gewesen, als er von einer Passantin gefunden wurde. Tritte auf den Kopf, ein eingerissenes Ohr und eine gebrochene Rippe. Er wäre vermutlich durchgekommen, wenn ein Knochensplitter nicht seine Lunge aufgerissen hätte. So war immer mehr Luft durch den schmalen Spalt eingedrungen, bis er am Ende an seinen eigenen Atemzügen erstickt war. Bevor er starb, versuchte der Clochard laut der Zeugin noch etwas zu sagen, doch aus dem Mund quellendes Blut hatte seine Worte verschluckt.

Rosa bezweifelte, dass es sich um die übliche Gewalt unter Randständigen handelte, wie das gewisse Medien suggerierten, indem sie den Fall Jost in eine Reihe mit früheren Übergriffen auf Obdachlose stellten. Eigentlich eine Unverschämtheit, nach der ganzen Hetze gegen ihn. Darum hatte sie auch versucht, Clara Caduff, die Journalistin von der Pressekonferenz, zu kontaktieren. Vielleicht könnte ihre geheimnisvolle Quelle die Ermittlungen auf irgendeine Spur bringen. Ein etwas verzweifelter Versuch, aber jetzt ging es immerhin schon um den zweiten Toten. Doch Caduff war noch im Skiurlaub, und die Redaktion wollte ihre Nummer partout nicht herausrücken.

Kleine Winterwellen schwappten im Seebecken, als Rosa bald darauf das Bellevue erreichte. Rosa überquerte auf der Suche nach einem windgeschützten Platz die Quaibrücke und entschied sich für die Stelle, wo der historische Wassergraben in den See mündete. Dort angekommen räumte sie den Angelkoffer aus, füllte etwas Seewasser in den Plastikeimer und goss sich einen Kräutertee ein, den sie in den Korb an ihrem Fahrradlenker stellte, den benutzte sie beim Angeln oft als Ablage. Zuletzt riss sie mit den Zähnen eine Packung Rauchmandeln auf, unter die sie getrocknete Sauerkirschen, Kokosblättchen und frittierten Mais mischte. Dann warf sie schwungvoll die Angelrute aus – und der Köder flog davon.

Nach und nach lichteten sich die grauen Wolken, die den Himmel bedeckten, wurden dünner, bis sie nur noch ein durchscheinendes Tuch waren, das sich schließlich ganz auflöste. Rosa spielte gerade mit dem Gedanken, in einem nahe gelegenen Lokal einen Espresso trinken zu gehen, da zog es an der Leine. Es schnurrte, als sie die Leine zurück auf die Rolle zog. Ein Seufzer, als sie den nicht einmal handgroßen Fisch am Haken sah. Ein Sonnenbarsch, wie passend. Die Viecher waren rundlich wie Zander, aber kleiner und sehr aggressiv. Sie gingen wie gefräßige Idioten an ziemlich jeden Haken, der ihnen in die Quere kam. Rosa überlegte, ob sie den Barsch gleich wieder zurückwerfen sollte. Doch sie erinnerte sich daran, wie die Eindringlinge im Frühsommer die Nester mit den jungen Zandern leer fraßen. Aus Rache vielleicht, weil diese größer waren und beliebt – eine bessere Version ihrer selbst. Rosa griff nach dem Gummiknüppel, außerdem war der Sonnenbarsch ein ganz passabler Speisefisch. Sie spürte das Adrenalin in ihren Adern. Ein gezielter Schlag, und das Gezappel war beendet. Als sie den leblosen Fisch gerade in den Eimer legte, leuchtete der Bildschirm ihres Telefons im Lenkerkörbchen auf.

»Bist du im Januarloch verschollen?«, fragte Stella.

»Ich hab ein bisschen Zeit für mich gebraucht.«

»Oder vielleicht mit Leo im Bett?«

»Haha. Sehr witzig«, sagte Rosa, klemmte das Telefon zwischen Ohr und Schulter fest und begann, ihre Angelrute zusammenzuklappen. »Nicht, dass ich irgendwem Rechenschaft schuldig wäre, aber er ist übrigens sowieso gerade in Rom, ein paar Dinge für den Umzug vorbereiten.«

»Und was ist mit Martin?«

Rosa hielt seufzend inne. »Tut, als wäre nichts zwischen uns gewesen. Oder sagen wir mal so: nichts als Arbeit.«

»Hast du ihm endlich reinen Wein eingeschenkt?«

»Ja, also nein. Nicht direkt.«

»Tut mir fast ein bisschen leid, der Arme.«

»Er hätte auch früher Nägel mit Köpfen machen können.«

»Na ja … Eigentlich rufe ich wegen ganz was anderem an.« Rosa hörte, wie Suki in das Telefon schnüffelte. »Vorhin habe ich Clara Caduff in der Waschküche getroffen, die Journalistin, sie ist gerade aus Zermatt zurück. Ich habe ihr gehörig ins Gewissen geredet, so traurig, das mit dem Clochard …« Bevor sie auflegten, erinnerte Stella sie nochmals an ihre *Kintsugi*-Technik. »Die Stücke verkaufen sich so gut, dass ich bald eine neue Produktion starte. Du weißt schon, schwierige Zeiten in Gold verwandeln … Wenn was zu Bruch geht, denk daran, ja?«

»Ich schau mal«, wich Rosa aus und bog den rechten Zeigefinger durch, der auch nach zehn Tagen noch immer leicht geschwollen war. So eine doofe Stelle auch, als Rechtshänderin. Sie hatte den zerbrochenen Teller verärgert in einen Karton unter die Spüle verbannt. Warum sollte sie etwas reparieren, an dem sie sich geschnitten hatte?

50

Die Wasserströme zu Alfred Eschers Füßen waren zu Eis erstarrt, das leuchtete wie ein hingehauchter Regenbogen. Jemand hatte in der Nacht Lebensmittelfarbe in den Brunnen gekippt, was dem Denkmal für den Eisenbahnkönig ein ganz neues Kolorit verlieh. Hierzulande waren solche Monumente selten, die kollektive Erinnerungskultur wurde eher mit schlichten Tafeln und Inschriften gepflegt. Vielleicht auch, weil es hier nie Monarchen gegeben hatte, und seit Langem keine Kriegshelden. So wachte eben ein Bankier und Unternehmer, überlebensgroß und in Bronze, inmitten seiner Errungenschaften, zwischen Eidgenössisch-Technischer Hochschule, Eisenbahn und der Bahnhofstraße, die zu den Banken am Paradeplatz und zum Seebecken führte.

Im Bauch des Bahnhofs roch es nach zerriebenem Eisen, Käsebrezeln und koffeinhaltigen Süßgetränken. Am Ende des Durchgangs zu den unterirdischen Gleisen befand sich eine unscheinbare Tür, vor der Boris Keller wartete, ein gelber Baustellenhelm klemmte an seiner Aktentasche. Er begrüßte Rosa und Martin mit einem kräftigen Händedruck und bedankte sich etwas förmlich dafür, dass sie bereit waren, ihn hier auf der Baustelle zu treffen, sein Terminplan sei derzeit unglaublich dicht. Während sie ihn über seine Rechte und Pflichten als Auskunftsperson aufklärten, schnallte Keller den Helm um, zog eine leuchtgelbe Weste über den Mantel und reichte ihnen ebenfalls welche. Es war Rosas Idee gewesen, Keller außerhalb des Verhörzimmers auf den Zahn zu fühlen und sich ein Bild von Cargoloads und dem Bauprojekt zu machen. Martin hatte zugestimmt, auch wenn er nicht vollends von der Strategie überzeugt war.

Sie folgten ihm durch die Tür in eine weitläufige Halle mit einem roten Bauteppich. »Wo viele Leute leben, werden auch viele Waren benötigt«, erklärte Keller. »Und das wird zunehmen. Mehr Menschen, mehr Waren, mehr Logistik.«

Rosa war skeptisch. Warum sollten Menschen zwangsläufig immer mehr Waren benötigen? Als wäre das ein Naturgesetz. »Sie glauben also tatsächlich daran, dass die Verlagerung des Gütertransports von oben nach unten klappt …«

»Das ist keine Frage von Glauben«, erwiderte er. »Das Wort ›Dichtestress‹ ist nicht umsonst eine schweizerische Erfindung: Alles drängt in den schmalen Streifen zwischen Genf und dem Bodensee. Wer nicht auf dieser Achse liegt, wird in Zukunft von der Versorgung abgehängt.« Er öffnete eine schlichte weiße Tür, über der eine grüne Notausgangstafel leuchtete. »Deswegen hat auch der Bund die Gesetzgebung angepasst, damit wir im Untergrund bauen können.« Seine Schritte scharrten auf dem sandigen Boden. »Wenn Sie mich fragen: Am schlausten wäre es sowieso, die Bergregionen würden wieder zu alpinen Brachen, mit verwilderter Landschaft. Eine Zone zur gelegentlichen Erholung der städtischen Bevölkerung.«

Keller ging voraus, an den provisorischen Mauern des

verhinderten Autobahntunnels entlang, der die letzten Jahrzehnte vor sich hin geschimmelt hatte. Der Ort, wo die beiden Expressstraßen des Ypsilons hätten zusammenkommen und unter dem Bahnhof verschwinden sollen. Bei der Vorbereitung für das Gespräch war die Historikerin in Rosa erwacht, und sie hatte der Zentralbibliothek einen Besuch abgestattet. Dort hatte sie nicht nur die Dokumente über das alte Ypsilon gewälzt, sondern auch alles, was zum neuen Projekt publiziert worden war.

Es tropfte von der Decke, nur ein paar Meter über ihnen floss die Sihl. In den Grundwasserpfützen, die sich am Boden gesammelt hatten, spiegelten sich nasse Wände. »Cargoloads ist wie ein niemals ruhendes Förderband für die Städte«, fuhr Keller fort, »quer durchs Mittelland ohne Stopp anstatt endloser Kolonnen von Lastwagen, die Feinstaub in die Luft wirbeln und Straßen verstopfen. Urban Utopia wiederum ist die logische Anbindung dafür – und die Verbindung von Zürich zum Rest des Landes.« In den Entwürfen für das Gelände – sein Zeigefinger schnellte in die Höhe – gleich gegenüber vom Landesmuseum zeige das Büro Rochat eine städtebauliche Vision mit modellhaftem Charakter für Zürich. Grundlegende Bedürfnisse wie Arbeiten, Wohnen und Ökologie würden darin auf utopische Art und Weise verschmelzen. »Neue Räume für eine Stadt, die den Menschen dient und durch kleine Kreisläufe Ressourcen schont, anstelle der starren, in Stein gemeißelten Lebensentwürfe der Nachkriegsbauten.«

»Faszinierend«, sagte Rosa in bewunderndem Ton. »Kein Wunder, dass Sie beim Wettbewerb das Rennen gemacht haben.«

Keller schnaubte. »Ach, da wurde eine Menge architektonischer Abfall präsentiert. Zudem ist es nicht mein erstes Großprojekt. Umnutzungen von ehemaligen Industriegeländen sind meine Spezialität.«

»Was haben Sie eigentlich nach dem Essen im Seebad gemacht, am Abend des Brandes«, fragte Martin unvermittelt. Das Geplauder dauerte ihm offensichtlich zu lange.

Wenn Keller vom abrupten Themenwechsel überrascht war, dann ließ er es sich nicht anmerken. »Ich habe mich von Fleur verabschiedet und bin anschließend direkt heimgefahren, die Arbeit schläft nicht.«

»Aha. Kann das jemand bezeugen?«, fragte Martin und zückte das schwarze Büchlein, um mitzuschreiben.

»Ja. Das Überwachungssystem in meinem Haus«, sagte Keller süffisant. »Außerdem habe ich noch Mails beantwortet. Kann ich Ihnen alle weiterleiten, wenn Sie wollen. Mit Datums- und Zeitangabe. Aber wäre es nicht zielführender, wenn Sie sich auf die Klärung der Brandursache fokussieren würden? Fleur findet keine Ruhe mehr, seit das mit Iva passiert ist.«

»In welchem Verhältnis standen Sie zu ihr?«, fragte nun Rosa.

»Zu Iva?« Keller antwortete nicht sofort. Über ihren Köpfen rollten Züge und Trambahnen, ein leichtes Vibrieren war zu spüren. »Ich kenne sie, seit sie auf das Welt ist«, sagte er und räusperte sich.

»Seit sie auf der Welt *war*«, korrigierte ihn Martin.

»Ja, unfassbar.« Er machte ein betroffenes Gesicht, doch seine Augen blieben wachsam.

»Sie pflegten Kontakt zu ihr?«

»Nur zu ihrer Mutter, aber da habe ich so einiges mitbekommen«, sagte Keller und nestelte am Verschluss seines Bauhelms. »In letzter Zeit ist Iva in die falschen Kreise abgerutscht, war dauernd auf Partys, hatte wechselnde Liebschaften, vernachlässigte ihr Studium … Das klingt jetzt vielleicht etwas altbacken, aber Fleur hat sich Sorgen gemacht. Und sie sind deswegen immer wieder aneinandergeraten.« Er blickte auf die verknoteten Kabel der Starkstromleitungen, die aus der Wand hingen und unter dem grellen Licht der Schweinwerfer Muster auf den Boden warfen. »Wir können sonst auch im Bauleitungsbüro weitersprechen …«

»Nicht nötig«, antwortete Martin. »Aber bleiben Sie in der Stadt, es kann gut sein, dass wir bald nochmals auf Sie zukommen.«

Als Rosa und Martin aus dem Untergrund traten, brauchten sie einen Moment, um sich wieder an das Licht zu gewöhnen. Zwischen Bahnhof und Hauptpost erstreckte sich ein kahler Platz, der die Leute zum Weitergehen zu zwingen schien. Rundherum ratterte Baulärm. Und es roch nach Schnee, kalkweiß und kalt.

51

Es war eine Stille, wie sie nur vorkam, wenn es in der Stadt schneite. Kinder spielten auf den schneebedeckten Wiesen des Strandbads Mythenquai, das im Winter auch ein Park war. Die Kufen ihrer Schlitten machten gedämpfte Geräusche. Eiskristalle fielen auf ihre Wollmützen, federweiße Punkte, keiner je exakt gleich wie der andere. Spuren auf dem Steg verrieten, dass Rosa Zambrano nicht die erste Eisschwimmerin an diesem Morgen war. Möwen kreisten über dem See, weiter draußen glitt eine Badehaube durchs Wasser. Wenn sie nicht alles täuschte, war das Margrit. Es gab eine ganze Gruppe von älteren Frauen, die hier schwammen. Selten alle gleichzeitig, aber alle regelmäßig. Jede kam aus anderen Gründen, sie hatten Scheidungen erlebt, Todesfälle und Krankheiten. Der winterliche See war ein guter Ort, um Probleme zu vergessen.

An einem Neujahrsmorgen vor einigen Jahren hatte sich Rosa das erste Mal vorgenommen, der Zeit einen Streich zu spielen und mitten im Winter etwas zu tun, was zutiefst sommerlich war. Und wie das manchmal so war mit der Fügung, stand bereits eine Schwimmerin vor der Parkbank, als Rosa zum Mythenquai kam, und rubbelte sich trocken. Es gebe eigentlich nur eine Regel, erklärte sie Rosa: Rein ins Wasser – und dann einfach immer ausatmen. Erstaunlicherweise war es einfacher gewesen als an einem heißen Sommertag, wenn die Kluft zwischen Wassertemperatur und Luft größer war. Ließ man sich bei vier Grad in vier Grad kaltes Wasser gleiten, dann war beides vor allem eines – kalt. Aber wenigstens gleich kalt. Die Kälte hatte Rosa gelehrt, ihrem Körper zu vertrauen.

All die Dinge, die ihn schwer machten, fielen im eisigen Wasser ab. Natürlich brannte es auf der Haut, natürlich gab es die Nadelstiche an der empfindlichen Zone am Nacken. Aber gleichzeitig war sie hellwach und klar. Und ein paar Schwimmzüge lang, oder bis zur nächsten Boje, schrumpfte alles im Leben auf das Wesentliche zusammen. Für den Rest eines solchen Eisbadetages trug Rosa einen strahlenden Schimmer und ein breites Lächeln im Gesicht.

Jetzt zog Rosa rasch Schuhe und Strümpfe aus, dann schlüpfte sie in die schwarzen Füßlinge, neben den wasserfesten Handschuhen der einzige Luxus, den sie sich gönnte. Die Kleider kamen in die Badetasche, nur ihre Wollmütze blieb auf dem Kopf. Sie setzte einen Fuß auf die frische Schneedecke, dann den anderen, ihr Herz schlug gleichmäßig in der Brust. Als sie mit den Schneeflocken unter die Oberfläche sank, breitete sich kribbelnde Gänsehaut aus, und sie erinnerte sich an die eine, einzige Regel: einfach immer ausatmen.

»Auch ein Tritt in den Hintern ist ein Schritt nach vorn«, sagte Margrit und streckte Rosa einen dampfenden Becher hin. Er roch verdächtig nach Melissengeist. Es hatte aufgehört zu schneien. Sie traten, beide bereits wieder angezogen, von einem Bein aufs andere, um sich warm zu halten, und streckten ihre Gesichter in die glitzernde Sonne.

»Du hast schon recht«, sagte Rosa, während sich ein Hauch von Enzian in ihrer Mundhöhle ausbreitete. »Ich muss Martin sagen, dass Leo wieder in meinem Leben ist. Es wäre um einiges einfacher, wenn wir nicht miteinander arbeiten würden.«

»Aber sonst läuft es gut bei der Seepolizei?«, fragte Margrit und zog den Reißverschluss ihrer roten Cowboystiefelchen zu.

»Geht so.« Rosa dachte an die vergangenen Wochen. Es fühlte sich an, als würde sie eine Schneeflocke in der Hand halten und zusehen, wie sie dahinschmolz.

»Vertraust du ihm?«

»Martin?« Rosa schlug den Schal enger um die Schultern.

»Leo meine ich.«

»Ja. Nein. Vielleicht … Keine Ahnung.« Rosa schnaubte durch die Nase, im Moment wusste sie nicht einmal mehr, ob sie sich selbst trauen konnte.

»Geduld«, sagte Margrit. »Es kommt, wie es kommen muss.« Sie erzählte, dass sie vor Jahrzehnten einen Brieffreund gehabt habe. Jahrelang hatten sie Briefe getauscht, ohne sich je persönlich zu begegnen. Vielleicht aus Angst davor, nicht wiederzufinden, was sie in den Briefen aneinander erkannten. Und dann kam das Leben dazwischen, der Kontakt brach ab. Vor Kurzem, nach dem Tod seiner Frau, musste der Brieffreund das Haus räumen. Dabei war ihm ihre Korrespondenz wieder in die Hände gefallen. Und er hatte sich ein Herz gefasst. »Jetzt fahre ich nach Wien, um ihn zu besuchen.« Sie kramte eine Tüte mit Maiskörnern hervor.

Rosa sah Margrit zu, wie sie die Möwen fütterte. Ein Bild wie ein Gemälde: die Möwenfrau mit den weißen Haaren, in weißer Wintersonne, von schneeweißen Flügeln umflattert.

52

Die Stimme hinter der Gegensprechanlage verstand nichts. Rosa Zambrano wartete, bis die Trambahn vorbeigerauscht war. Und erklärte erneut, warum sie hier war. Schließlich ging der Schlagbaum doch hoch. Im unterirdischen Parkhaus des Medienkonzerns stieg sie aus dem Wagen und sah sich sorgfältig um, wie sie es versprochen hatte, sicherheitshalber. Doch es war niemand sonst auf der Etage. Rasch nahm sie den Lift und fuhr ohne Halt hinauf ins siebte Stockwerk des hölzernen Skelettbaus.

Ein paar Minuten später stand Rosa mit Clara Caduff auf einer leeren Terrasse. Graublaue Rauchfahnen wehten aus den Kaminen, Schnee tropfte von der Dachrinne. Die Journalistin hatte sich überraschend bei Rosa gemeldet. Stellas Worte hatten ihre Wirkung offenbar nicht verfehlt.

»Stefan Balz?« Rosa schüttelte ungläubig den Kopf. Der mit der Fischaugenbrille, wer hätte das gedacht.

»Werde ich aussagen müssen?«, fragte Caduff. Milchiges Licht schien auf ihr blasses Gesicht mit den feinen Muttermalen.

»Wenn wirklich er es war, der Ihnen vertrauliche Informationen durchgestochen hat …«

»Ich habe Dokumente, die das beweisen.«

»Denken Sie, die Staatsanwältin war darüber im Bild?«

»Nein. Er hat wohl auf eigene Faust gehandelt. Und ich war froh über die Titelseite. Wissen Sie, hier werden im Quartalstakt Leute entlassen.«

»Verstehe.« Rosa wusste, dass der Medienkonzern, zu dem auch der *Stadt-Anzeiger* gehörte, in den letzten Jahren geschluckt hatte, was es im Zeitungsgeschäft zu schlucken gab. Eine wirtschaftliche Erfolgsgeschichte. Wäre da nicht eine Leiche im Keller: der Journalismus. Die Verlegerfamilie wuchs mit jeder Generation an. Und könne, hieß es hinter vorgehaltener Hand, den Lebensstil der immer zahlreicheren Erben nur mit einer kompromisslosen Reduktion der Kosten aufrechterhalten. So war die Arbeit zu einem regelrechten Stuhltanz verkommen: Jeder wollte einen freien Platz ergattern, wenn die Musik stoppte.

»Was mit Karl Jost passiert ist, hat mich ziemlich mitgenommen. Ich war zuerst felsenfest überzeugt, dass er den Brand gelegt hatte. Der Feuerteufel aus dem Tösstal, es passte alles so gut zusammen. Aber letzten Endes passte nur, dass er zur falschen Zeit am falschen Ort war.« Caduff zog ein zerknülltes Taschentuch aus der Innentasche ihres Trenchcoats. »Ich habe die letzten Tage recherchiert. Er wollte weg aus Zürich, nach Südamerika. Hatte offenbar schon ziemlich konkrete Reisepläne. Das weiß ich von einem Freund von Jost, er kocht in der *Spanischen Bodega*.«

»Tatsächlich?« Rosa hob eine Augenbraue. »Vor ein paar Wochen war Jost noch komplett mittellos. Sein Hab und Gut befindet sich immer noch bei uns in der Asservatenkammer.«

Die Journalistin schnäuzte sich. »Im Stadtparlament gibt

es seit seinem Tod Gerüchte, in den Gängen wird getuschelt.« Es begann damit, erklärte Caduff, dass der Clochard in ein Weihnachtsessen von Parlamentsmitgliedern reingeplatzt sei und sich gebrüstet habe, er wisse, was in der Brandnacht am Hafen passiert sei. Er behauptete, in der Zeitung zwei Männer wiedererkannt zu haben, die bei der Städtebaupolitik groß mitmischten. »Der eine ist Manfred Engler, der mit dem Boot, auf dem die Leiche gefunden wurde. Und der andere heißt Boris Keller. Die beiden Mit-Initianten von Urban Utopia, da ist ja in ein paar Wochen Abstimmung.« Daraufhin hätten einige Parlamentarier begonnen, Erkundigungen einzuziehen. Leute am rechten Rand des Gemeinderats, die schon immer gegen das Projekt waren, weil sie den alten Tunnel viel lieber wieder für den Autoverkehr nutzen würden als für Fahrräder – wie übrigens auch große Teile des Kantonsparlaments, da gebe es zwischen Stadt und Kanton Meinungsverschiedenheiten. Auf jeden Fall stießen sie bei ihren Recherchen offenbar auf Ungereimtheiten bei der Finanzierung von Urban Utopia. Nun forderten sie eine politische Untersuchungskommission, um das Vergabeverfahren zu durchleuchten. Die Journalistin blickte auf die schlammbraune Sihl hinab, die weiter vorne beim Hauptbahnhof unter den Gleisen verschwand. »Und mittendrin die Nachricht, dass derjenige, der den Stein ins Rollen gebracht hat, auf offener Straße erschlagen wurde. Ich schreibe gerade ein Porträt über Lisa Sulzer.« Caduff verschränkte die Arme. »Sie ist nervös.«

Rosa löste ihren Blick von dem an den Rändern gefrorenen Fluss. »Das wäre ich an ihrer Stelle auch.«

53

Die Sihl floss dem künstlichen Wasserfall entgegen, vom bedrückenden Dach der Hochstraße befreit. Auf dem Sportplatz nebenan stand Martin am Rand der Tartanbahn, die mit dem Schneepflug geräumt worden war. Er trug Funktionskleidung in mehreren Schichten. Atem dampfte vor seinem Mund.

»Ich dachte eigentlich immer, ich sei von uns beiden der mit den Bindungsschwierigkeiten«, sagte er.

Seit Wochen schlichen sie nun um den heißen Brei herum, was ihrer Zusammenarbeit nicht eben dienlich war. Auch darum hatte Rosa ihn nach dem Besuch im Medienhaus gleich angerufen und ein Treffen vorgeschlagen.

»Wie soll ich das nur erklären?« Sie rang mit sich. Sie hasste es, andere zu verletzen, lieber nahm sie in Kauf, dass sie selbst verletzt wurde. »Vielleicht war ich so lange mit Leo zusammen, weil ich gar nicht in der Lage bin, jemanden zu verlassen«, versuchte sie es.

»War das nicht abgeschlossen?« Martin machte einen Ausfallschritt und stützte die Arme an einem Baum ab.

»Das dachte ich ja auch.« Sie folgte ihm und lehnte sich an den Stamm. Suchte seinen Blick, doch er sah zu Boden, auf die Spitze seiner Laufschuhe. Sie wusste zwar, dass Martin nicht der ideale Gesprächspartner war, um über ihr

Hadern mit ihrer letzten Beziehung zu sprechen, doch es ging nun mal nicht anders. »Aber es lässt mich nicht los. Leo will, dass ich mit ihm nach Rom komme.«

»Und was machst du dann da?«

»Keine Ahnung, wieder unterrichten? Es gibt eine deutsche Auslandsschule da, die suchen fast immer Leute.«

»Und was passiert mit uns?«, fragte er kurz und schmerzlos, und sie dachte daran, was ihr so ein *Wir* vor ein paar Monaten noch bedeutet hätte. »Ist es wirklich das, was du willst? Du bist doch Polizistin mit Leib und Seele. Und dein Garten?«

»Ich weiß auch keine schlaue Antwort, außer vielleicht, dass ich mir immer schon Kinder gewünscht habe. So lange gehofft habe und allein mit dieser Hoffnung zurückblieb, als Leo ohne mich nach Afrika ging.« Rosa biss sich auf die Unterlippe.

»Das hast du mir nie so gesagt, Rosa. Wie soll ich denn so was verstehen?«, sagte Martin. »Ich weiß auch nicht, wie ich darauf reagiert hätte, aber …« Sein Blick blieb am Kinderspielplatz auf der gegenüberliegenden Flussseite hängen. »Komm, wir gehen ein paar Schritte.«

Das Rauschen des Wassers vermischte sich mit dem entfernten Rauschen der Autobahn und dem gelegentlichen Rattern von Zügen, als sie der Platanenallee am Flussufer folgten. Dass es gerade keine Worte brauchte, fühlte sich für Rosa ganz gut an. Hunde tummelten sich auf der Uferböschung, und in der Mitte der Sihl stand ein Fischreiher bewegungslos auf einem Stein. Über ihm, getragen von zwei mächtigen Betonstützen, ragte das Ende des Ypsilons in die Luft. Ein Brückenstummel, der ins Nichts führte. Nur begrenzt von einer grünen Mauer, an der es immer wieder zu Unfällen gekommen war, weil die Autobahn einfach aufhörte. Daneben gingen zwei weitere Hochstraßen ab, die links und rechts davon in die Stadt hinein- und östlich aus ihr hinausführten, in Richtung Graubünden.

Als sie das große Einkaufszentrum auf dem Gelände einer ehemaligen Papierfabrik erreicht hatten, griff Martin unvermittelt nach ihrer Hand. »Egal, wie du dich entscheidest, ich bin da.« Sie umarmten sich, sein Stoppelbart kitzelte an ihrer Wange. »Aber du schleichst dich nicht weg, bevor wir den Fall Iva Schwarz abgeschlossen haben. Sonst kriegst du Ärger. So großen Ärger wie Stefan Balz. Mindestens.«

Rosa lachte. »Ich bin gespannt auf Rysers Reaktion, wenn sie erfährt, dass das Informationsleck aus ihrem nächsten Umfeld stammt.«

»Sie wird sich wohl rechtfertigen müssen, Sorgfaltspflicht und so.«

»Das Angebot für die Stelle … Ob es noch gültig ist?«

»Ich habe zumindest nichts Gegenteiliges gehört«, sagte Martin. »Aber dieser Fall ist wirklich frustrierend, auch für Ryser. Seit Wochen kein Fortschritt. So viele DNA-Proben haben wir genommen, und keine passt.«

»Vielleicht hat der Vergewaltiger – wenn Iva Schwarz tatsächlich vergewaltigt wurde – einfach zu gute Vorkehrungen getroffen, um keine Spuren zu hinterlassen«, mutmaßte Rosa und sah dem Aluminiumkoffer unter der Hochstraße zu, der an einer Station mit Flusswasser befüllt wurde und dann an einer Schiene seine Runden drehte, während sein Inhalt durch ein kleines Loch im Kofferboden zurück in die

Sihl floss. Wofür auch immer Roman Signers Kunstwerk stehen mochte, die schleppenden Ermittlungen fühlten sich derzeit genau so an.

»Und dann haben wir jetzt noch einen Clochard, der lauthals behauptet, etwas zu wissen, einen kleinen politischen Tumult, eine nervöse Stadträtin«, setzte Martin nach einer Pause nochmals an. »Und kurz darauf schlägt man Jost zu Brei. Welches Wissen hat ihn wohl das Leben gekostet?«

»Das ergibt doch alles keinen Sinn«, entgegnete Rosa. »Engler und Keller haben ja nie verheimlicht, dass sie nebenan im Seebad gewesen sind. Außerdem: Ihr Wort gegen das eines betrunkenen Penners? Keine Chance vor Gericht.«

»Nur mal angenommen«, dachte Martin laut nach, »dass Engler aus irgendeinem Grund an dem Abend auf seine Yacht gegangen ist. Und dort Iva Schwarz vorfand? Vielleicht dachte er, sie ist tot und dass sein Sohn dafür verantwortlich ist. Vielleicht glaubte er tatsächlich an eine Art Unfall beim Liebesspiel.«

»Hmmm …«, machte Rosa. »In den Aufnahmen von der Vernehmung ist er jedenfalls ziemlich auf Ivas Lebenswandel herumgeritten. Aber irgendetwas muss zwischen Iva und Ruben passiert sein, sonst hätte Ruben die *Amethyst* kaum so Hals über Kopf verlassen und das Essen verschenkt.«

»Ein kleines Feuer legen, um die Spuren des Filius zu verwischen … Das würde zumindest zur Familientradition passen, Geld und Macht und Skrupellosigkeit«, sagte Martin, seinen alten Antipathien treu bleibend. »Es wäre auch interessant zu wissen, woher die Verletzung auf Rubens Stirn tatsächlich stammte. Das mit dem Fahrradunfall nehme ich ihm nicht ab.«

»Wir müssen nochmals mit ihm sprechen«, sagte Rosa bestimmt. »Und zwar nicht in einem Verhörzimmer, sondern irgendwo in ungezwungenerer Atmosphäre. Und Keller, was ist mit dem?«

»Zuerst die Englers«, sagte Martin. »Denn zufälligerweise weiß ich, was Ruben heute Abend vorhat.« Er grinste. »Wie lange brauchst du, um dein Fahrrad zu holen?«

54

Die Rückeroberung der Straße begann mit Tausenden von Fahrradklingeln, die gleichzeitig betätigt wurden. Dann setzte sich die Demonstration in Bewegung, und die Szenerie vor dem Bürkliplatz erinnerte in der Abenddämmerung an den magischen See in *Chihiros Reise ins Zauberland.* Es gab illuminierte Fahrradräder, die sich drehten, an Anhänger geschraubt, Lichter an Helmen, Körben und Gepäckträgern. Ein Typ mit langen Haaren und Rollschuhen blies eine Trompete, der Rest seiner Band war auf verschiedene Lastenräder verteilt, die ihm langsam folgten, auch sie mit Lichterketten geschmückt. Über ihren Vorderrädern wachten Galionsfiguren, bunte Tukane aus Pappmaché. Die Menge bildete sich scheinbar aus dem Nichts, es gab keine vorher festgelegte Route. Der Schwarm entschied, wo es langging. Mit ihrem bloßen Auftreten forderte die *Vélorution,* die es nicht nur in Zürich gab, sondern auch in San Francisco, Tel Aviv, Prag oder Berlin, mehr Rechte für die Radfahrer und Platz in den Städten. Und stellte auch die grundsätzliche Frage, ob der öffentliche Raum nicht dem motorisierten Individualverkehr entzogen und ganz anders genutzt werden sollte.

»Brauchen die keine Bewilligung?«, fragte Rosa.

»Da sich die Menschen spontan versammeln, nein. Doch

die Kollegen behalten das Ganze im Auge. Solange nur eine Fahrbahn blockiert wird, schreiten sie nicht ein …« Martin deutete auf mehrere Beamte der Stadtpolizei, die dem Umzug, ebenfalls auf Fahrrädern, ihr Geleit gaben. Dann schloss er zu Rosa auf, bis sich ihre Vorderräder auf gleicher Höhe befanden. Sie folgten dem Zug über die Brücke zum Bellevue und dann das Limmatquai entlang. Rosa blickte zu den beleuchteten Doppeltürmen des Großmünsters hinauf. Tauben saßen auf Vorsprüngen, unbeeindruckt vom grimmigen Gesichtsausdruck Karls des Großen, der etwa in der Hälfte des vorderen Turms auf seinem Thron saß und mit steinernen Augen zum Bürkliplatz blickte, dem Ausgangspunkt der Demonstration.

Von den Kirchtürmen schlug es gerade sieben, als sie ein Musikwägelchen entdeckten. Ruben Engler trat in die Pedale, auf seinem Anhänger stand eine Lautsprecherbox, aus der elektronische Musik schallte. Darauf hatte er eine Fotografie von Iva befestigt, mit einem schwarzen Trauerband, aber rund herum war alles leuchtend bunt dekoriert wie ein mexikanischer Hausaltar am *día de los muertos*. Als Ruben sie erblickte, hielt er unter den Arkaden an.

»Sie machen jetzt hier nicht ernsthaft mit? Zwei Bullen an der *Critical Mass*?«, fragte er ungläubig und auch ein wenig belustigt, während die Demonstration in Richtung Central weiterzog.

»Wir waren zufällig in der Nähe«, sagte Martin. »Aber es trifft sich ganz gut, dann können wir uns unterhalten.«

»Können, ja«, gab Ruben zurück. »Müssen muss ich aber nicht.« Er stieg wieder auf den Sattel. »Und wollen schon gar nicht.«

»Haben Sie Angst, dass Ihr Vater Sie sonst wieder verprügelt?«, fragte Rosa scharf, einer Eingebung folgend. »Die Verletzung, vom letzten Mal. Das war kein Unfall, nicht?«

»Ich wohne jetzt bei Mascha«, erwiderte Ruben, ohne darauf einzugehen. Er blickte zu seiner Begleiterin mit den dunklen Augen und der weißen Wollmütze. Am Lenkerkorb ihres Fahrrads steckten Stoffblumen, leuchtende Lilien in verschiedenen Rottönen.

»Wirklich seltsam. Warum kauft eigentlich jemand zwei Flaschen italienischen Schaumwein, fast so teuer wie Champagner, und wirft sie ungeöffnet ins Hafenbecken?«, wechselte Martin das Thema.

»Vielleicht hatte jemand Angst vor einem Kater?«, sagte Ruben Engler. »Vielleicht hat jemand eine Wette verloren?«

»Vielleicht hat jemand auch etwas gesehen, das ihn wütend gemacht hat?«, fragte Martin und ließ dabei Rubens Freundin nicht aus den Augen, die prompt leicht zusammenzuckte.

»War Ihr Vater an jenem Abend ebenfalls auf der *Amethyst*?«, setzte Rosa hinterher.

»Warum spreche ich überhaupt mit Ihnen?« Ruben kontrollierte den Sitz seines Fahrradhelms. »Wir fahren, Mascha.«

Doch die blieb stehen, als ob sie innerlich einen Kampf austrüge. Aber im Prinzip hatte sie schon entschieden. »Ich finde, wir müssen es ihnen sagen. Das sind wir Iva schuldig.«

55

Mondlicht flutete den spiegelglatten See bis zur Hügelkette, die dunkler war als das Firmament darüber. Ohne lange nachzudenken, bog Rosa Zambrano ab und fuhr auf den Schiffssteg hinaus. Spinnennetze zitterten an den Laternenpfählen, gelbes Licht fiel auf den vor Salz glitzernden Asphalt. Ganz vorne angelangt, stieg Rosa vom Fahrrad und lehnte es an das Geländer. Unter dem Steg schwebten schlafende Schwäne im Dunkel, die orangen Schnäbel unter den Schwingen versteckt. Das Gespräch hatte am Ende doch länger gedauert. Die Freundin von Iva, die nun auch die Freundin von Ruben war, schien erleichtert, endlich davon erzählen zu können. Offenbar hatte Iva einen eigenen Klub eröffnen wollen und war ihrem Ziel schon ziemlich nahegekommen. Über die genauen Umstände hatte sich Iva zwar ausgeschwiegen, aber Mascha wusste, dass sie einen älteren Geschäftsmann über Monate bearbeitet und schließlich dazu gebracht hatte, ihr ein leer stehendes Industrieareal zur Zwischennutzung zu überlassen und sich sogar an der Erstfinanzierung für den Klub zu beteiligen.

»Das kann nur Boris Keller sein«, sagte Ruben.

Mascha fuhr fort: »Auf jeden Fall war Iva in den Tagen vor ihrem Tod deswegen euphorisch, geradezu manisch.«

Nachdem Mascha alles erzählt hatte, was sie wusste, packte auch Ruben aus. Das schlechte Gewissen stand ihm dabei ins Gesicht geschrieben. Klar, es sei eine eindeutig sexuelle Situation gewesen, die er durch das Bullauge beobachtet habe. »Doch ich habe das Ganze offenbar total falsch eingeschätzt. Das kann ich mir nicht verzeihen. Den Mann habe ich zwar nicht erkannt, aber ...«

Lange hatte Rosa sich gefragt, was all die Ereignisse rund um Iva Schwarz' Tod verband. Immer schien ihr, als ob irgendein Element fehlte. Jetzt war sie sich sicher, dass Boris Keller eine wichtige Rolle spielte. Zwar hatte er ein Alibi für die Zeit im Seebad, aber aufgrund der Nähe zum Hafen ließ sich das nicht lückenlos nachweisen. Auch wenn die Aufzeichnungen seiner Überwachungsanlage den angegebenen Ablauf des Abends stützten. Vielleicht war es ihm um Sex oder auch um Dominanz gegangen. Aber ganz gewiss war da etwas zwischen ihm und Iva gewesen, das er bis jetzt aus irgendwelchen Gründen verheimlicht hatte.

Ein einsamer Schwan glitt unter dem Geländer des Schiffsstegs hervor. Es war der eine, der über den Schlaf der anderen wachte. Gleich morgen in der Früh würden sie die Staatsanwältin aufsuchen. Und bei der Gelegenheit würde sie mit ihr über den Job sprechen. Denn langsam, aber sicher musste sie sich entscheiden. Das war sie Andrea Ryser und auch ihrem Chef schuldig. Das war sie Leo schuldig – und vor allem sich selbst. Rosa blickte auf die mondhelle Seeoberfläche, dann zurück auf die schlafende Stadt und fühlte plötzlich eine große Klarheit.

»Was für ein Unsinn«, sagte Boris Keller, als die Staatsanwältin ihm am frühen Nachmittag ein gelbes Schreiben überreichte. Er baute sich im Türrahmen auf und sah nicht so aus, als würde er sie ohne Weiteres einlassen. »*In der Strafuntersuchung gegen den Unternehmer Boris Keller, Dr. phil., betreffend Brandstiftung mit Todesfolge etc. wird verfügt: Es wird eine Hausdurchsuchung vorgenommen am Wohnort des Angeschuldigten.*«

Doch Keller trat zur Seite. »Wenn Sie unbedingt müssen.« Er ließ sich in einen quadratischen Sessel fallen, der in der großzügigen Diele seines Atelierhauses stand, auf einer Waldlichtung hoch oben am Zürichberg. Während die Spezialisten ihre Koffer auspackten und sich an die Arbeit machten, zog Martin ein Röhrchen hervor und hielt es Keller hin. »Iva Schwarz wurde vermutlich kurz vor ihrem Tod vergewaltigt. Wir konnten eine DNA-Spur des mutmaßlichen Täters isolieren. Was werden wir finden? Einen Treffer?«

Keller ging zur chromstahlglänzenden Garderobe und zog Lederhandschuhe aus einer Kommode. »Bevor ich mit meinem Anwalt gesprochen habe, mache ich gar nichts dergleichen.«

»Wenn Sie nichts zu verbergen haben … Wo ist das Hindernis?«, bohrte Martin weiter.

Aber Boris Keller legte nur wortlos einen Wollschal um.

»Dann macht es Ihnen bestimmt nichts aus«, sagte Martin kühl, »sich heute am Nachmittag für einen DNA-Test auf der Wache am Mühleweg einzufinden. Ihr Anwalt darf gerne mitkommen.«

»Kann ich in der Zwischenzeit wenigstens an die frische

Luft?« Boris Keller deutete hinauf zu den dunklen Baumsilhouetten hinter seinem Gartenzaun. »Sie verstehen sicherlich, dass ich mir das nicht auch noch ansehen will.«

Rosa beobachtete, wie die Staatsanwältin kurz überlegte und dann ihre Einwilligung gab. Denn sie hatten außer der Zeugenaussage von Mascha und Ruben nicht viel gegen ihn in der Hand. Und mussten dringend etwas finden.

Zwei Stunden später gab es keinen Winkel des Hauses, den sie nicht inspiziert hatten. Selbst Sessel und Sofas waren umgedreht worden, um sicherzustellen, dass sich nichts in der Polsterung verbarg. Das Geschirr stapelte sich auf dem Esstisch. Und das Innere des Kleiderschranks lag auf dem Boxspringbett verteilt, selbst die Ärmel der vielen Anzüge, die fast alle gleich aussahen, waren nach außen gekehrt. Aber das Wichtigste: Sämtliche geschäftlichen und privaten Ablagen, Korrespondenzen und Kalender von Keller lagen gespiegelt auf den Rechnern der Spezialisten. Damit ließe sich etwas machen.

»Ich fahr noch zum Forellensteig«, sagte Rosa. »Ich muss endlich mit Fred sprechen.«

»Du hast dich also entschieden?«, fragte Martin postwendend. Und schien sich ehrlich zu freuen. »Dann kümmere ich mich um den Testtermin mit Keller.«

56

Boris Keller schritt die Kastanienallee zwischen den Grabfeldern entlang, die auf dem Platz vor dem alten Krematorium endete. Er presste die Lippen zusammen. Seit dieser Clochard in der *Bodega* herumkrakeelt hatte, entglitten ihm die Dinge zunehmend. Dabei hatte es gerade erst noch so ausgesehen, als ob sich alles regeln ließe. Auch wenn ihn das ziemlich was gekostet hatte. Und es nicht so gedacht war, dass er gleich stirbt. Wolken zogen sich über dem weißen Himmel zusammen, er schlug die Kapuze seiner Jacke hoch. Die Staatsanwältin war hart geblieben, und auch sein Anwalt hatte es nicht geschafft, mehr Zeit rauszuschlagen. Es war ihm zwar nicht klar, wie lange genau die Auswertung seiner Probe dauern würde, aber er musste schnell handeln.

Fleur hatte sich zuerst geweigert, ihn und Lisa Sulzer hier zu treffen. Sie war kaum wiederzuerkennen, seit sie sich auf ihrem Rachefeldzug befand. Verbissen und hart verweigerte sie sich rationalen Argumenten. Doch er hatte auf dem Treffen hier auf dem Friedhof beharrt, denn für seinen Plan war es wichtig, dass sie ihre Trauer mit voller Wucht zu spüren bekam. So leid es ihm auch tat, sie mussten Manfred nun ans Messer liefern. Nur Manfred. Sonst würde er alles verlieren, würde er sie verlieren. Jetzt, wo

Fleur sich ihm endlich geöffnet hatte – das wollte er um jeden Preis verhindern. Sie würde denken, er habe das verdammte Boot angezündet. Doch vielleicht war die mysteriöse Probe auch nicht von ihm, er hatte ja eigentlich dafür gesorgt, dass es keine Spuren gab, auch wenn seine Erinnerung gewisse Lücken aufwies. Er hatte Ivas Fahrrad beim Bootssteg gesehen und gleich darauf, wie Ruben den Hafen verließ. Und als sie ihn dann herausgefordert hatte, als wäre sie ihm überlegen, waren bei ihm die Sicherungen durchgebrannt. Diese Schnapsidee mit dem Klub, die Treffen in dem Hotel. Glaubte sie wirklich, dass er ihr das Grundstück im Westen der Stadt auf die Art und Weise überließ? Für ein paar schäbige Rendezvous mit halbherzigem Beischlaf und ein paar Fesselspielen? So ein dummes, durchtriebenes Luder. Ganz was anderes als ihre Mutter. Auch wenn sie der jungen Fleur so ähnlich sah, dass es wehtat. Wer weiß, wen Iva sonst noch getroffen hatte an dem Tag – er musste jetzt einen kühlen Kopf bewahren. Keller starrte auf die Wasserfläche des Steinbeckens vor dem alten Krematorium mit seinen Medusenköpfen, dem Vogelgreif und den anderen Mischwesen, die die Zwischenwelt symbolisierten, in der sich die Toten bis zu ihrer Bestattung befanden. Wenn Manfred ein Geständnis unterschrieb, dann ließe sich schon eine Erklärung finden …

»Es braucht jetzt eine saubere Abgrenzung«, sagte Sulzer und sah sie abwechselnd an. Eisige Regentropfen schlugen ihnen ins Gesicht. »Diese Journalistin, die Caduff, schnüffelt überall herum. Die Autolobby ruft nach einer Untersuchungskommission, und jetzt auch noch eine Hausdurchsuchung bei dir, Boris, das sieht einfach nicht gut aus. Was ist da los?«

Über Fleur Rochats Kopf bewachten zwei Sphinx-Figuren das Tor. »Es ist Manfred, er dreht komplett durch«, sagte sie. »Keine Ahnung, was der alles herumredet. Er hat auch Iva durch den Schmutz gezogen, um von sich selbst abzulenken.«

»In gut einem Monat ist die Abstimmung«, sagte Sulzer und trat einen Schritt zurück, in den Schutz der Arkade. »Ihr müsst ihn in den Griff kriegen.« In der Mauer hinter ihr gähnten Lücken, Platz für weitere Urnengräber.

»Wir sind dran«, erwiderte Fleur Rochat und sah hinauf zur bewaldeten Krete des Uetlibergs, als halte sie den Blick auf die Gräber nicht aus. »Aber es wird noch einen Moment dauern.«

»Das reicht nicht. Einige Parlamentarier planen schon Vorstöße, um die Abstimmung zu stoppen.«

»Wir könnten in die Offensive gehen und selber eine Anwaltskanzlei beauftragen, um die Vorwürfe abzuklären«, versuchte Boris Keller zu beruhigen. »Das würde den Gegnern den Wind aus den Segeln nehmen. Und Nachforschungen der politischen Untersuchungskommission in die Länge ziehen. Sollte das nach der Abstimmung überhaupt noch ein Thema sein. Manfred ist beinahe am Ende, wenn wir den Druck ein wenig erhöhen, dann schalten sich die defekten Teile von allein aus.«

»Egal. Selbst wenn das Projekt beim Stimmvolk durchkommt, bleibt nach so einer Geschichte immer was hängen«, sagte Sulzer, deren Make-up heute stärker war als sonst.

»Ach, komm, kein Hahn wird mehr nach der Geschichte

krähen, wenn der erste Spatenstich gemacht wurde«, sagte Fleur.

»Da wäre ich mir nicht so sicher. Wenn es hart auf hart kommt, werdet ihr zur Verantwortung gezogen. Ihr seid die Projektentwickler.«

»Jetzt mal halblang, Lisa«, unterbrach Keller. »Du warst im Verwaltungsrat der Bank, oder etwa nicht? Du wusstest genau, was es mit Manfreds Sicherheiten für den Kredit auf sich hatte. Und doch hast du alles durchgewinkt.« Er dachte an das Englersche Immobilienportfolio: die Liegenschaften in Helsinki, New York und Tel Aviv, überall dort, wo sich mit überteuerten Mieten gutes Geschäft machen ließ. Das hatte ihnen in der Wettbewerbsphase den Vorab-Kredit gesichert. Zu dumm nur, dass Manfred all die Filetstücke zu dem Zeitpunkt schon wieder verkauft hatte, um in »todsichere Fonds« zu investieren. Mit dem bekannten Ergebnis.

»Keine Ahnung, wovon du sprichst« Sie schob die Unterlippe vor. »Ich habe meine Sorgfaltspflicht zu keinem Zeitpunkt verletzt.«

»Ohne deine schützende Hand wären die Besitzurkunden kaum von der Bank beglaubigt worden. Übrigens die einzige Bank im Land, und eine der wenigen weltweit, die mit Triple A zertifiziert ist. Das hat bei Manfred fast schon diebische Freude ausgelöst.«

Sulzer zog einen kleinen Regenschirm aus ihrer Handtasche und spannte ihn auf. »Regelt eure Angelegenheiten«, sagte sie und trat unter den Arkaden hervor. »Wir können kein zusätzliches Risiko mehr tragen.«

»Und dann knackst du trotzdem den großen Jackpot

nach der Abstimmung? So läuft das nicht: Ohne Risiko kein Deal«, rief er ihr hinterher.

Sie drehte sich nicht einmal mehr um. Alle drei wussten auch so, dass Sulzer von der gewonnenen Abstimmung profitieren würde, nicht nur politisch. Es gab eine Firma in Liechtenstein, die einen kleinen, aber nicht unwesentlichen Anteil der im Vorfeld von Urban Utopia gegründeten Holding besaß. Und die über diverse Zwischenstrukturen Lisa Sulzer gehörte. Auch wenn sie jetzt kalte Füße bekam: Sie hing genauso mit drin.

57

D as ist doch unsere Georgina«, sagte Rosa und hielt den Zeitungsausschnitt näher an die Augen. Die Schnappschüsse mit den Schatten in der flachen Uferzone waren zwar verschwommen, aber sie ließen sich offenbar hervorragend in die Berichterstattung über das Geisterhaus am See einbetten. Obwohl es sich eindeutig um eine Welsdame handelte und nicht um ein Phantom.

»Ist denn die ganze Stadt verrückt geworden?«, fragte Karim, der ihr über die Schulter blickte.

Sie ließ die Zeitung sinken. Fred hatte sie ihr am Ende des Gesprächs mitgegeben, in dem sie ihm gesagt hatte, dass sie das Stellenangebot von Andrea Ryser annehmen würde.

»Georgina kommt schon so viele Jahre zum Laichen in den Schilfgürtel neben der Werft. Nie hat das jemanden interessiert.« Karim ging kopfschüttelnd in Richtung Dienstküche, wo eine fast volle Kanne Filterkaffee auf der Wärmeplatte stand. »Unser karierter Freund hat übrigens Verstärkung bekommen«, fuhr er fort, als er sich eine Tasse eingeschenkt hatte. Karim erzählte von einer Truppe Geisterjäger, die am linken Zürichseeufer allen einen Besuch abstattete, die glaubten, eine ruhelose Seele im Haus zu haben.

»Klingt so, als hätte er etwas gegen die Einsamkeit gefunden«, erwiderte Rosa. »Aber sie können das unmöglich ernst meinen.«

»Tja, sie sind auf jeden Fall mit ziemlich viel technischem Schnickschnack auf dem verlassenen Grundstück am See aufgetaucht. Hatten Nachtsichtgeräte dabei. Antennen, irgendwelche Laserfallen, die auf Berührungen und Bewegungen reagieren, und weiß der Kuckuck was sonst noch.«

»Und das alles, weil die alten Nachbarinnen nach einem Glas Eierlikör zu viel die tote Besitzerin des Geisterhauses gesehen haben wollen.« Rosa schenkte sich ebenfalls Kaffee ein. »Weißt du was? Mittlerweile glaube ich, dass es schlicht und einfach Elenor Engler war, die sie gesehen haben. An dem Morgen, als sie sich in ihrem Seidenkleid im See ertränken wollte.«

»Viel Technik für banale menschliche Ängste also«, resümierte Karim. »Wie damals, als angeblich dieser schwarze Panther durch das Mittelland schlich.«

Auch Rosa erinnerte sich noch: Verwackelte Schnappschüsse, Fotofallen und unzählige Stellungnahmen von selbst ernannten Experten hatten die rätselhafte Raubkatze zum Star gemacht, was auch am Sommerloch gelegen haben mochte. »Und jetzt?«, fragte sie.

»Abwarten, bis wieder Vernunft einkehrt.« Er nahm ihr die Zeitung ab, faltete sie zusammen und ging zur Altpapiersammlung. »Nichts ist älter als die Nachrichten von gestern.«

»Pragmatisch wie immer«, sagte sie lächelnd. »Wie geht's eigentlich zu Hause?«

»Du meinst in Boomtown Leimbach?« Er drehte die

Tasse in seinen Händen, dann trank er den letzten Schluck. »Wir kaufen uns jetzt einen Campingbus, denn einen Standortvorteil gibt es: Die Autobahn ist nie weit weg. Aber geh nur ran …«

Rosa fischte ihr Telefon aus der Tasche, das schon zum zweiten Mal klingelte. Es war Martin.

»Bist du noch am Forellensteig? Halt dich fest«, sagte er, als sie abnahm. »Wir haben auf Kellers Rechner Hotelzimmerrechnungen gefunden. Die Termine stimmen mit den geheimnisvollen Treffen aus Iva Schwarz' Kalender überein.«

»Transit? Und was ist mit seiner DNA-Probe?«, erkundigte sich Rosa.

»Das Ergebnis sollte jeden Moment kommen.«

58

Immer wieder sah Elenor auf das Telefon. Sie hatte fest
damit gerechnet, dass er sie auf ihre Nachricht hin zu-
rückrufen würde. Auch wenn ihre Affäre längst vorbei war,
das war er ihr schuldig. Doch nichts tat sich. Jeder Mensch
hatte eine dämonische Kehrseite, aber Boris Keller hatte
zwei. Weiße Stellen bildeten sich auf ihren Fingerknöcheln,
als sie die Hände zusammenpresste und versuchte, tief in
den Bauch zu atmen. Was für ein boshaftes Spiel das war,
mit dem er und Fleur nun ihren Mann zum Sündenbock
machen wollten. Manfred hatte sich von den beiden be-
nutzen lassen. Immer war ihm der Schein nach außen das
Wichtigste gewesen, wie er auf andere wirkte. Zeig mir, was
du hast, und ich sage dir, wer du bist. Es hatte ihn zu immer
waghalsigerem Verhalten angetrieben. So hatte er das Haus
fast verloren, das Vermögen verspielt. Eigentlich war sie es,
die allen Grund hatte, ihm zu misstrauen. Nicht Fleur und
schon gar nicht Boris. Doch selbst der größte Kummer
versank mit der Zeit in Bedeutungslosigkeit. Sie kannte das
alte Dreieck aus Traurigkeit, Machthunger und Gier, in das
er sich nun schon mehr als sein halbes Leben verbissen
hatte. Sie hatte sich ja selbst sehenden Auges hineinbege-
ben. Doch in den letzten Wochen hatte sie gelernt, dass der
Boden sie zu tragen vermochte. Dieses Mal war die Tren-

nung von ihrem Mann endgültig. Es war ihr nicht entgangen, wie übel er Ruben zugerichtet hatte. Aber selbst wenn sie sich nie mehr in Manfreds Abhängigkeit begeben würde, so wollte sie doch nicht zulassen, dass die beiden anderen ihn zerstörten. Außerdem konnte sie Boris, nach allem, was zwischen ihnen war, nicht einfach so davonkommen lassen …

Sie hatte schon im Herbst die Veränderung bemerkt, als Iva begonnen hatte, ihn wie eine Lolita zu umgarnen. Am Ende war sie wie ihre Mutter, knallhart und immer auf den eigenen Vorteil bedacht. Elenor hatte es Boris auf den Kopf zugesagt und ihn gewarnt, dass das ein gefährliches Spiel war. Er hatte abgestritten, dass irgendetwas zwischen Iva und ihm lief, bei den Treffen gehe es um Geschäftliches. Aber sie hatte ihm nicht geglaubt. Die Rochat-Frauen nahmen sich, was sie wollten – und sie selbst landete auf dem Abstellgleis. Dabei war es nicht einmal so, dass die Affäre mit Boris ihr gutgetan hätte. Manfred mit ihm zu betrügen, das war eher wie den Teufel mit dem Beelzebub auszutreiben. Dennoch ergänzten sich ihre Bedürfnisse eine Weile lang: Sie hatte einen Gefährten und nahm obendrauf Rache an ihrem Gatten, und Boris hatte ein neues Machtobjekt, das er lenken und dominieren konnte. Aber natürlich hatte es nicht lange gedauert, bis die krankhaften Auswüchse des Verhältnisses hervortraten. Und zu dem Zeitpunkt, als Boris die Sache dann beendete, hatte sie längst jeglichen Halt verloren. Sie driftete nur noch durch die Tage und Nächte. Bis zu jenem Morgen am See.

Nachdem Fleur sie in der Klinik besucht hatte, war Elenor ebenfalls überzeugt gewesen: Einen Denkzettel für das, was Manfred all die Jahre mit ihrem Sohn und ihr angestellt hatte, den sollte er bekommen. Als sein Geist aber nach einer Weile zu flackern begann wie die elektrischen Leitungen im Haus, die Fleur manipuliert hatte, und Elenor klar wurde, dass sie ihn nicht nur zugrunde richten, sondern ihm auch Ivas Tod in die Schuhe schieben wollten, verlangte sie ihren Schlüssel wieder zurück. »Wenn ihr nicht aufhört, werde ich Anzeige erstatten«, hatte sie Fleur gedroht. Doch die hatte sie nur ausgelacht, trocken und leicht hysterisch.

Elenor Engler gab die Nummer der Seepolizistin ein, die ihr vor ein paar Wochen das Cape zurückgebracht hatte. An dem Tag, als sie ins Wasser ging, ein Sinnbild für alles, was sie geglaubt hatte, verloren zu haben. Es klingelte. Doch wenn sich die schlimmsten Ängste erfüllten und man nicht daran zerbrach, dann blieb am Ende pure Freiheit.

59

Manfred Engler saß in einem Sessel am Fenster und sah auf das verlassene Grundstück nebenan. Der Tag ging in einen finsteren Himmel über. In regelmäßigen Abständen huschten konturlose Gestalten vorbei. Er stieß Luft durch die Nase aus. Doch es nützte nichts, auf seinem Körper lastete ein Geruch nach Verwesung und Veilchen. Mit den Träumen hatten sich auch seine Sinne verändert. Manfred spürte, dass er auf einer Schwelle stand. In lichten Augenblicken bemerkte er, dass zwischen den einzelnen Krankheitsphasen kleine Verschiebungen stattfanden, spürte, wie die Botenstoffe und Hormone, Signalmoleküle und Nervenzellen seiner Wahrnehmung Streiche spielten. Aber er wusste auch, dass die Erkrankung, einmal ausgebrochen, ein Leben lang immer wieder zurückkehren würde. Es gab keine Heilung, das war schon bei seinem Vater so gewesen und bei seinem Großvater und dessen Vater.

Der Wind hatte ihn ins Haus getrieben, und die Totenmaske ließ ihn nun nicht mehr hinaus. Worte flossen aus ihrem Mund wie schwarzer Nebel, Rastlosigkeit, Gedankenrasen. *Schizophrenie,* würden sie sagen, wenn er irgendwann das Unvermeidliche tat. Dann hätten sie ihre Rache, die anderen. Mit steifen, ungelenken Fingern wählte er Fleurs Nummer. Plötzlich hörte er, wie sich das Verbindungszeichen mit einem ansteigenden Glockenspiel vermischte. Manfred schlug die Samtdecke zurück und erhob sich aus dem Sessel. Der helle Ton näherte sich aus der Diele. Er beendete den Anruf, und es wurde wieder still im Haus. Manfred hob den Kopf, wie ein Tier, das Witterung aufnahm. Dabei ließ er den Türgriff nicht aus den Augen, der sich langsam hinabsenkte. Wahn oder Wirklichkeit? Er wusste es nicht. Er ging seitwärts zur Vitrine mit der Waffensammlung. Blindlings griff er nach seinem Lieblingsgewehr, einem Karabiner seines Großvaters. Dann holte er die Patronen vom Boden der Blumenvase, die über dem Kamin stand. Der erste Schuss zerfetzte die Krallen des Nachtmahrs, der zweite traf die milchweiße Brust der Schlafenden, die verdrehten Augen des Geisterpferdes. Manfred Engler lud nach. »Verschwindet«, rief er ins Dunkel.

»Du wirst mich den Rest deines Lebens sehen …«, hörte er Fleurs Stimme, »in deinen Träumen.« Dann trat sie aus der Wand wie ein Schatten. Und dort, wo sich eigentlich ihr Gesicht hätte befinden müssen, leuchtete das mondweiße, entstellte Antlitz ihrer Tochter. Manfred schloss die Augen und öffnete sie wieder. Vergeblich.

»Es ist nicht meine Schuld«, stammelte er. »Sie war schon tot, ich habe nur …«

Weiter kam er nicht, da Boris auf einmal durch die Dielentür trat. »Nur die Ruhe, mein Freund.« Er machte eine Geste, als drücke er mit seinen schwarzen Handschuhen etwas Schweres auf den Boden, und sprach mit samtweicher Stimme. »Du hast gemacht, was du konntest. Wir sehen doch, wie du leidest.«

Fleur machte einen Schritt auf ihn zu.

»Es liegt ganz bei dir«, fuhr Boris in beschwörendem Ton fort und hielt Manfred einen Bogen Papier hin. »Wenn du das unterschreibst, bist du frei.«

Ein steinerner Klumpen wuchs in Manfreds Magen. Er merkte, wie er innerlich wieder ins Taumeln geriet. Mit einem Klicken entlud er das Gewehr erneut und füllte Patronen nach. »Ich sehe schon, was ihr vorhabt.« Er zielte auf Keller. »Ihr wollt mir die Schuld in die Schuhe schieben, wie immer.«

Draußen zog der Wind wieder an und schlug Äste an die nachtblinden Fensterscheiben. Mit sanfter Stimme sagte Rochat, dass sie ihm nur helfen wollten. Manfreds Augen begannen zu tränen, doch er weinte nicht. Stattdessen presste er das Gewehr näher an sich, bis der Lauf zu seinem Kinn zeigte, und wich zurück, in Richtung der breiten Fenster. Doch sie folgten ihm, ruhig, aber unerbittlich.

»Keinen Schritt weiter.« Seine Lippen zitterten.

Ein Scheppern – Fleur und Boris drehten sich um, als die Flügeltüren hinter ihnen aufgestoßen wurden. Ein kalter Luftzug ging durchs Haus, dann flammte grelles Licht in der Diele auf.

»Legen Sie die Waffe auf den Boden«, rief die Polizistin und zog ihre eigene Pistole. Manfred erkannte ihre Stimme. Sie war es gewesen, die ihn im *Schwanen* besucht hatte. Eine angenehme Stimme hatte sie, aber es war zu spät. Verschwommen die Erinnerung, es kam ihm vor, als läge ein halbes Leben dazwischen. Er hob den Lauf des Gewehres erneut. Die Hände am Abzug.

»Moment!«, sagte der andere Polizist aus dem *Schwanen*, der Angriffige in der Lederjacke. »Engler, das sollten

Sie hören.« Er wandte sich zu Boris, der erbleicht war. »Wir haben Ihre DNA-Probe ausgewertet. Unser Rechtsmediziner ist davon überzeugt, dass sie zu Iva Schwarz' letztem Liebhaber oder dem mutmaßlichen Vergewaltiger gehört. Haben Sie etwas dazu zu sagen?«

Es blieb totenstill.

»Unmöglich«, flüsterte Fleur. Manfreds Herzschlag beruhigte sich ein wenig, als er sah, wie sie die Totenmaske sinken ließ. »Was …?« Dann glitt ihr Blick an Boris' grauem Anzug hinauf, bis er sich in seinen Augen verhakte. »*Was* hast du mit meiner Tochter gemacht? Hast du …« Weiter kam sie nicht, vielleicht brachte sie es nicht über sich, den Gedanken auszusprechen, als würde er sich bewahrheiten, wenn er in Worte floss.

Manfred ließ das Gewehr sinken. Kälte kroch in ihm hoch. Er hatte den Falschen gedeckt. Nicht Ruben war an diesem Abend mit Iva zusammen gewesen. Sie hatte keinen Puls mehr gehabt, als er sie gefunden hatte, war ganz blau gewesen. Was hätte er tun sollen? Tatenlos zuschauen, wie sie mit ihrem Tod das Leben seines Sohnes zerstörte? Ein Feuer wird alles reinigen, hatte er sich gedacht. Doch es war falsch gewesen. Alles war falsch gewesen. Boris. Aber warum denn … Manfred war so von seinen Gedanken überwältigt, dass er sie gar nicht kommen sah. Fleur machte einen Satz auf ihn zu – und einen Moment später war die Waffe in ihren Händen. Sie entfernte sich um ein paar Schritte, bis das Kaminfeuer in ihrem Rücken züngelte.

»Und ich habe dir vertraut …«, sagte sie tonlos, dann zielte sie auf Boris. Die Art, wie sie das Gewehr hielt, verriet, dass sie früher schon geschossen hatte. Es klickte leise und bedrohlich, als sie die Waffe entsicherte. Der Nachtmahr über ihrem Kopf hing in seinem Goldrahmen in Fetzen herunter. Eine gespenstische Ruhe kehrte ein, niemand machte eine Bewegung. Nicht Boris, der wie ein erstarrter Abdruck seiner selbst wirkte. Nicht die beiden Polizisten. Auf dem verlassenen Grundstück nebenan leuchteten plötzlich ein paar Taschenlampen auf. Der Lärm der Schüsse musste sie angelockt haben. Manfred traute sich kaum zu atmen. Und dann erhellte ein plötzlicher Blitz die Szenerie. Der Polizist nutzte die kurze Irritation und preschte vor, in wenigen Schritten war er bei Rochat. Sie schrie auf, der Gewehrlauf schnellte durch die Luft, dumpf löste sich ein Schuss. Dann gingen beide vor dem Kamin zu Boden. Der Rahmen mit dem zerfetzten Nachtmahr sauste durch die Luft, dann krachte es.

»Martin«, rief die Polizistin, als ihr Kollege kurz darauf die Augen aufschlug. »Alles in Ordnung?« Das ansteigende Geheul von Sirenen näherte sich.

Er fasste sich mit schmerzverzerrtem Gesicht an den Nacken, blickte zu Fleur, die apathisch neben dem Kamin saß, und wieder zurück zur Polizistin. Dann nickte er benommen.

60

März

Rosa, das ist fantastisch«, sagte Richi und machte es sich auf dem Küchensofa neben Suki gemütlich – heute ausnahmsweise ohne ihr Frauchen zu Besuch, die einen Termin hatte. Es war einer der ersten Tage, an denen es im Haus fast kühler war als im Garten. Amseln zwitscherten im Hof, jeden Morgen etwas früher.

»Na ja, ich bin zumindest froh, dass wir die Entscheidung nun getroffen haben. Die letzten Wochen fühlte ich mich wie *Little Nemo in Slumberland,* der sich jede Nacht aufs Neue verirrt.«

»Weil er zu viele Süßigkeiten vor dem Schlafengehen isst.« Richi zeigte auf den langen Nussbaumtisch, auf dem sich Kartons mit Eiern, allerlei Gewürzgläser, Spritzbeutel und andere Backsachen stapelten. »Sag mal, willst du jemanden beeindrucken?«

Rosa errötete. »Wie kommst du darauf? Ich hatte nur mal wieder Lust, etwas zu backen. Vielleicht eine *Tropézienne?*«

»Du weißt aber schon, dass Brigitte Bardot den *Front National* wählt? Eigentlich geht das nicht …«, sagte Richi mit gespielter Empörung. Die Schauspielerin hatte den mit

Zucker überzogenen Butterkuchen aus Saint-Tropez welt-
berühmt gemacht. Ein polnischer Einwanderer stellte ihn
nach einem alten Familienrezept her, und seit die Bardot in
einer Drehpause von *Und immer lockt das Weib* davon gekostet hatte, konnte sie nicht genug davon bekommen. Eine
göttliche Torte und eine göttliche Schönheit.

»Ach, Quatsch, die Torte kann doch nichts dafür.« Rosa
kontrollierte ihre Vorräte. »Für *Erdbeer-Charlotte* ist es
noch zu früh, *Tarte au citron* gab es gerade erst. Vielleicht
eine *Zabaione*?«

Richi überlegte einen Augenblick. »Oder Briocheteig
wie bei der *Tropézienne,* aber mit Zabaione gefüllt?«

»Ich weiß nicht, die ist zu wenig fest und hält das Gebäck
nicht genug zusammen. Nee, bleiben wir beim Klassiker
aus Saint-Tropez.« Sie füllte zwei Kelche mit Rosé-Cham-
pagner.

»Ist mir alles recht. Aber jetzt: Erzähl! Wann geht es
los?«

Rosa wischte sich die Hände an der Schürze trocken.
»Mit dem neuen Job? Ende Juni.« Sie begann, das Innere
einer Vanillestange auszukratzen. »Das heißt, die Weiterbildung am Polizeiinstitut in Neuenburg beginnt schon früher. Vielleicht nicht ganz einfach, in die Fußstapfen eines
Maulwurfs zu treten, aber die Staatsanwältin hatte ja nichts
damit zu tun. So viel ist klar nach der internen Untersuchung.«

»Und wie geht Leo damit um?«, fragte Richi, und sein
Tonfall verriet, dass er es, trotz allem, schade fand, dass Leo
wieder ging.

»Schwer zu sagen.« Rosa hielt kurz inne. »Er spricht

über alles Mögliche, wenn wir uns sehen. Aber nicht über das, was ihn tatsächlich bewegt. Deshalb habe ich ihm auch nichts von unserem anderen Vorhaben gesagt … Die Zukunft gemeinsam zu planen, das war noch nie unsere Stärke.«

»Dafür wart ihr aber ziemlich lange zusammen«, wandte Richi ein. Er grinste. »Oder seid es wieder? Ein paar gemeinsame Stärken habt ihr, wie ich sehe.« Er deutete auf den blauen Fleck an ihrem Hals, mehr ein Schatten, aber er war da.

»Es ist nicht, wonach es aussieht«, sagte Rosa und errötete schon wieder. Schnell gab sie Wasser und etwas Mehl in eine Pfanne und begann zu rühren, bis keine Klümpchen mehr zu sehen waren.

»Warum bleibt denn nicht einfach er hier, weil *du* einen neuen Job hast?«, wollte Richi wissen.

Darüber hatte sich auch Rosa lange den Kopf zerbrochen, ohne zu einer Antwort zu gelangen – aber für Leo schien Zürich, zumindest vorerst, keine Option zu sein. Leider.

»Da fällt mir ein …« Sie zog die Pfanne mit dem *Tangzhong* zum Abkühlen vom Herd, eine Art Mehlschwitze, die den Briocheteig luftiger machen würde. Und holte den Schuhkarton mit dem zerbrochenen Teller hervor. »Die muss ich nachher Stella mitgeben. Sie hat da so eine neue Technik.«

»Ich weiß«, sagte Richi. »Bruchstücke, Narben … wir vergolden sie alle. Prost!« Ihre Gläser klirrten.

Rosa verzog das Gesicht. »Findest du nicht auch, der schmeckt komisch? Irgendwie sauer.«

Richi schnupperte über der perlenden Oberfläche, kostete erneut, wobei er den Schluck angemessen lange in der Mundhöhle behielt. »Ich finde ihn sehr gut. Vielleicht liegt es am Rosé?«

Rosa ließ ihr Glas stehen und wandte sich stattdessen wieder der Vanille zu. Wenn es mit der künstlichen Befruchtung dann funktionierte, wäre das sowieso etwas, worauf sie sich einstellen musste. Sie wärmte Milch in einem Töpfchen, dem der Muttergeruch nach Geborgenheit entwich.

Es war nun schon bald zwei Monate her, dass Martin und sie den Fall der Staatsanwaltschaft übergeben hatten. Danach hatte sich Rosa erst einmal eine Woche freigenommen. Richi war oft vorbeigekommen. So wie früher. So wie schon immer. Und sie hatte gemerkt, wie viel ihr das kleine Waschhaus bedeutete, ihr Garten. Irgendwann war die Diskrepanz zwischen dem Innen und dem Außen verschwunden, mit der sie sich den Winter hindurch gequält hatte. Wenn sie mit ihrem ältesten Freund zusammen war, dann fühlte sie eine Liebe, die nicht von Erwartungen belastet war. Die auch bestehen blieb, wenn sie alle Schichten ablegte: ihre Rolle als Polizistin und die Uniform, in die sie täglich schlüpfte. Sie würden keine normale Familie sein, gewiss. Aber von normalen Familien hatte sie im Grunde genommen sowieso keine Ahnung.

»Und Erik ist wirklich auch mit im Boot? Ich meine, der Termin ist schon in zwei Tagen. Nicht, dass er doch noch kalte Füße bekommt …«, fragte Rosa jetzt, während sie Mehl abwog und in eine große Schüssel häufte, um dann Butter, Zucker sowie genug Orangenwasser und den *Tangzhong* hinzuzugeben.

»Er freut sich!«, beruhigte sie Richi. Und erzählte, wie sie sich bereits zusammen ausmalten, was es wohl für ein Kind geben würde. Vielleicht bekäme es Rosas Haare, wild mit einem rötlichen Schimmer, und Richis dunkle Haut. Oder umgekehrt.

61

Die Reflexe des Sonnenlichts waren schon bis ins oberste Stockwerk des gegenüberliegenden Fachwerkhauses geklettert, als Rosa und Richi sich drei Stunden später im Schwarzen Garten verabschiedeten. Die *Crème Chiboust* hätte zwar auch noch eine Nacht im Kühlschrank vertragen, aber bis zur Gemüsebrücke waren es zum Glück nur ein paar Schritte. Richi hatte schon recht gehabt: Ein großes Stück der *Tropézienne* war im Waschhaus geblieben, um jemanden zu beeindrucken. Einen abendlichen Gast.

»Schon gehört?«, fragte sie Martin, der neben der Wache an der Brüstung lehnte. Rosa zeigte die Limmat hinauf. »Der Löwe ist gestern fertig geworden. Sieht aus wie neu.«

»Tatsächlich?« Er klang erfreut.

»Als hätte er nie ein Feuer gesehen, kein Körnchen Ruß mehr.« Sie musterte Martin. »Du siehst auch erholt aus.« Er war leicht gebräunt von der portugiesischen Frühlingssonne, außerdem hatte sie das Gefühl, dass er in Lissabon ein paar neue Kleider erstanden hatte. Zumindest hatte er die obligate schwarze Lederjacke gegen eine aus feinem Wildleder getauscht, darunter trug er ein kariertes Hemd. Und er hatte sich rasiert.

»Wollen wir?«, fragte Martin, dem der lange Blick wohl etwas zu lang dauerte, und kratzte sich am Kinn.

»Der Tunnel gehört im Prinzip noch immer dem Kanton«, sagte Andrea Ryser kurz darauf. Sie saßen in einem Sitzungszimmer mit knarrenden Holzböden und Blick auf die platzförmige Brücke und das bunte Markttreiben darauf. »Wenn der ihn nun zurückfordert, dann wäre er für die Stadt verloren. Autostraßen statt Fahrradtunnel – es ist wieder alles offen«, fuhr die Staatsanwältin fort, gerade aus einer Sitzung im Stadthaus zurück. Das Projekt zur Umnutzung des verhinderten Autobahntunnels und zur Neugestaltung des Areals hinter dem Bahnhof würde nun nochmals neu ausgeschrieben werden. Nach der politischen Untersuchungskommission, dem Skandal und dem plötzlichen Rücktritt von Lisa Sulzer war die Abstimmungsvorlage kurzfristig zurückgezogen worden.

»Und trotzdem hat sie eine Abgangsentschädigung erhalten?«, fragte Rosa ungläubig.

»Sogar eine grotesk hohe Summe.« Martin wischte kurz über sein Telefon: »906 267 Schweizer Franken, um genau zu sein – wenn das mal kein goldener Fallschirm ist.«

»Es klingt absurd, ich weiß«, sagte die Staatsanwältin. »Aber es folgt durchaus einer Logik. Sonst hat man das Problem, dass nie jemand freiwillig zurücktritt, und das blockiert dann enorm viel.« Viele dieser Posten auf hoher Vertraulichkeitsstufe seien mit Sperrzeiten und Konkurrenzverboten belegt, erklärte Ryser und öffnete ihre Aktentasche. »So ist es das kleinere Übel. Doch wenigstens kommt im Fall unseres Trios einiges zusammen.« Sie habe Anklage gegen Manfred Engler erhoben wegen Urkundenfälschung und Bestechung sowie Brandstiftung und eventualvorsätzlicher Tötung. Und bei Boris Keller hätten sie mit der positiven Probe vom Opfer gute Karten, ihn wegen schwerer Körperverletzung und Nötigung dranzukriegen. Und eine Anklage wegen Bestechung und unlauteren Geschäftsmethoden laufe auch. »Außerdem haben wir ja noch zwei Mitglieder einer Motorrad-Gang festgenommen, die behaupten, für den Angriff auf Jost bezahlt worden zu sein. Das ist mehr als bloß ein paar Indizien.«

»Nur Fleur Rochat kommt ungeschoren davon ...«, warf Martin ein. Zumindest rechtlich, da der vorgebliche Spuk, mit dem sie Engler gequält habe, kaum nachzuweisen sei. Noch weniger, wenn man die Medikamente und Opiate in seinem Blutbild bedenke. Ebenso wenig führten Spuren der Urkundenfälschung und Bestechung zu ihr, auch wenn sie mit hoher Wahrscheinlichkeit davon gewusst habe.

»Das macht ihre Tochter nicht wieder lebendig«, sagte Rosa.

»Ich habe gehört, dass das Architekturbüro zum Verkauf steht und sie wieder nach Genf ziehen will«, sagte Martin. Dann deutete er auf die Kartonschachtel, die vergessen herumstand. »Ist das für uns?«

»Klar doch ...«, sagte Rosa und riss sich aus den Gedanken. Klang ganz so, als würde er sich noch immer mit dieser Anne treffen. Eigentlich sollte sie Martin ja etwas Trost gönnen. Aber, so egoistisch und doof das auch war, es störte sie. »Vielleicht geht das so«, sagte sie rasch und verteilte die Tortenstücke auf den Untertassen, die noch vom Kaffee herumstanden. Dann löffelte sie die Füllung aus ihrem Stück, und ließ sich den beruhigenden Geschmack von Vanille auf der Zunge zergehen.

62

Ihr letzter Morgen war in sandgoldenes Saharastaublicht getaucht. Leos Wimpern flatterten an ihrer Wange, er verzog die Oberlippe leicht, als würde er zumindest im Schlaf noch zweifeln. Doch er hatte sich entschieden, für seine Karriere und gegen ein gemeinsames Leben mit ihr in Zürich. Woraufhin Rosa ihm klipp und klar gesagt hatte, dass eine Fernbeziehung für sie nicht infrage kam. Trotzdem hatten sie sich danach weiter getroffen. Konsequent war das nicht, aber die sich abzeichnende Trennung hatte die gegenseitige Anziehung paradoxerweise noch verstärkt.

Nach dem Aufstehen tranken sie Kaffee, seine Wangen hatten mehr Farbe als am Abend zuvor, als sie es ihm förmlich angesehen hatte, wie es in seinem Kopf ratterte und ratterte. Natürlich hatte sie insgeheim nach wie vor gehofft, dass er im letzten Moment doch noch alles über den Haufen werfen und bei ihr bleiben würde. Nur wenn sie miteinander schliefen, schienen seine und ihre Gedankenspiralen unterbrochen. Dennoch fühlte sich Rosa heute Morgen erstaunlich gut. Dieses Mal hatte sie ihre Entscheidung nicht von der seinen abhängig gemacht.

»Ich schätze, ich muss jetzt«, sagte Rosa mit einem Blick auf die Uhr. Es fühlte sich zwar komisch an, genau an diesem Morgen das Kinderwunschzentrum aufzusuchen, doch der Termin stand seit Wochen fest. Sie nahm Leo das Versprechen ab, für sie beim Umsteigen in Mailand ein *Cornetto alla Crema* zu essen, in der Bar an den Gleisen. »Gute Reise«, sagte Rosa, als der Moment gekommen war. Sie stellte sich auf die Zehenspitzen und hauchte ihm einen Kuss auf den Hals, der noch nach Schlaf roch.

Als sie das Zentrum eine gute Stunde später verließ, hing noch immer eine feingoldene Staubschicht in der Luft. Mit bedächtigen Schritten folgte sie dem schmalen Steig, der vom Universitätsviertel direkt zum Hirschengraben hinunterführte. Die ineinander verschachtelten Ziegeldächer der Altstadt leuchteten sandgelb, ebenso wie die bereits prallen Knospen der Tulpenbäume, bereit für die nächste Runde – surreal und wunderschön. Sie hatte die Zeit mit einer belanglosen Illustrierten in einem Warteraum der Universitätsklinik totgeschlagen. Nachdem sie der Helferin einen handwarmen Plastikbecher überreicht hatte, schien sie vergessen worden zu sein. Bis endlich die Ärztin sie ins Beratungszimmer bat und ihr mitteilte, dass der bevorstehende Eingriff nicht mehr nötig sei. Sie hatte Rosa gratuliert.

Auf dem Weg hinab überschlug sie die letzten Wochen, rechnete nach. Und kam zum selben Ergebnis wie zuvor. Woraufhin sie ihr Telefon hervorkramte, um Leo anzurufen, was erst einmal gründlich misslang, weil ihr das Gerät aus der Hand rutschte und zu Boden fiel. Als sie es erneut versuchte, tutete die Verbindung ins Leere. Sein Zug fuhr gegen elf Uhr, so viel wusste sie. Sie würde rasch ihr Rad zu Hause holen, so wäre sie schneller.

Die Gedanken stürmten in Rosas Kopf, als sie zehn Minuten später eine feine Schicht Sand vom Sattel blies und aufstieg. Am Ende der Gasse, über der Fahnen in der Luft wehten, fuhr sie ihrer Mutter in die Arme, ausgerechnet. Josefa stützte sich auf dem entenkopfförmigen Holzgriff ihres Regenschirms ab. Sie hatte eine frühlingshaft helle Bundfaltenhose an und ein geblümtes Kopftuch unter dem Kinn verknotet. Ihr Ehering blitzte am Finger. »Du trägst ihn wieder?«, fragte Rosa und bückte sich zu Anselmo, der ein neues Halsband trug, ebenfalls geblümt.

»Wir gehen heute zum Lottoabend, zusammen«, bemerkte sie vielsagend. Ihr Blick glitt neugierig von Rosas zerzausten Haaren zum Wollpullover mit Zopfmuster, der beinahe bis zu den derben Lederstiefeln reichte. »Wo kommst du überhaupt her?«

Rosa sah auf die Uhr über der Stüssihofstatt und erschrak. »Erzähl ich dir später. Keine Zeit …« Doch ausnahmsweise war es mal die Uhr, die Verspätung hatte, und nicht sie selbst. Sie schwang sich zurück auf den Sattel. Knapp würde es dennoch werden.

63

Tränen liefen ihr übers Gesicht, als Rosa unter dem Schutzengel von Niki de Saint Phalle hindurchhastete, der in der Bahnhofshalle unter der Decke schwebte. Sie blickte nach oben, zur tintenblauen Frauenfigur – Neonröhren wanden sich aus ihrem Bauch und wirkten aus diesem Winkel wie Nabelschnüre. Vor der großen Anzeigetafel blieb Rosa schwer atmend stehen. Es gab gleich zwei mögliche Verbindungen mit beinahe derselben Abfahrtszeit. Ihr blieben etwas weniger als vier Minuten bis zum ersten Zug, unmöglich, beide Perrons abzusuchen. Sie musste sich für eines entscheiden. Dann sah sie die bronzefarbenen Wagen des Voralpenexpress. Die Fahrt über die alte Gotthardlinie, vorbei an der Kirche von Wassen, dauerte zwar etwas länger, doch jede Zugkomposition war mit einer kleinen Bar und einer Lavazza-Kaffeemaschine ausgestattet: Den musste er gebucht haben. Regen begann auf das Dach der Halle zu prasseln, just in dem Moment, als sie Leo hinter der leicht abgedunkelten Scheibe entdeckte. Fast im selben Augenblick bemerkte er auch sie und sprang von seinem Sitz auf.

Rosa machte ein Zeichen, mit schnellen Schritten gingen sie zur nächsten Zugtür, er innen, sie außen. Das Regenrauschen schwoll an. Rosa hatte nie verstanden, warum es in

Filmen immer regnete, wenn etwas Trauriges passierte. Sie liebte Regen, große, schwere Tropfen, die kugelrunde Blasen in Pfützen warfen. Regentropfen wie glitzernde Diamantketten im Nachtschein einer Straßenlaterne. Und dann, irgendwann, der Klang der ersten Tropfen nach dem Winter, die auf frisch ausgetriebene Blätter fielen.

Leo stand in der Zugtür. Ihr Gesicht erhellte sich, wie wenn Sonne durch die Wolken bricht, sie trocknete sich die Augen – und sah ihn lächelnd an.

Dank

Meinen Kindern, danke.
    Für die Welt aus euren Augen.

Dank an:

Thomas Senn, Margaux de Weck, Raffael Müller & Pascal Tanner, Matthias Jügler, Francine Lombardo, Karl Rühmann, Ruth Geiger, Esther Banz, Romana Ganzoni, Andrea Fischer Schulthess und Rahel Bains. Meiner Familie und Freunden, die ihr alle auch ein Zuhause seid.

Special thanks: Thomas Würgler, der jedes Mal genau im richtigen Moment das Richtige gesagt und gefragt hat.

Reto Bühler, Leiter des Forums Friedhof Sihlfeld.

Flurin Capaul, FDP-Gemeinderat der Stadt Zürich.

Dr. phil. Reto Scherrer, Kantonspolizei Zürich, und der Seepolizei des Kantons Zürich für die erneute Führung und Gespräche.

Roger Diener, Jacques Herzog, Marcel Meili, Pierre de Meuron, Christian Schmid und dem ETH Studio für ihr Buch *Die Schweiz – Ein städtebauliches Porträt*. Ein visionäres Werk, das fast zwei Jahrzehnte nach seinem Erscheinen nichts an Aktualität und Landschaftspoesie eingebüßt hat.

Inspirierend auch: Die spanische Künstlerin Carmen Mazarrasa baut Miniatur-Puppenhäuser ohne Puppen, nur für die Erinnerung.

Das Werk des Anthropologen Marc Augé enthält nicht nur das Gedankengebäude der *non-lieux* oder Nicht-Orte, sondern auch Zauberhaftes über Bistros und Fahrradfahren als gelebte Formen der Utopie sowie über das Vergessen als Gegenspieler der Erinnerung.

Ebenfalls gegen das Vergessen arbeitet die Zentralbibliothek Zürich, wo es auch mehr als ein halbes Jahrhundert später die damaligen Abstimmungsunterlagen, Planungskarten und überhaupt reiches Material zum Projekt Ypsilon auszuleihen gibt.

Einblicke in die Arbeit der Rechtsmedizin verdanke ich unter anderem Claas Buschmann und seinem Buch *Wenn die Toten sprechen*.

Last, but never least: Danke dem Diogenes Verlag.